소백산맥 ⑭

희대미문稀代未聞의 영웅 1

소백산맥 ⑭ 희대미문(稀代未聞)의 영웅 1

발행일   2026년 5월 1일

지은이   이서빈
펴낸이   손형국
펴낸곳   (주)북랩

출판등록   2004. 12. 1(제2012-000051호)
주소   서울특별시 금천구 가산디지털 1로 168, 우림라이온스밸리 B동 B111호, B113~115호
홈페이지   www.book.co.kr
전화번호   (02)2026-5777   팩스   (02)3159-9637

ISBN   979-11-7598-221-5 03810 (종이책)   979-11-7598-222-2 05810 (전자책)

작가 연락처 문의 ▸ ask.book.co.kr

전용 게시판에 문의를 남기시면 저자에게 직접 전달됩니다.

(주)북랩 성공출판의 파트너

북랩 홈페이지와 SNS에서 다양한 출판 솔루션을 만나 보세요!

홈페이지 book.co.kr   •   **블로그** blog.naver.com/essaybook   •   **출판문의** text@book.co.kr
카톡채널 북랩

이서빈 대하소설

소백산맥

14

희대미문稀代未聞의 영웅 1

북랩

머리말

왜 사람은 살아야만 할까?

이 시소설은 외지고 황량한 시대를 외나무다리 건너듯 건너온 선조들과 우리의 이야기다. 선조들은 조선 5백 년이 일본에 어이없이 무너지고 대혼란을 겪으면서 그 참담하고 암울한 상실의 시대를 살아내기 위해 시시각각 밀려오는 죽음의 공포와 싸웠다. 천신만고 끝에 나라의 주권을 되찾기까지 반쪽짜리 나라에서 당해야 했던 그 많은 수모는 형언하기 어려울 정도다.

숨을 쉬는 것이 신기할 만큼 내일을 보장할 수 없던 참혹한 시대. 숨 속에도 죽음과 불안이 섞여 드나들던 시대의 이야기를 시작(詩作)의 키보다 더 높은 자료들을 모아 적어 내려갔다. 아직 세상에 태어나지 못해 역사에 묻혀 있는 말들을 시말서를 쓰듯 내 청춘의 기나긴 시간을 하얗게 지우면서 머릿속을 탈탈 털어 시적인 언어로 썼기에 시소설이라 이름 붙였다.

『소백산맥』은 일제 저항기 시체실에 몸을 숨기며 / 나라를 찾아 건국이 되고 / 공산주의 야욕인 6.25 전쟁에서 나라를 지켜 / 오늘날 경제 강국이 되기까지 살아온, / 그럼에도 불구하고 살아내야만 했던 격변기(激變期)로부터 / 세계 모든 사람이 우리나라에 살고 싶어 하는 순간까지 / 긴 여정을 그려낸 소설 같은 이야기이다.

35년 전통 '영주신문'에 연재 중 독자의 요청이 많아 총 17권 중 연재가 끝난 1~11권을 이미 출간했고, 그 후속으로 12~17권을 출판한다. 총 17권의 대하소설을 연재할 수 있도록 지면을 내어주신 '영주신문'에 깊은 감사를 드린다.

『소백산맥』은 입으로 다 말할 수 없는 삶의 이야기들을 유교 사상이 에워싸고 있는 영남의 명산 소백산 자락 영주 지방을 무대로 삼아 펼쳐내었다. 소설 속 사라져가는 우리나라의 미풍양속과 문화, 그리고 구전 이야기에 많은 관심을 가져주신 독자 여러분께 깊이 감사드리며, 『소백산맥』 대장정의 마무리에도 변함없는 관심을 부탁드린다.

2026년 4월

이서빈

목차

희대미문(稀代未聞)의 영웅

1

혼란 꽃이 넝쿨 지는 계절

난세에 영웅 난다는 말이 있듯이 이 시대의 영웅이 나타나서 세계 최빈국을 최상국으로 일으켜 세울지 아니면 영원히 침몰하고 말지 궁금하다. 이정, 그러니까 계절의 아들이자 달녀의 손자 이정은 아버지의 얼굴도 정확하게 기억하지 못하고 어머니와 함께 살아간다. 제주 4.3 사건 때 어머니 품에 안겨 제주를 떠나 서울에 와서 일류 대학을 졸업했지만 가난한 나라의 앞이 보이지 않는 혼란을 어떻게 헤쳐나가야 할지 암담하기만 하다.

정이는 이 혼란한 시국이 언젠가 우리나라가 잘살게 되었을 때 후손들에게 지나온 역사를 기억하게 해주어야 한다는 생각을 하며 기록을 시작한다. 아버지의 피를 그대로 계승한 것일까? 아니면

증조할아버지의 애국하는 피를 이어받은 것일까? 아버지 계절이 기록한 대를 이어 정이는 이 시대를 꼼꼼하게 기록하기로 마음먹고 시대를 찍기 시작한다.

길을 가다가 돌이 있으면 약한 자는 그 돌을 걸림돌이라고 하고 강한 자는 그 돌을 디딤돌로 사용한다. 과연 이 시끄럽고 어지럽고 혼란한 정국, 이 시국을 걸림돌로 쓸 것인가 디딤돌로 쓸 것인가? 한 치 앞도 볼 수 없는 안개 공화국이 되어 연일 혼란의 불길이 활활 타고 있었다. 이승만 대통령이 나라의 안정을 바라며 스스로 내려온 후 제2공화국이 내각책임제로 출범한다. 민주당은 구파 출신인 윤보선을 국회에서 명목상 국가원수인 대통령으로 선출하고 신파 출신인 장면을 국무총리로 뽑아 민주당 정부를 임시로 구성한다.

집권 여당인 민주당은 정치적 불안과 무질서와 혼란을 하루빨리 떨쳐내고 사회 안정을 도모하기 위해 총력을 기울여야 한다. 하루속히 정국을 안정시키고 가난한 나라 경제를 살리는 데 지혜를 모아야 함에도 불구하고 국부가 떠난 자리는 혼돈으로 치달으며 밤알이 빠져나간 빈 밤송이처럼 가시만 더욱 바짝 세우며 서로 대장을 자처하기에 이르러 또 다른 갈등이 웃자라 나라는 한 치 앞을 장담할 수 없다.

신구파의 세력다툼은 나날이 활화산처럼 활활 타올랐다. 정강(政綱) 정책 수립도 그렇고 국정 전반에 걸쳐 통제력을 잃고 마약 먹은 듯 비틀거린다. 불안 바람이 태풍처럼 강타해 국민들은 태풍 속에서 휘청거리며 환각의 숫자를 더해간다. 공권력으로 혼란을

소백산맥 ⓒ

추스르기에는 아직도 정립되지 않은 환경이 역부족이었다. 쿠데타의 맥박이 무시로 꿈틀거려 자유와 민주라는 이름으로 허약하고 욕심 꽃이 만발한 정부의 발목을 잡는다.

무책임한 정치적 성격을 표명하는 일부 세력들과 학생들의 과도한 요구와 의사 표시는 점점 가파른 산을 향해 치닫는다. 데모의 개화 시대로 자유분방은 책임과 질서를 외면하고 제멋대로 엉킨다. 민주당 정부는 사회 질서를 유지할 생각은 없고 나라를 공산주의로 만들려는 계책만 세우고 있어 혼돈은 계속되고 깊어 안개가 자욱해 한 치 앞을 내다볼 수 없다.

4·19 학생 혁명으로 1960년 탄생한 정부는 점점 혼란 속으로 침몰하고 있었다. 중심추인 이승만 국부를 미국으로 추방해버렸으니 국가의 중심을 잡을 사람이 없었다. 호랑이 없는 산에 여우 살쾡이 오소리까지 호랑이를 자청하고 나섰다. 민주당 구파는 외치 담당인 헌법상 국가원수, 민주당 신파는 내치담당하는 국무총리로서 실질적 권력들의 내각이 1960년 8월 출범하지만 나라는 끝없는 혼란으로 치닫고 있었다.

세 사람만 모여도 *이대로는 못 살겠다. 혁명을 해야지 이렇게 어떻게 사느냐*고 말할 정도로 어지러웠다. 그렇게 *혁명! 혁명! 혁명!* 이란 말을 사람들은 입에 달고 살았고 이 말은 불길처럼 번졌다. 정치에 관심이 없는 일반 국민조차 모이면 *이렇게는 못 살겠다, 데모를 하든지 대통령을 갈아야지 이대로 어떻게 사느냐*고 할 정도로 어수선한 모든 것이 상실된 시대였다.

정치인들은 어떻게 해야 나라를 공산주의로 만들어 자신의 이익과 밥그릇을 키울지에만 여념이 없지 민생이나 나라의 미래 따위는 누구도 관심이 없었다. 각자의 욕심으로 출렁거렸다. 그도 그럴 것이 이 나라가 혼란스러워야 공산주의로 몰락시킬 수 있었기에 공산주의자들이 혼란을 극도로 야기(惹起)시켰지만 이걸 아는 이승만 대통령이 하야했으니 당연한 결과였다.

하야한 국부마저 미국으로 추방하고 공산주의 입맛대로 나라를 주물러대고 있어 날이 갈수록 더욱 깜깜한 무덤 속 같았다. 이정은 생각한다. 애국을 어찌 말로 다할 수 있을까? 다만 행동으로 나서서 목숨을 걸어야 할 텐데 모두 북한의 꼭두각시가 되어 춤을 추고 있으니 제발! 제발! 희대미문의 영웅이 나타나서 나라를 구해주길 간절히 기도하며 기록을 시작한다.

금빛 까마귀 산

그러면 어디를 숙소로 정하고 출장을 보내야 합니까? 으음~ 금오산(金烏山)이 어때? 해발 976m의 돌출형이고 산세도 가파르고 기암절벽 등 보기 드물게 수림이 잘 어울린 산으로 자연경관이 빼어나 예로부터 영남 팔경으로 꼽혀 시인 묵객의 발길이 끊이지 않던 곳이고 금오산성은 고려 시대부터 내려오는 산성으로 외침을 방어하기도 한 역사의 현장이니 거기가 적합할 것 같다.

그러나 한가지 염려스러운 것은 혹시 이 경치 좋은 곳에 가서 시인으로 세월을 보내다 오면 안 되니 시를 곁눈질 못 하도록 시를 쓸 감정 씨앗을 제거해서 내려보내라. 소에게 멍에를 씌워야 딴짓을 안 하고 밭을 잘 갈듯이 시에 곁눈질 못 하게 감정 멍에를 씌우란 말이다. 알겠습니다.

하늘에서 대한민국을 번영시킬 영웅을 뽑아 황금마차를 태워서 이 세상에 데려다 놓을 준비를 마친 환인(桓因)은 말을 이어갔다. 우리가 회의를 거쳐 세종대왕을 이승만이란 이름으로 지상에 내려보내 나라를 건져서 건국할 것이지만, 이대로 두면 이승만의 건국이 끝나고 이 세상으로 건너오게 되면 다시 태풍에 휩싸이듯 혼란에 휩싸일 것이다. 그렇다고 삼천갑자 동방삭이를 만들 수도 없고. 그러니 그때를 대비해야 한다. 세종대왕이 내려가 누구도 만들지 못한 한글을 창제해 놓았고 또 내려가 나라를 자유민주주의로 만들어 놓을 것이다.

그러니 이쯤에서 단군왕검(檀君王儉), 네가 직접 어서 따라 내려가서 나라의 기틀을 다져놓고 오너라. 널리 인간을 이롭게 한다는 홍익인간의 건국 이념으로 다스리고 헐벗고 굶주리는 모든 국민을 구하고 정치·종교·문화 도덕적 중심의 재세이화(在世理化)에 기반한 우리 민족의 정체성을 정신적 뿌리로 심어 지구상에 모든 나라가 부러워할 나라를 만들어 놓고 오너라.

그렇게 나라를 안정시키고 팔조금법(八條禁法)보다 더 진화되고 활성화되어 현시대에 적합한 법과 제도를 세워 통치를 강화해서 질서와 공동체 유지에 온 힘을 다하여라. 그리고 통치 철학과 지도자의 강력한 지도력을 연결해서 반드시 선천 말(馬)의 시대가 끝나고 후천 소의 시대가 다가올 때 지구가 지각변동이 일어나 괴질이 돌아서 가다가 죽고 먹다가 죽고 걷다가 죽을 때 금강산 일만이천 봉의 도통 군자가 나와서 세상을 구할 때까지 민족의 혈통을 단단하게 지켜서 다시는 외세에 침략을 받지 않을 굳건한 나라로 만들어 놓고 오너라.

그래야만 백의민족의 혈통과 온 지구촌이 동방예의지국의 혈통으로 전쟁이 없고 기아도 없고 사철 꽃이 피고 새가 우는 지상낙원, 무릉도원의 시대가 도래했을 때 전 세계 나라의 지도자로서 역할을 할 수 있다. 그렇게 미리 훈련을 시켜놓고 와야 한다. 100년 동안이면 다 할 수 있겠지? 아니 너무 깁니다. 한 오십 년 정도만 다녀오게 해주십시오. 너무 짧아. 정 그렇다면 56년 동안 다녀와. 예 알겠습니다.

그렇게 출장 기간을 56년을 받아들고 왔다. 그러나 하늘에서 보니 아직 5년 정도는 더 해야 하기에 고심하던 중 그의 아내인 육영수 여사의 명을 5년을 잘라서 박정희 대통령에게 붙여주었다. 박정희 대통령이 죽어야 할 광복절 행사에 육영수 여사로 바꿔치기를 한 걸 아는 사람은 천상에 사는 우리 조상들밖에 없을 것이니 그렇게 하고 돌아오길 바란다.

전대미문의 영웅 탄생

달빛이 산 능선을 희미하게 감쌀 때, 구미 땅의 산봉우리 위로 한 줄기 붉은 해가 솟았다. 그 빛 속에서 독수리보다 더 거대한 금빛 까마귀 한 마리가 날아와 산봉우리 천 년을 산 대나무에 내려 앉았다. 까마귀의 울음은 마치 하늘과 땅을 잇는 주문 같았다. 순간, 산 아랫마을 사람들은 모두 놀라 산을 우러러보았다.

저것은 태양의 사자다. 이 땅에 빛나는 별을 태어나게 한다는 신의 계시다. 이때 수도를 하던 한 노인이 떨리는 목소리로 말했다. 금오산 속 천 년을 산 오죽(烏竹)에 금빛 까마귀가 깃들어 신성한 기운을 품는 걸 보니 이제 금오산(金烏山) 정기를 품은 영웅이 태어날 때가 되었는가 보다. 옛날부터 이 산에 반드시 영웅호걸이 난다고 했다.

신라 말 도선국사가 산을 찾아서 깊은 숲을 지나 도선굴에 들어가 좌선했다고 한다. 그가 눈을 감고 긴 세월 동안 산의 숨결을 들으며 참선하던 어느 날, 동굴 속 어둠이 일렁이며 거대한 그림자가 나타나면서 말했다고 한다. 이 산은 장차 천하를 품을 영웅이 태어날 기운을 품고 있다.

그러나 지금은 아직 때가 아니고 가장 혼란스럽고 어지러운 세상이 올 때 큰 인물이 태어나서 그 기운을 열어야만 기운을 받아 천하를 다스릴 수 있을 것이니 때를 기다리라! 때를 기다리라! 산신의 목소리는 바람처럼 사라졌다고 한다.

도선은 무릎을 꿇고 그 말을 가슴에 새겼고 언젠가 이 땅에서 나라의 운명을 바꿀 영웅이 태어날 것을 예언처럼 남기고 도선 대사가 승천했다고 한다. 그 후 온갖 수난을 겪으면서도 금오산은 꿋꿋이 버텨왔다. 산은 잠시도 고요하지 않았다. 깊은 계곡에는 호랑이가 나타나 마을을 위협했고, 사람들은 두려움 속에 호랑이를 산신의 사자로 여겨 제를 올렸다.

또, 산 아래 넓은 금오못에서는 용이 몸을 틀며 하늘로 오르려 했다. 용이 꿈틀거릴 때마다 큰비가 쏟아지고, 마을은 물바다가 되었다. 그래서 사람들은 매년 못가에서 향을 피우고 술을 부어 용을 달래야 했다. 제사가 끝나면 물결은 고요히 잠들었고, 마을에는 다시 노랫소리가 울려 퍼졌다. 지금도 금오산의 바위틈 사이에는 그때 도선국사의 숨결이 남아 숨을 쉬며 마을에 안녕을 위해 기를 모으고 있다. 금빛 까마귀의 울음, 도선국사의 기도, 산신의 호랑이와 용의 숨소리가 한데 어울려 산은 오늘도 마치 살아 있는 듯한 기운을 내뿜는다.

그 산 정기를 타고 온 사람이 바로 단군왕검(檀君王儉), 그러니까 박정희라는 아기로 출생한 전대미문(前代未聞)의 영웅이 될 사람이다.

모
난
것
이
나
둥
근
것
이
나
모
두
태
반
을
찢
고
나
온
다.

스님의 염불 소리가 꽁꽁 얼어붙을 만큼 맹추위라 사람들은 모두 방 안에서 바깥출입을 삼갔다. 1917년 10월 경상북도 선산군 장천면 겨울바람이 문풍지를 거세게 흔들며 바늘구멍으로도 황소바람이 들이닥칠 만큼 차가운 바람이 불어오는 날이었다. 한밤중 초라한 농가의 작은 방에서는 위대한 영웅을 잉태한 한 산모의 신음을 끓으며 한 사내아이가 태어났다. 시대의 영웅이 될 그 울음은 작고 초라한 집안을 넘어 온 마을의 두껍게 얼어붙은 추위에 쩡쩡 금을 냈다.

그때 하늘에서는 큰 별 하나가 초라한 지붕을 뚫고 방안으로 떨어졌다. 저 세상에서 가장 밝은 별 하나가 이 지구상으로 건너오고 있었다. 그 아이의 이름은 훗날 대한민국의 운명을 바꿀 영웅 박정희였다. 가난이 진딧물처럼 달라붙어 사는 집에서 박정희라는 영웅이 태어난 것이다.

그러나 영웅은 방 한 칸서 8남매가 몸을 부대끼며 살아야 했다. 햇살이 늘 부족해 그늘마저 쪼그라들었다. 겨울바람은 벽 틈을 타고 스며들어와 온몸과 마음을 꽁꽁 얼렸다. 아이를 품에 안은 어머니는 늘 기도를 했다. 제발 이 아이가 무사히 자라나서 훌륭한 사람이 되게 해달라고. 그렇게 아이를 순산하던 날 세상이 온통 무지개로 덮였고 별 하나가 하늘의 견고한 성을 박차고 낙성했다. 동네 사람들은 *아무래도 무슨 경천동지(驚天動地)할 일이 일어날 것이라고 수군거렸다.*

그렇게 태어난 어린 영웅은 배가 고파 배를 움켜쥐어야만 했다. 그러나 그 눈빛만은 초롱초롱 초롱꽃 같았다. 시련을 단련시키는 힘을 키우고 자질을 담금질하기 위해 일부러 가난한 집으로 태어나게 한 것이었다. 그래야만 어떤 어려움도 다 딛고 일어나 나라를 부강하게 만들 수 있기 때문이었다. 영웅을 남루하다 못해 거지처럼 옷을 입고 신발도 없이 발바닥을 신으로 신을 만큼 가난한 집으로 태어나게 했다.

그러나 영웅 소년은 마치 천상에서의 기억을 하기라도 하듯 아무 생각 없이 오로지 공부에 매달려 지내느라 자신의 옷이 낡아서 창피하다거나 맨발이 창피하다는 생각 따위는 하지 못하고 살았다. 누구보다 열정적인 학생이었다. 영웅은 늘 생각했다. 나는 이 다음에 이 가난을 팔아서 반드시 부자로 만들 것이라고.

국민학교 담임 선생은 이 아이는 보통 아이가 아니다. 무언가 신비함과 영롱함이 서린 신기가 가득해 언젠가는 무엇인가 모르지만 큰 인물이 될 것이라는 생각을 하고 예의주시하고 있었다. 그렇게 강물처럼 시간은 구불거리며 흘러 영웅은 교사가 되었다. 영웅은 일제 저항기를 맞아 아이들을 가르치는 교사가 되었다.

그는 학생들에게 말했다. 배워야 한다. 배우지 않으면 미래가 없다. 여러분은 열심히 배워서 반드시 나라를 찾아서 자주독립을 해야 한다. 일본이 우리 글도 우리말도 배우지 못하게 하는 이유도 우리나라를 영원히 지배하기 위한 일이다. 여러분 손에 여러분 가슴에 나라의 미래가 달려있다.

일본의 서슬푸른 감시를 틈타 아이들에게 한글을 가르쳤다. 영웅의 말을 들은 아이들 역시 틈틈이 나라를 찾겠다는 각오로 영웅에게 우리말을 열심히 배웠다. 그러나 하늘에서는 푸른 피를 뿜어내는 영웅을 전쟁터로 내보냈다. 영웅에게 책가방 대신 배낭을 메고 연필 대신 총을, 분필을 쥐었던 손에 칼을 쥐어 훈련을 시켰다.

맹추위가 맹수처럼 사납게 덤벼드는 만주 벌판에서 맹수들과 맞서 싸우도록 했다. 영웅은 어렵고 힘들수록 내가 강해져야 한다. 내가 강해져서 반드시 나라를 구해야만 한다. 그래야만 무너져가는 조국에 태어난 은혜를 갚는다고 생각했다. 그는 시대가 자신에게 맡긴 의무 같은 것이라는 생각을 한다. 하늘에서는 영웅을 나라의 운명을 짊어질 튼튼한 힘을 단련하는 길이라고 굳게 다짐하게 했다. 영웅에게 이 역사의 소용돌이 속에서 무엇을 해야 할지를 분명하게 알리기 위해 틈이 나는 대로 온갖 역사서를 읽게 하며 어떻게 해야 조국의 미래가 튼튼할지 연구를 하게 만들었다.

조국의 해방을 틈탄 공산주의

그토록 애타게 기다리던 조국의 해방이 휘날렸다. 1945년 해방의 그 날 거리마다 사람들의 가슴마다 태극기가 휘날렸고 조국의 얼굴에는 환희가 번졌다. 거리에는 기쁨의 물결이 가득했다. 그러나 자유를 찾은 기쁨은 오래가지 않았다. 되찾은 조국은 다시 혼란의 늪으로 빠져들었다. 좌와 우가 충돌했고 길거리마다 피비린내가 흘렀다. 문맹률이 높아 공산주의가 얼마나 위험한 것인지조차 알지 못하고 자유민주주의가 얼마나 귀한 것인지 알지 못한 채 이리저리 무리를 지어 다녔다.

북한이 남한보다 살기 좋다는 풍문에 사람들은 거의 공산주의로 기울었다. 먹고사는 것이 절박한 시대 탓도 있겠지만 굶어 죽더라도 자유를 택하려는 의지를 가진 사람은 손가락을 꼽을 정도였다. 영웅은 생각했다. 도대체 이 나라는 이러다가 어디로 다시 침몰할 것인가? 공산주의란 무시무시한 세력이 남한을 장악하고 있고 배고픔에 떡 하나 던져 주는 것에 배부름을 느낀 국민을 보며 암담하기만 했다.

그나마 먹물을 조금이라도 먹었다는 지도자들까지 공산주의를 찬양하며 여기저기서 국민을 선동하고 있었고 달콤한 꿀맛에 국민의 사상은 공산주의로 기울고 있었다. 영웅은 몇몇 주위 사람들과 희망을 품지 않는다면 절망 속에 주저앉을 것이라는 예감이 들었다. 혼란할수록 자신이라도 정신 차려야 한다고 마음속으로 다짐했다. 내가 강해져야 한다. 나라도 정신을 바짝 차리고 이 나라를 위해 이 혼란을 끝내는 데 최선을 다해야 한다.

1948년 대한민국 정부가 수립되었다. 그러나 공산주의자가 판을 치는 대한민국에서 평화는 오래가지 않았다. 1950년 6월 25일 새벽의 정적을 깨뜨리며 기어이 자유민주주의를 무너뜨리기 위한 공산주의자들의 포성이 울려 퍼졌다. 북한군의 기습 남침으로 하늘을 무너뜨렸고 땅을 치솟게 했다. 군은 이미 공산주의자들이 섞여 만반의 준비를 했고 그걸 알 리 없는 정부에서는 속수무책으로 당할 수밖에 없었다.

거리에는 피난민들의 발걸음이 끝없이 이어졌다. 살려달라는 아우성과 가족을 찾는 목소리 아이들은 부모를 잃어버리고 울었고 부모는 아이를 잃어버려 울부짖었지만 아무도 그들의 울부짖음에 대답을 해주지 못했다. 영웅은 총을 움켜쥐고 생각했다. 그렇게 군부대 내부가 이상하다고 상부에 알렸건만 아무 준비도 아무 대책도 내려오지 않음에 혹시 군부대에도 공산주의자들이? 의심했었다.

그러나 대부분이 공산주의자라 영웅의 말은 지우개처럼 지워져 버리고 말았고 영웅은 속으로 외쳤다. 어쨌거나 공산주의를 물리치고 이 나라를 건져야 한다. 이 나라가 무너지는 것을 두고 볼 수는 없다. 총알이 빗발치는 전쟁터는 숨소리조차 마음 놓고 내쉴 수 없다. 총성과 포성이 뒤섞여 귀가 멍해졌고 포연은 하늘을 가려 앞조차 보이지 않았고 언제 어느 사이에 멀쩡하던 병사가 픽픽 옆에서 쓰러졌다.

조국의 마지막 방어선이라고 불리던 낙동강 전선에서 군인들과 국민은 죽음을 각오하고 싸웠다. 더 이상 뒤로 물러설 곳은 없었

다. 이곳을 지키지 못하면 조국은 영원히 공산주의 손에 넘어가고
만다. 장교들의 목소리가 대포처럼 터져 나왔다. 총알과 대포 소리
에 하늘은 멀뚱거리기만 하고 대지는 흔들렸다. 영웅은 그 속에서
이를 악물고 외쳤다. *반드시 죽을힘을 다해 버티고 싸워야만 한다.
내가 무너지면 이 나라가 무너진다는 각오로 싸워야 한다. 그래야
만 이 자유민주주의를 지킬 수 있다. 반드시 적을 물리쳐야 한다.*

　밤이 찾아오면 총소리와 대포 소리 대신 사방에서 들려오는 신
음이 바람을 타고 귓속으로 마구 달려와 전우들의 가슴을 찔렀다.
쓰러진 병사들을 보고 눈물도 흘리지 못했고 피 묻은 붕대를 감은
군인들의 마지막 숨을 내쉬며 부르는 *엄마!* 라는 젊은 병사의 목
소리가 귓속으로 총알처럼 박혔다. 영웅은 차갑게 굳은 주검 옆에
앉아 손으로 눈을 감기며 말했다. *당신들의 희생을 헛되게 하지 않
게 반드시 이 나라를 지켜내겠다. 당신들은 하늘로 날아올라서 공
산당을 무찔러라. 우리는 땅에서 공산당을 무찌르겠다.* 하고 얼굴
을 쓰다듬었다.

　전쟁은 언제 끝날지 끝이 보이지 않아 고통스러웠다. 민간인들
은 삶의 터전을 잃었고 노인과 아이들의 울부짖음이 연기처럼 하
늘로 피어올랐다. 그러나 끝까지 싸우겠다는 의지와 신념으로 영
웅은 주위 동료들에게 희망을 주었다. 이 희망은 폐허 속에서도 꺼
지지 않는 불씨가 되었다. *우리는 절대 포기하지 말아야 한다. 포
기하지 않을 것이다. 포기하면 안 된다. 반드시 조국을 지켜내야만*

한다! 라는 믿음을 동료들에게 계속 주입했다. 그 희망의 불씨는 자신의 가슴은 물론 동료들에게도 삶의 희망을 품게 했다. 그들의 눈빛은 이전보다 더 뜨겁게 불타올랐으며 일당백을 할 정도로 의기충천(意氣衝天)했다.

그렇게 피비린내 나는 전쟁이 끝났다. 조국은 폐허가 되었다. 그러나 영웅의 가슴에는 하나의 신념이 이글이글 뿌리내리고 있었다. 강한 군대만이 조국을 지킬 수 있다. 그리고 강한 지도자만이 이 나라를 살릴 수 있다. 영웅은 군인이 되었고 군인은 공산주의 야욕의 결과인 전장에서 어떻게 해야 나라가 살 것인지 생각했다. 그 생각은 잘 피어나 훗날 대한민국을 일으켜 세울 영웅의 씨앗이 되었다.

1960년 4월 봄 거리마다 학생들의 외침이 울려 퍼졌다. *부정선거 물러가라! 민주주의를 돌려달라!* 4·19 혁명은 부정한 권력을 무너뜨린다는 명분을 내세워 의기양양했지만, 그 뒤에 찾아온 것은 자유가 아니라 혼란이었다. 곳곳에 아직도 공산주의 세력의 침범으로 대통령을 암살하는 계획을 세웠으나 정치권은 무기력했고 거리는 불안했으며 국가는 갈피를 잡지 못했다.

그 혼란의 한복판에서 영웅은 스스로에게 물었다. 이 공산주의자들을 물리치고 나라가 바로 서려면 굶주림과 가난을 끝내야 한다. 우리 국민이 공산주의에 쉽게 물드는 이유 역시 떡 하나를 던져 주는 유혹에 넘어가는 것이다. 저 배고프다는 아우성을 해결하지 못한다면 대한민국은 다시 쓰러지고 말 것이다. 그런데 북한 공산당들은 전쟁에서도 남한을 공산주의로 만들겠다는 야욕을 달성하지 못하자 남한에 파고들어 국민을 달콤하게 속이며 잘살게 해준다며 국민의 90%를 자신들 편으로 돌리는 운동에 성공했고 국민은 공산주의 사회주의를 원했다.

만약 이승만 대통령이 세계정세를 통찰하고 공산주의자들이 얼마나 잔인하고 악당들인가에 대해서 정확하게 꿰뚫지 못하고 선진국인 미국에서 공부하지 않아 앞을 내다보는 눈이 없었다면 대한민국은 지금 당장 공산주의가 되어도 조금도 이상할 것이 없다고 생각했다. 아마도 이승만 대통령이 목숨을 걸고 싸우지 않았다면 삼천리 반도 전체가 김일성의 노예가 되어 비참하고 처참하게 살지도 모를 일이다.

영웅 박정희는 생각했다. 사람들이 이렇게 무지해서야 어찌 나라가 바로 설 수 있나. 이승만 대통령을 도와 나라를 자유민주주의로 굳건하게 해야겠다고 생각했다. 이승만 대통령은 자신의 군 시절 본의 아니게 어려움에 부닥쳤을 때 늘 도와주며 함께 나라를 위해 힘써 달라며 각별하게 대했다. 그렇게 너그럽고 사람을 알아보는 통찰력이 탁월한 분이었다.

1948년 4월 3일 여수반란이 일어났고 여수반란 사건은 제주도에서 공산 북도들이 폭등을 일으켰을 때였다. 폭동을 일으키자 정부는 9연대를 투입 시켰지만, 좌익분자들이 많아 진압이 잘 안 되자

국군 14연대가 제주로 떠나려고 대기 중일 때 그 안에 있던 공산주의 장교와 하사관 들이 여수반란을 일으켰다. 정부는 여순반란 사건을 조사하는 과정에서 남로당 군사총책을 맡았던 박정희 소령을 체포했다.

그때 당시 이 군대 내에는 공산당들이 많이 침범해서 남한을 공산주의로 만들고자 하는 북한의 계략이 활개를 치고 있었다. 남한은 무방비였고 북한은 철저하게 공산주의를 만들기 위해 계획을 세우고 있었다. 갓 해방 이후 군대가 공산당에 숨어들어 활동하기가 가장 좋았기 때문이었기도 하지만 북한의 철저한 계략에 남한 사람들이 동의하는 데 더욱 문제가 있었다.

이렇게 철저하게 무장한 북한군 진압에 최선을 다했지만 워낙에 단단한 접선으로 연결된 단체여서 진압이 잘 되지 않았다. 그러나 정부는 또 다른 연대를 추진하여 출동시켰다. 다른 연대가 출동하기 위해서 움직이지만 철저하게 계획된 좌익 공산주의 장교와 부사관 들이 반란을 일으키자 박정희는 이승만 대통령에게 이 사실을 보고하면서 그들을 한꺼번에 제압할 방법을 상의하였다.

희대미문(稀代未聞)의 영웅

2

아군 간첩

박정희의 말을 듣고 한참을 생각하던 이승만 대통령은 *나라를 구하기 위해서는 누군가 목숨을 내놓고 희생할 사람이 필요한데…* 하자 박정희는 대통령의 말이 땅에 떨어지지 않게 바로 말을 주워 든다. 누군가가 목숨을 내놓고 희생해야 나라를 온전히 보존할 수 있다면 그 누군가를 제가 하겠습니다. 하고 조금의 망설임도 없이 번쩍번쩍 번개처럼 공중을 쪼개듯 말했다. 이승만 대통령은 기다리기라도 한 듯 박 소령이 나라를 위해 목숨을 던져 주면 고맙겠지만 쉬운 일이 아니오, 목숨을 버릴 각오를 해야만 되오. 하자 박정희는 무엇이든지 명령만 내려 주십시오.

박정희 말이 끝나기 무섭게 대통령은 박 소령이 남로당에 가입해서 총책을 맡으시오. 이 일은 누구도 알아서는 안 되오. 박 소령과 나, 단 두 사람만 알아야 하오. 예! 명령대로 목숨 걸고 책임을 다 하겠습니다. 나라가 있어야 목숨이 있는 것 아닙니까? 아무리 위험한 일이라도 나라를 위한 일이라면 이 한목숨 바치겠습니다. 그 길로 돌아가 박정희 소령은 남로당에 가입했다.

북한 남로당의 눈을 속이기 위해 미끼를 던지면서 박정희 소령은 철저하게 북한 편이 되었다. 북한을 믿게 하기 위해 형도 남로당에 가입을 시켰다. 그리고는 본격적으로 북한 남로당 당원이 되어 활동을 시작한다. 모든 것을 실행에 옮기고 철저하게 조사해 두고 남로당 총책이 되어 북한의 모든 정보를 손에 넣어야만 나라를 살릴 수 있다고 마음먹었다. 그걸 아는 이는 본인밖에 없었다. 더 정확하게는 이승만과 본인 두 사람만의 극비였다.

1948년 10월에 일어난 여순반란 사건은 남로당 군대가 일으킨 반란이었고, 반란군은 여수·순천 전체를 장악하고 엄청나게 많은 사람을 살육했다. 박정희가 남로당에 없었다면 아마도 여순사건과 제주 4.3사건은 왜곡되어 후세에 전하게 되었을지도 모를 일이다. 하지만 호랑이 미끼가 되어 호랑이 소굴에 들어가 살아남는다는 건 목숨이 바람 앞에 등잔불 같은 것이었다. 사태를 파악했지만, 그의 신분을 모르는 사람들은 그가 보고하는 것들을 믿을 리가 없었다. 그렇다고 사소한 것까지 대통령에게 보고하기는 늘 북한의 감시가 따르기에 쉽지 않았다.

박정희는 자신이 할 수 있는 일을 다하리라 마음먹고 열심히 했다. 정부는 진압 부대를 출동시켜서 진압했다. 진압 후에 연대에 있었던 공산주의 장교들뿐만 아니라 우리 군인 공산주의에 가담한 장교들을 찾아내기 시작했다. 그때 박정희는 소령이었다. 박정희 소령이 1948년 11월에 공산주의자로 체포되었다. 그가 남로당 군사총책이라는 혐의였다. 아니 혐의가 아니라 사실이었다. 박정희 소령은 체포되어 수사를 받기 시작했다. 나라를 위해 싸운 대가이니 어쩔 수 없었기에 변명 같은 건 하지 않았다. 시국이 워낙 어지러울 때라 박정희는 하늘에 운을 맡기는 수밖에 없었다.

그때 당시 박정희 소령은 군대 내에서 제일 우수한 장교로 이름이 나 있었다. 만주 군관학교를 수석 졸업했고 일본 육사를 3등으로 졸업했고 해방 후 대한민국 육사 2기를 2등으로 졸업한 군사 천재였던 그를 그냥 살려두면 큰일을 낼 것이라고 생각한 북한군 장교는 수시로 암살 계획을 세웠다. 그러나 그가 남로당에 가입하고 총책을 맡으면서 신분 안전도 보장받고 북한 기밀도 빼내 오도록 이승만 대통령은 지령을 내렸고 박정희는 따랐다. 북한군들 내에서 박정희를 살려야 된다고 했고 남한 군대 측은 처벌하라고 하는 의견이 팽팽하게 맞섰다.

그때 박정희 소령은 수사 총책임자인 육군본부 정보국장 백선엽 대장에게 알려달라고 간청을 했다. 연락을 받은 백선엽 정보국장은 그의 충성심을 알았지만, 남로당 총책이라는 너무나 명확한 사실 때문에 손을 쓸 방법이 없었고 재판은 진행되었다. 박정희 소령은 재판정에서 무기징역 선고를 받았다.

백선엽 정보국장은 이승만 대통령을 찾아갔다. 박정희 소령을 이 대로 사형시키기에는 너무 아깝다는 이야기와 그의 자질에 대해서 백선엽 정보국장은 박정희를 구하기 위해 대통령에게 설명했다. 정보국장 말을 들은 이승만 대통령은 백선엽의 말을 듣는 척하며 *박정희 소령을 살려주어야 한단 말입니까?* 하고 묻자 정보국장은 *예, 이번 한 번만 선처를 해 주시면 나라에 꼭 필요한 인재가 될 것입니다.* 했다. 이승만 대통령은 *그렇다면 정보국장을 한번 믿어 보겠소, 선처를 해 주시오. 아무것도 모르는 척 박정희를 선처해 주라고* 말했다. 백선엽을 제외한 나머지 사람들은 말했다.

그의 형도 공산주의자니 전향한다고 해서 자유민주주의를 위해 싸우지 않을 것입니다. 라며 무기징역 선고에 응해야 한다며 반발했지만, 이승만 대통령은 사전에 박정희 소령에게 지령을 내렸으므로 백선엽 정보국장에게 말했다. *박정희 소령은 공산주의의 악랄함을 몸소 체험했지 않았소. 저들은 박정희 천재를 없애기 위해 저렇게 말하지만, 체험을 이용해 이 나라에서 공산주의를 몰아내는 데 앞장세우기에는 좋은 인물이 아니오? 백 국장, 내 말이 무슨 뜻인지 아시겠지요. 예, 무슨 말씀인지 알겠습니다.*

백선엽 정보국장도 박정희를 평소에 무척 아꼈던 터라 자신의 말을 듣고 사면해 주라는 지시에 무척 고마운 생각이 들었다. 박정희 소령이 그렇게 풀려나자 동료를 자청했던 북한 남로당원이 **총책 동지 할 이야기가 있으니 함께 좀 갑시다.** 했다. 백선엽은 박정희 소령을 예의주시하고 있었기에 아무도 몰래 부하 다섯과 함께 미행했다. 그러나 박정희는 그들이 자신을 변절자로 낙점 찍고 죽이라는 북한의 지령을 받은 것을 알지 못하고 가자는 대로 따라갔다.

어느 한적한 산자락에 이르자 북한 남로당 부총책인 리빨책은 박정희 소령에게 **북한으로 오면 김일성 수령님께서 당신을 최고 권력을 가질 수 있도록 해 준다고 하셨으니 북으로 가시지요.** 했다. 박정희 소령은 단호하게 *그 권력 당신이나 가지시오, 나는 나라가 중요하지 권력이 중요하지 않소! 날 북으로 데려가기 위해서 동무가 나를 고발했단 말이오?* 하자 *달리 방법이 없잖소, 당신 애국심을 꺾을 수 없으니 그렇게라도 해야지. 당신이 만일 말을 안 들으면 죽여도 좋다는 김일성 주석의 지령을 받았소. 이제 유언이나 남기시오.* 하고는 권총을 빼 들고 박정희 소령을 정조준했다.

함께 미행해서 산기슭 고목에 매미처럼 찰싹 달라붙어 숨어서 이야기를 듣던 군인들은 망설임 없이 총을 꺼내 부총책의 머리를 쏘았다. 박정희 소령이 놀라서 주저앉았다. 백선엽이 말했다. *내 당신을 믿었소! 그러나 박 소령 참으로 당신은 겁이 없소. 저들이 어떤 자들인데 혼자 무모하게 이 산기슭까지 따라온단 말이오?* 박정희는 그제야 아찔한 생각이 들었다. 그렇게 죽을 위기에서 목숨을 구한 박정희 소령은 평소 남로당 군사총책을 맡으면서 그려놓았던 북한의 모든 지령과 행로를 면밀하게 기록한 정보를 백선엽에게 내밀었다.

그것은 남로당 군사 조직도였다. 군사총책이란 자리를 위장하지 않았다면 불가능한 일이었기에 박정희는 공산주의를 물리치고 자유민주주의를 수호하는 데 이 한 몸 바치겠다고 마음먹었기에 가능한 일이었다. 언제부터인가 이승만 대통령은 자신에게 어려운 일을 시킨다는 생각이 들었지만 달리 지금은 방법이 없다고 생각했다. 그 일이 어떤 일이든지 나라를 위하는 일이라면 하겠다는 생각을 했고 이승만 대통령은 고개를 끄덕이며 어깨를 툭툭 치면서 **당신밖에 믿을 사람이 없소. 위험한 일만 시켜서 미안하오.** 하고 말했다.

단둘, 이승만 대통령과 박정희 두 사람만의 극비여서 아무도 그가 연극한 것을 알 리 없었다. 수사 당국은 박정희 소령이 제출한 그 남로당 내 군사 조직도를 가지고 군대 장교를 많이 투입해서 군대 내에 공산주의들을 폭파할 수가 있었다. 아마도 박정희 소령에 의한 군사 조직도와 기밀문서가 없었다면 우리 국군은 그 공산주의자들이 군대 내에서 활동하고 있다는 것을 몰랐을 것이다. 어렴풋이 짐작만 군부대에 공산당 조직이 있다는 건 알았지만 무방비로 있었다면 우리 남한은 어쩌면 더욱더 큰 어려움을 겪었을 것이다.

이승만 대통령은 박정희 소령이 입수한 남로당 군사 조직도를 받아들고 역시 잘했다는 생각을 했다. 잘못하면 큰 장군 하나를 적의 품에 넘길 뻔했음에 소름이 오싹 돋았다. 박정희 소령과 이야기를 나눈 이승만 대통령은 그가 배포도 크고 여러 가지로 써먹을 자리로 옮겨야겠다고 결심을 했다. 그리고 백선엽에게 말했다.

석방된 박정희 소령에게 마음을 놓을 수는 없으니 군복을 입힐 수가 없고 육군본부에서 근무를 시키시오! 라고 지시를 내렸다. 지휘관으로 두기엔 여러모로 해박한 지식과 지혜를 두루 쓰지 못할 것 같아 문관이자 민간인으로 육군본부 작전국에서 근무를 시켰다.

1949년 1월에 사면된 후 육군본부에서 문관으로 근무했으나 1950년 6월 25일, 북한군이 기습 남침하여 전쟁이 시작되자 장교가 부족했다. 그러자 박정희 소령은 옛날 계급으로 다시 군으로 이직되었다. 박정희 소령은 탁월한 기질로 얼마 되지 않아서 중령으로 진급하고 곧바로 대령 진급을 했다. 우리나라 군대는 포병이 모자라서 포병을 증병하고 있었는데 대령급들 중에서 포병 장교로 바꿀 계획이었다.

그래서 보병 장교 대령 중에서 포병을 지원하는 사람들을 모아서 시험을 치렀는데 거기서 박정희 대령은 당당히 합격하여 포병 대령으로 정보를 했다. 그리고 치열하고 지루한 남북 전쟁이 끝나고 1953년 11월 장군 준장에 진급했다. 물론 이때도 붉은 사상에 물들었거나 시샘이 많은 사람은 박정희가 공산주의 사상 전력이 있다는 문제를 들고 나왔다. 그러나 이승만 대통령은 단호하게 말했다.

국가를 위해 목숨을 바칠 준비가 된 자가 박정희 말고 얼마나 있단 말이냐? 이 나라는 준장이란 계급이 아니라 박정희를 준장이란 계급에 맞춰 나라를 위해 충성해줄 사람을 진급시킬 뿐이다. 이승만 대통령은 한 치의 흔들림도 없이 아무도 아무 말도 하지 못하도록 한 마디로 못을 박고 결재를 내렸다. 이승만 대통령은 생각했다. 이 천재적인 인력을 미국에 보내야겠다.

그렇게 선진 문물을 배우고 진정한 자유민주주의가 무엇인지를 배우게 해서 힘들게 건지고 힘들게 지킨 나라의 미래를 이자에게 맡겨야겠다. 결심을 굳힌 이승만 대통령은 박정희 준장에게 1954년 1월 미국 유학 명령을 내린다.

그러나 또 주위에서는 반대를 위한 반대를 들고 나왔다. 공산주의 전력이 있는 사람을 진급을 시키는 것도 문제가 있는데 어떻게 선발해서 미국 유학까지 보내느냐고 모두가 벌떼처럼 들고 일어났다. 이승만 대통령은 항의를 향해 너희들은 나중에 박정희 준장이 준비한 꿀이나 먹으면 될 것이지 무얼 그렇게 미리 난리들이냐! 고 일축하고 박정희 준장을 속히 보내라고 했다. 박정희 준장이 미국을 떠나려고 경무대로 이승만 대통령을 찾아 인사하러 갔다.

이승만 대통령은 박정희 준장에게 내 과거 북한군 군사총책의 전력이 있다는 것도 잘 알고 있소. 그것은 애국심에 불타 그들의 정보를 손에 넣으려고 한 것도 알고 있소. 그렇지만 주위의 여론이 좋은 것만은 아니니 늘 몸을 조심하고 잘 다녀와서 대한민국의 미래를 짊어져야 할 것이오. 이승만 대통령이 한 말은 측근에서 귀를 열고 안테나를 세우고 있는 사람들에게 한 말이었다. 그리고는 다시 단둘이서 이야기할 곳으로 자리를 옮겼다.

박 장군 잘 들으시오. 내 이제 나이가 많으나 마땅히 나라를 맡길 적임자가 없으니 그대가 미국에 가서 잠을 줄이고 선진 문명과 문물을 눈으로 보고 특히 자유민주주의가 어떻게 성장해야 성공하는지를 몸소 배우고 와야 할 것이오. 지금 북한 공산당 때문에 이렇게 혼란한 나라를 살려야 한다는 단단한 결심으로 공부하고 와야 하오. 배워서 알아야 하오.

오늘날 이 나라가 이렇게 혼란의 도가니가 된 것도 모두 국민의 문맹률이 너무 높은 이유가 첫째라는 걸 명심하시오. 저 무지한 국민을 교육해 깨어나게 해야 한단 말이오. 이제 나는 나이가 많으니 그대가 공산주의자들을 모두 물리치고 자유민주주의를 만들어 후손들이 편안하게 잘 살도록 이끌어 주길 바라오. 내 그대만을 믿소. 가능하면 하루라도 빨리 많이 배우고 돌아오길 바라오. 그대에게 너무 많은 짐을 지게 해서 미안하오. 그러나 이 나라에는 인재도 없고 배움도 없고 부끄러움도 없는 나라요. 명심하고 어서 가서 나라를 구할 비책을 공부하고 돌아오길 바라오.

두 손을 마주 잡은 이승만 대통령은 울먹이듯이 말했다. 그때는 달러가 아주 귀한 시절인데 어렵게 장만한 달러 150불을 직접 박정희 준장 손에 쥐여주면서 칭찬과 격려를 했다. 150불은 엄청난 거금이었다. 달러가 너무 귀해서 구할 수가 없던 시절 남대문에 암달러 시장이 형성되어 있을 정도였다. 그때 이승만 대통령은 생각했다. 조금 무리를 하더라도 인재 양성하는 데는 아끼지 말아야 한다.

박정희 준장에게 150불을 손에 쥐여주며 미국 유학을 보낸다는 것은 엄청난 일이지만 군사적으로 천재적 기질을 가지고 지혜도 뛰어나니 미국에 가서 자유민주주의 사상에 대해서 공부하면서 미국의 중산층 가정들이 어떻게 살고 있는가도 공부하고 자유민주주의란 어떤 것인지 공부하고 오면 이 나라의 미래를 맡길 수 있는 재목이라고 판단했다.

박정희 준장은 이승만 대통령께서 손에 쥐여준 150불을 받고 미국 유학하러 떠났다. 미국에 도착해 미국 포병학교를 졸업하고 미국이란 나라에 관해 전반적인 공부를 했다. 6개월의 시간을 얻어 왔으니 잠을 줄여야만 그 넓디넓은 미국의 정세를 공부할 수 있었다. 뛰었다. 숨을 쉬는 시간 외엔 밥도 굶어가면서 배웠다. 혼란스럽고 가난하고 공산주의에 물들어가는 조국을 생각하니 잘 수도 먹을 수도 없이 뛰어다녔다. 공부를 끝내고 6개월 후에 귀국했을 때는 살이 10kg이나 어디론가 사라져 버렸다.

자신이 봐도 해골이 걸어 다니는 것 같아 섬뜩했다. 미국 유학을 다녀온 후 박정희 준장은 포병에서 근무했고 그 후에는 1955년도에 보병 5사단장에 임명되었다. 임명된 지 몇 달이 안 가서 1956년

1월, 강원도에 엄청난 큰 눈이 왔다. 그때 당시 5사단은 강원도 양구에 주둔하고 있었다. 화기 중대 벙커 내무반이 눈사태로 완전히 주저앉아 내무반에 있던 60명 중에서 59명이 눈사태로 압사해서 죽는 사건이 일어났다. 59명이 한꺼번에 죽는 큰 사건이었다.

그때 당시 정일권 참모총장은 그 책임을 물어 박정희 준장의 전역서를 가지고 이승만 대통령을 만났다. 전역서를 본 이승만 대통령은 20분가량을 뒷짐을 지고 서성거리기만 했다. 참모총장은 쥐 죽은 듯이 대통령의 명령을 기다렸다. 20분 동안 침묵을 지키고 왔다 갔다 하던 대통령은 참모총장에게 물었다. *이 사고가 인재(人災)인가? 천재(天災)인가?* 참모총장은 난감했으나 대답을 해야만 했다. *인재가 아닌 천재라고 생각합니다.* 라고 말하자 이승만 대통령은 *천재(天災)를 어떻게 박정희 장군에게 책임지라고 하나!* 하고는 전역서를 반려했다. 그리고 이승만 대통령은 이 아까운 인재를 군에 썩혀서는 안 되고 많은 제자를 가르쳐야 한다는 생각으로 박정희 준장을 육군사관학교로 발령을 냈다.

그 후 이승만은 박정희를 예의주시하며 지켜보았다. 부군단장을 거쳐 사단장을 지내 두루 경험을 쌓게 한 후 소장으로 진급 심사를 할 때 반대가 심했다. 그러나 이승만 대통령은 건국 대통령답게 미래를 내다보는 통찰력과 정치적 외교력으로 탁월한 안목이 있었다. 그런 안목으로 분명히 이 나라를 이끌 천재로 보고 박정희를 각별하게 아끼고 사랑했다. 소장 진급 후에 사령관과 작전참모부장을 거치며 승승장구했다.

이승만 대통령은 시국이 시끄럽고 하야를 외치는 거리를 보며 이쯤에서 나라를 발전시키고 자유민주주의를 지킬 수 있는 리더는 박정희밖에 없다고 생각하고 박정희를 조용히 경무대로 부른다. 내가 이 무거운 짐을 자네에게 맡기게 되어 미안하네. 하지만 지금 저 거리로 뛰쳐나온 사람들이나 지식인이나 정치를 하려고 하는 자들은 모두 애국정신도 없이 자신의 이익과 안위만 위해 저러는 것이 다 보이네. 당장 정치에 뛰어들긴 어렵겠지만 때를 봐서 반드시 자네가 이 자유민주주의를 지켜주길 내 부탁하네. 자네가 미국에 가서 충분히 자유민주주의가 무엇인지 배웠을 것이고 슬기롭게 공산주의를 척결하리라 믿네.

자네도 잘 알다시피 공산주의란 힘이 센 소에게 코뚜레를 꿰어 마음대로 부리기 위한 일이지. 소가 자라서 힘이 세지면 잘 휘어지는 물푸레나무를 둥그렇게 원형으로 굽혀서 묶어 말린 다음 이것이 잘 마르면 코뚜레가 되지. 코뚜레가 마르면 소를 끌고 와서 콧구멍에 손을 넣어 만져보아서 좀 얇은 곳에 나무 송곳으로 찔러서 구멍을 내고 코뚜레를 끼워서 새끼줄로 양 뿔에 코뚜레를 고정해 황소에게 이 코뚜레에 고삐를 달면 아무리 힘이 센 소라도 고삐를 당기는 쪽으로 끌려올 수밖에 없지 않나? 곧 코뚜레에 완전히 구속을 당할 수밖에 없지.

그러나 이렇게 구속을 당하는 대신 먹이를 받는다는 걸 사람들

은 모르네. 개는 소보다 덩치도 작고 힘이 약하기 때문에 목에 줄
을 걸어서 구속하지. 개는 목줄을 걸어 구속되는 대가로 주인으로
부터 먹이를 얻어먹지. 닭은 이들보다 더욱 약하기에 날아다니지
못하도록 가두어 놓고 모이로 구속을 하고 이렇게 인간은 짐승들
에게 하는 짓을 인간에게 적용하는 것이 공산주의인 걸 이 무지한
국민이 모르니 어쩌겠나? 야생 짐승들은 그대로 두어도 스스로
먹이를 구하는 법을 배우고 자유로이 날아다니며 스스로 먹이를
찾아 먹고 살지만, 구속한 짐승들은 모두 먹이를 주지 않으면 굶어
죽게 되어있다는 걸 자네도 잘 알지?

그러나 처음에는 공짜로 얻어지는 먹이가 편안할지 몰라도 결국
은 노예로 전락하는 것이지. 여기서 얻는 공통적 교훈은 먹이를
받으면 반대급부로 구속당해야 한다는 게 세상의 이치인데 공산주
의는 대중영합주의를 가속해가고 있지 않은가! 그걸 알 리 없는
국민들은 무작정 환호하며 먹이를 좇아 모여드는 현실이 안타깝기
만 하다네. 포퓰리즘 정책이 계속되면 산업 발전을 시키지 못한다
는 거 자네는 잘 알지? 복지라는 명분을 만들어 놓고 일하지 않아
도 균등하게 먹고 산다는 착각이 담긴 것이 사회주의의 폐단인 걸
국민이 모른다는 것이 문제일세.

그렇게 처음에야 정부가 주는 몇 푼 돈에 배를 불릴 수 있지만,
장기적으로 보면 자체 기술도 제대로 개발하지 못하고 그렇다고
산업도 개발하지 못하고 정부에서 끝없이 먹여 살릴 거란 착각 아

래 의욕을 상실하고 마는 것인데 이걸 모르는 국민을 어찌해야 하는가? 결국 복지 예산은 동이 날 것이고 그로 인해 산업 육성은 투자하지 않아 재정 지출은 계속 압박으로 다가오고 이걸 줄이기는 이미 넘어서고 경쟁력을 잃고 경제가 폭삭 망하고 말 것이 불 보듯 뻔한데 걱정이 태산일세.

대중영합주의의 목적으로 제공되는 국민 지원금은 심리적 구속을 위한 장치이며 반복적일수록 구속의 정도가 심해지게 되어있지. 국민들은 일하지 않아도 또 정부에서 돈을 줄 것이라는 막연한 기대를 하지. 지지 세력을 묶어두려는 정부의 술책인 것을 모르고 정부를 믿고 막연히 기다리는 것이 공산 독재국가가 배급제를 시행하는 이유지. 인민을 가난하게 만들어 생존의 원초적 욕구인 먹을 것으로 통제하겠다는 의도인데 우리 국민에게 어찌 알려야 할지 모르겠네.

독재는 집권자가 경제를 발전시킬 의지가 없고 인기에만 연연하는 것인데 국민들은 독재를 착각하고 있지. 결국, 이 지구상에 사회주의와 공산주의는 사라지고 말 것인데 자유민주주주의 국가는 물고기를 잡아서 씹어 먹여주지 않고 잡는 법을 가르쳐주는 것이고 그래야 지속해서 물고기를 잡아 살아갈 수 있는 걸 알아 가르치는 것이지.

공산주의와 자유민주주의의 차이점은 극명하지만 굶주린 국민들은 우선 던져 주는 먹이에 독약이 묻어 결국 그 독약에 자신이 죽을 것이란 생각을 못 하는 게 안타깝네. 자유민주주의는 경제개발 계획을 수립하여 기간산업에 집중적으로 투자하여 일자리를 만들고, 그곳에서 일할 인력양성을 위해 교육에 많은 투자를 하면서 물고기 잡는 법을 가르쳐주기 위해 애써서 스스로 자생할 능력을 키워주는 것이지. 오로지 자신이 땀 흘려 번 근로 소득만이 경제를 발전시키고 나의 삶이 항구적(恒久的)으로 나아질 수 있고, 그렇게 번 돈이 가치도 있고 자부심이 생기는 수입이 된다는 사실을 알지 못하는 국민을 어떻게 설명을 해야 할지 암담하기만 하다네.

국민들은 왜 모를까? 받으면 무언가를 반대급부로 줘야 한다는 이 평범한 진리를. 따라서 공짜로 받는 돈은 심적 구속을 자신도 모르는 사이에 지급해야 하고, 그 재원 마련을 위해 결국 자신에게로 분배된다는 사실을. 정부에서 주는 돈을 받을 때는 직접적이어서 바로 이익으로 느껴지지만, 심리적 구속, 물가 상승, 소비세 증가 등은 간접적이어서 잘 느끼지 못하지만, 잘 생각해보면 정부에서 주는 건 몇 번이지만 간접적 대가 지급은 연속된다는 것을 공산주의들이 이용해 먹고 있다는 사실을 모르는 청맹과니 국민을 어찌해야 할지 답답하기만 하네.

나는 곧 하야할 것이고 그러고 나면 저 붉은 괴뢰들이 정권을 잡을 것이 분명하네. 그러나 내가 보기엔 저들은 절대로 자유민주주의를 지키지 못하고 빼앗기고 국민을 지옥으로 몰아넣는 공산주의가 되고 말 게 분명하네. 그래서 힘들고 고통스럽더라도 내 자네에게 염치 불고하고 부탁을 하네. 내가 하야를 하고 나면 나라가 어지럽고 혼란해질 걸세. 그때 적당한 때를 봐서 나라의 혼란한 질서를 바로잡고 반드시 자유민주주의 나라를 만들어 반석 위에 올린다고 나한테 약속해 주게.

그래야 내가 마음 놓고 대통령 자리를 내려놓을 것이야. 자네는 똑똑하니까 반드시 그 적절한 시기를 봐서 꼭 지켜주리라 믿네. 내가 죽으면 하늘에서라도 자네를 도와주겠네. 부탁하네.

이승만 대통령의 목소리는 울음 반, 말 반이 섞여 있어 박정희는 아무 말도 못 했다. 암흑 같은 먹구름이 나라에 몰려오고 있다는 생각이 들었다. 그렇다고 현시점에서 나이도 많은 대통령에게 그 자리에서 나라를 더 발전시키라고 하는 것도 무리 같았기에 아무 말도 못 하고 울고 있었다. 이승만 대통령은 울지 말게, 자네가 울면 대한민국 국민이 울고, 대한민국 땅이 울고, 대한민국 하늘이 울어. 그리 약한 마음으로 어떻게 이 나라를 지키겠는가? 굳세어져야 하네. 굳세게 이를 물고 나라를 지켜야 해. 저 뱀 혓바닥처럼 낼름거리는 공산주의로부터 잘 지켜내야 한단 말일세. 박정희는 어린아이처럼 대통령에게 안거서 흐느껴 울었다. 오랫동안 울고 났지만, 현실은 변한 것이 아무것도 없었다.

혼란의 도가니

고천명은 서울대학교 사범대학 2년을 중퇴한다. 육군 일등병으로 군문에 발을 들여놓는다. 그렇지만 거기서도 적응을 못 하고 군 생활을 탈영하고 새로운 길을 사색한다. 장교의 길! 육군대학 정규과정이라고 생각하고 육사 8기생으로 입교를 하기에 이른다. 우수한 성적으로 육사를 다녀 앞길에 찬란한 빛을 비추며 졸업한다. 소위로 임관을 하기에 이르고 육군본부 정보참모부로 임명 받는다. 고천명과 우유부단의 만남은 장차 어마어마한 태풍으로 천둥·번개를 동반한 비바람을 몰고 오기에 이른다. 멀리서 불어오던 바람이 가까이 불어 닥친다. 감각이 둔한 나무들은 바람이 휘몰아침도 감지하지 못하고 그냥 일렁일렁 흔들리고 있을 뿐이다.

그들의 야욕은 완전하다. 그들의 반짝이는 눈은 생각을 붉게 익힌다. 그들은 새로운 고삐를 끌고 새로운 계절이 사는 초원으로 향하고 있다. *야, 우유부단 이거 반갑구먼. 여기서 만나게 되다니 참 우린 역시 좋은 인연이구먼. 육군본부 근무를 축하한다. 만나서 반갑다. 그렇지만 아직 업무파악이 안 돼서 뭐가 뭔지 통 몰라서 한참 헤매게 생겼네. 금방 익숙해지겠지. 미리 앞서 걱정할 필요 없어. 힘줘서 고맙네. 그래서 동기생이 좋은 거야.*

육사 8기 동기생인 우유부단은 육군본부 작전참모부로 명을 받고 근무지로 온다. 그곳에서 고천명을 만나 다시 인연의 끈을 딸깍 딸깍 잇고 있다. 그 끈은 길게 잘 이어진다. 우유부단은 전방 지휘관으로 복무하다 모든 사람의 선망의 대상인, 나는 새도 잡는다는 중앙으로 진출한 것이다. 보다시피 정보참모부 행정업무 담당이야. 매일 뒤치다꺼리나 하는 보직이지. 우리 옛 추억 한 잔 기울이러 가야 하지 않겠나? 그러지. 그거 좋은 생각이지. 있다가 퇴근하고 근사한 곳으로 가서 한 잔 기울이자고. 두 동기생은 동지애를 확인하며 서로 반가움에 취해 삼각지를 빠져나온다.

자유당 정권 때 눈치 안 보고 큰소리치며 술을 마실 수 있는 계열이 있다면 십중팔구는 자유당원이거나 군 장교로 보면 된다. 그만큼 북한 간첩들이 대한민국에 포진하고 있었기에 매사에 신중해야 했다. 캬! 오랜만에 회포를 푸니 좋구면. 이게 얼마 만이야. 이렇게 오랜만에 이곳에서 만나다니 우리는 나무와 나무 그늘 같은 사이인 게 확실해. 그런데 혹시 그 양반 소식 아는 거 있어? 어디서 근무 중인지. 말의 머리 꽁지 다 자르고 몸통만 들이밀지 말고 머리 꽁지 다 붙여서 말 해봐. 그 양반이라는 양반이 누군지.

고천명은 입술과 맞닿았던 술잔을 잠시 입술과 분리하고 뜬금없는 물음을 던지는 우유부단을 매서운 눈초리로 쳐다본다. 툭, 하면 사과 떨어지는 소리지. 무얼 그리 딴청을 부리고 그래? 그 양반이라니? 어디 요즘도 양반이 살아 있나? 맞짱을 두는 말에 심기가 불편한지 먹지도 않은 술이 먼저 취했는지 속으로 의문을 굴리고 있는데 다시 한번 우유부단은 그 양반이란 말에 강조하며 각인시킨다.

야, 너가 하나님처럼 떠받드는 양반 말이야. 그 양반과 조카사위는 정말로 기가 막힌 환상의 파트너잖아. 박어사 숙부 말이야. 육군 중령 고천명의 어부인 숙부 말씀이야. 이봐, 뭘 그리 시험 문제를 내는 것도 아닌데 배배 꼬아서 묻나. 직선적으로 물으면 될 것을. 하하, 내가 너무 문제를 어렵게 냈나 보구먼.

아 그 박정희 장군 말씀이야. 그래, 그렇게 쉽게 내면 될 문제를 가지고서 말하는 본새하고는. 내가 좀 어려웠나? 요즘 그 박 장군은 어디서 무엇을 하면서 내시는지…

희대미문(稀代未聞)의 영웅

3

응, 그분은 지금 부산에서 열심히 복무하고 계시지. 군대 일이라 그냥 그래. 군 장성들은 때가 때인 만큼 빠르게 움직여야 하는 거 아니야? 후일을 도모하기 위해 박 장군도 자유당 부정선거 공작에 앞잡이 노릇을 하는 거 아니야? 무슨 말을 또 그렇게 어수선하게 하나. 수도 한복판이란 걸 잊었나. 낮말은 새가 듣고 밤말은 쥐가 듣는다고. 부정선거 어쩌고저쩌고 지껄이다가 쥐도 새도 모르게 잡혀가서 호되게 좀 당해보고 싶어?

말은 늘 조심이란 징검다리를 놓지 않으면 반드시 강물에 추락하는 법인 걸 잊었나. 세 치 혓바닥으로 신세 조지지 말고 조심해. 야, 웃기며 술 마시고 계시네. 눈치 하나 빠르기로 소문이 자자한 고천명 씨께서 오늘 보니 소심 덩어리가 온몸을 덮고 있구먼. 육본에 근무하면 간이 배 밖으로 나오게 되나? 오늘 보니 육본이 우유부단을 완전 배포가 대포가 되도록 세뇌해놓았구면.

고천명의 말에 우유부단이 소리를 지른다. 어떤 놈이 감히 잡아 간다고. 나 우유부단이를 감히! 고천명은 오른쪽 집게손가락을 입술 중앙에 세로로 세우고 눈도 곧추세운다. 쉿! 쉬! 자신의 입에서 쉿 이란 말을 꺼내 우유부단에게 준다. 우유부단은 취기 때문인지 너스레를 떨며 목청을 높이기에 이른다. 그럴수록 고천명의 목소리는 점점 목구멍으로 기어들어 간다.

같은 장소 같은 동기생이 같은 시대에 같은 일을 직면하고서도 머릿속에서 생각하는 것이나 현실을 직시하는 관점은 서로 다르다. 하나는 돌다리도 두드려보고 건너고 하나는 천지를 뚫을 듯 기세를 펄럭인다. 고천명이 말했다. 원래 주목을 많이 받는 사람은 늘 주의할 인물로 짱박혀 있어야 한다고. 요새 가뜩이나 몸조심하고 있는 박 장군은 왜 들먹거려. 우리 이야기나 하자고. 없는 사람 이야기 꺼내서 입에 오르내려 좋을 것 없잖아. 재밌잖아. 대통령도 없을 때는 욕하는 세상인데. 없을 때 안주 삼는 재미도 삼삼하지 않나? 그런 맛으로 술 먹지 무슨 맛으로 술 먹나 이 친구야. 조심하고 근신하는 거로 봐서 부정선거공작에 가담했다는 뜻? 본의는 아니라고 하더라도 뭐 그런 거 있잖아. 소극적 마음이라도.

어허 이 친구 농담이 심하구만. 농담도 과하면 해롭다는 것 모르나. 이쯤에서 그만하지. 절대 그럴 사람 아니라는 것 아주 단호하고 진중한 사람이라는 것 아 참, 자네는 박 장군은 그럴 사람이 아니라는 걸 잘 모르겠군. 그분은 아주 단호한 성격의 장군이지. 그 양반은 지금 조용히 와신상담, 때를 기다리고 있지. 때? 때를 기다린다. 때 말이지? 조용히 해. 이 친구가 많이 먹지도 않고 취했구면.

나를 술 취한 놈으로 취급하지 말고 진실을 말해 보시지. 내 눈을 똑바로 보고 말하란 말이야. 말꼬리 눈꼬리 꼬리 돌리며 뱀처럼 혓바닥만 날름거리지 말고. 내가 언제 꼬리를 돌렸다고 그래. 말꼬리 눈꼬리니 면상 앞으로 나란히 할 테니까 제발 목소리 좀 죽여라. 너 귀먹었냐?

알았어. 진즉에 그렇게 나올 것이지. 현역 군수기지 사령관이 무슨 때를 기다리고 있다는 거야. 공정한 장비 지원과 사병들 급식 지원을 받아서 통째 삼키는 놈들은 따로 있지. 그 도둑놈들은 장병들 양말까지 챙겨서 꿀꺽꿀꺽 배가 터지도록 말아먹는단 말씀이지. 그놈들은 사병들을 공짜로 부려먹어도 된다는 이를테면 노예로 알고 있지. 나 같은 장교는 노예를 충실히 감독하는 십장(什長)에 불과할 따름이지.

야! 야! 우리 8기 동기생이 뭐 이리 시시껄렁한 말만 교환하고 있냐. 한 울타리에서 팔팔하게 얼굴 보니까 정말로 좋은데 좋은 말 교환해야지. 그래그래 동기생 말에 천군만마가 끌려오고 있구나. 그럼 그렇지. 우리 동기생은 이렇게 죽지 않고 시퍼렇게 퍼들퍼들 살아서 넝쿨을 키우고 있다는 거지. 천군만마를 얻은들 8기생이

든 9기생이든 여하간에 군인 신분인데 별 용빼는 재주 있겠나. 뭐 군인이 사람 축에나 들어가나? 이 친구야 그게 무슨 말인가? 사람 구실, 인간 구실을 해야 사람이란 말 못 들어봤어?

저기 군인하고 사람하고 지나간다는 말… 별세상에 별별 천지라도 별 하나 건지기 어려운 거 몰라서 그래. 음~ 구실? 구실이랬다? 어찌된 일인가? 인간 고천명이가 언제부터 어쩌다가 이리도 신중하고 소심 가득한 장교로 변하게 되었나. 변하게 한 것이…. 군대의 본질이라면 소가 다 웃는다. 으하하하 하하하! 어허, 이 사람 보게나. 글쎄 그게 아니라고. 아니라면 먹는 라면으로 바꿔. 이 친구 먹지도 않고 취했구먼. 어차피 술한테 패한 거 바깥에 나가서 술하고 더 싸워 보자구.

고천명은 비틀비틀 비틀거리는 우유부단의 팔을 잡고 술집 밖으로 나온다. 오래간만에 새삼스럽게 서울이 좋긴 좋다고 생각한다. 서울 진출이 좋다는 걸 술기운을 빌려 비로소 행운이라고 생각하며 푸푸루루 푸푸루루 웃음이 사레 걸린 것처럼 입 밖으로 튀어나온다. 서울은 사람을 키우고 제주도는 망아지를 키우고. 고천명은 4·19 학생 혁명으로 말미암아 또 하나 혁명이라는 거사 명분이 없어졌다고 주위를 두리번대며 난감한 표정을 짓는다. 술기운이 올라 불콰해진 우유부단의 눈을 뚫어지라 쳐다보며 쉰 목소리는 뱃속에서 꿈틀거리다 입 밖으로 나와 아쉬움 보따리를 풀어헤치자 아니, 천명이, 거 무슨 큰일날 소릴 지껄이나!

우유부단은 고천명의 말에 뼈가 들어있다는 생각 한 켤레가 날아와 술의 취기를 확 걷어간다. 번쩍 번개처럼 걷어가 버리는 술기운에 우유부단은 왜 취하지도 않고 망발이야! 망발이라고? 야, 그럼 망발이 아니고 깨금발이냐, 절름발이냐? 자네나 나나 군복을 입은 우리가 국민과 싸워 혁명 놀이를 해 보자는 뜻인데 망발? 군부가 다 들고 일어나는 것보단 국민이 맨손으로 궐기하여 나라의 운명을 바로 잡아야지… 군부가 일어나면 살상이 생기고 맨손이 일어나면 살상은 안 생길 것 아닌가.

우리 군인이 수군수군 세를 모아 할 일을 학생들이 선수 쳐서 기회를 놓쳤다고 그렇게 애달프게 생각하거나 아쉬워할 일은 아니라고 봐. 우유부단, 애달파서 그런 게 아니야. 결과론이지만 일이 그렇게 되었다는 말이야. 국가의 장래를 위해 더 좋은 일이 있으려고 일이 이렇게 된 거겠지. 이렇게 어지러운 상황에 우리가 할 일을 생각해야 하지 않을까.

고천명과 우유부단은 쌍둥이처럼 똑같은 생각을 하고 있었다. 이승만 대통령의 하야 후 어지럽고 혼란스러운 정권을 더이상 그냥 보고 있어서는 안 된다는 생각을 하고 있었다. 과연, 이 와중에 우리가 할 수 있는 일이 무엇일까? 두 사람의 눈앞에 풍운아 술집 간판이 환하도록 웃고 있다. 두 사람은 마음을 비틀거리며 내일 소공동에서 만나자는 약속을 걸어두었다. 우유부단은 자신이 술값을 내겠다고 주머니 속을 뒤지지만, 텅 빈 주머니엔 허풍만 가득

만져진다. 손은 번번이 헛나가 바람을 잡고 결국 술값은 고천명이
주머니에서 끌려 나온다.

통행 금지 시간이 두 사람을 각자의 집으로 발걸음을 재촉시킨
다. 두 사람의 뒷모습에는 취기가 휘틀취틀 갈지자로 따라붙는다.
어디선가 야간 통금 사이렌 소리가 바람처럼 달려와 그들을 따라
붙는다. 이튿날도 변함없이 해는 또 태어난다. 두 사람은 취중에
한 약속을 용케도 기억하며 이튿날도 약속을 찾아간다.

천명이, 나는 언제부턴가 더 이상 버틸 여력이 없다는 생각을 했
네. 대통령은 하야 성명을 내고 떠났는데 계엄사령관 차용서는 국
민적 영웅이 되었단 말이지. 이게 말이나 된다고 생각해. 이승만
대통령이 물러나면 차용서도 동반 퇴진해야 마땅하다고 생각되지
않나? 이 사람은 대한민국 국군의 부패를 논할 때 대표급으로서
책임져야 할 인물이거든. 무능과 부패의 차용서 때문에 결국 대통
령이 하야에 이르게 된 거 아니냔 말이지.

그게 무슨 소리야? 차용서는 기회주의자야. 국민이 성난 파도처
럼 들고 일어났잖아. 그때는 눈치를 보고 있었지. 눈치작전으로 앞
날을 계산하는 거지. 다 된 밥에 숟가락 하나 얹어놓으면 주가가 올
라가잖아. 시위대를 향해 발포 하명 운운하면서도 발포해서는 안
된다고 호통을 치지 않았단 사실… 그렇다면 간단한 일이 아니지.

다시 말한다면 차용서는 정세가 불리하게 돌아간다 싶으면 언제
라도 발포 명령을 내릴 수 있는 위인이란 얘기구먼. 그래. 바로 그

말이야. 차용서야 말로 군에서 제거할 첫 번째 대상이지. 그런 기회주의자가 군수 수뇌로서 존재하는 한 우리 군은 미래가 불확실하지. 군뿐 아니라 나라 앞날에 먹구름이 걷힐 날이 없지. 군부를 정화시키고 오직 나라를 위해 힘을 써야 할 이 상황에서 절대로 그렇게 할 위인이 못 된단 결론이야.

공산주의와 맞서 싸우려면 우선 군부가 깨끗하여 국민으로부터 절대적 신뢰와 지지를 받아야 하잖아. 사기를 먹고 사는 게 군인이지. 전장에서 승리를 거두는 거는 사기잖아. 사기를 먹지 못한 군인은 백전백패야. 한 마디로 정군(整軍)을 할 때야.

고천명은 무릎을 친다. 옳다! 맞아 그래 그 말이 백번 옳다. 썩어 문드러져 부패한 놈들과 공산주의자들을 모조리 쓸어버리는 일이 우리의 과업이다. 그렇다면 동지들을 모아야 한다. 함께 할 동지들을 모은 다음 행동강령을 수립하여 명분을 쌓아야 한다. 우선 일차적으로 청진동에서 술잔 동지를 규합하는 거다. 그렇게 거대한 태풍이 나무뿌리를 통째 뽑아버리며 코앞에 날아들 무서움을 누구도 눈치채지 못한다.

그렇게 둘은 의기투합하여 동지를 모으기로 한다. 동지를 모으는 일은 어렵지 않았다. 우선 육사 동기 세 명을 불러 함께 이야기를 나눈다. 그들은 모두 고천명과 우유부단의 말에 누가 먼저랄 것도 없이 도저히 이대로는 나라에 희망이 없다며 자신들도 어떻게 해야 하나 걱정을 하던 중이라고 했다.

그렇게 창문에 검은 가림막을 내리고 다섯은 밤새도록 술과 대화를 나누었다. 고천명, 우유부단, 소중한, 현명한, 민대박 이렇게 다섯이 모여서 한 뜻을 정하고 공산주의를 척결하고 어지러운 나라를 바로잡을 영웅을 모실 것에 힘 모으자고 약속하고 구호를 정한다. 대한민국의 공산주의와 부패와 무지를 쓸어버릴 쓰나미와 태풍이 입을 벌리고 달려오는 순간이다. 그들은 모두 한목소리로 구호를 정했다. 정군(整軍)이란 구호가 탄생하는 순간이었다.

고천명, 네가 앞장서라. 주도하란 말이야. 어느 모로 보나 네가 가장 적합자야. 배경으로 보나 재치로 보나 최상품이야. 가장 급선무는 가까운 거리에 있는 박 장군을 설득시키는 일이야. 박 장군을 설득시키는 일에 천명이 만한 배경이 없지. 빠른 시일 내에 박 장군이 우리를 대표하여 공격의 선봉장이 되도록 잘 만들어 보라고. 방법론이야 이것저것 많겠지만 지금은 이것저것 따질 시기가 아니다.

박 장군이 차용서에게 대놓고 사퇴하라고 선제공격을 하게 하는 것이 가장 확실하고 빨리 가는 지름길이야. 지름길을 두고 빙빙 언저리를 돌다가 우리에게 대항할 더 강한 태풍이라도 만나면 일을 그르치게 될 수도 있단 말이야. 소중한 현명한 민대박은 모두 이구동성으로 총알 튀어 나가듯이 동의를 표한다. 고천명은 동지들의 결기를 몰아 천명을 호명한다.

자! 우리 모두 깃발을 들자! 박정희라면 차용서에게 한마디할 수

있을 것이다. 그리고 군부의 자존심과 긍지를 가진 장교들이 지지할 것이다. 천명이가 처삼촌과 연락하여 적극적으로 일을 추진해봐. 우린 일사불란하게 후원을 아끼지 않을 테니까. 알았어. 정군(整軍)! 손가락을 가지런히 모아 귀 위에 세우며 우렁차게 외친다. 한번 해 보자. 나라의 미래를 위해서 정군(整軍)! 이제 됐다. 천명이의 진가를 발휘할 때다. 사람은 사람을 잘 만나야 해. 누구는 사람 못 만나 뒈지게 고생하고 짬밥도 배불리 못 먹고 누구는 사람 하나 잘 만나 번쩍번쩍 눈빛 휘날리면 기 펴고 살고. 박정희 소장과 조카사위란 관계가 한없이 부럽부럽 또 부럽단 말이다. 으하하하 하하하하.

민대박이 분위기를 띄운다. 억울하다고 생각지 말아. 천명이 얼굴 좀 봐. 그 험악한 얼굴로 어찌 그리 어여쁜 여자를 만났는지 방법 좀 강연하시지. 뭐 남모르는 신법이라도 있나? 아니면 하나님이 어여쁘게 봐서 미인하고 사는 기적을 주셨나? 야, 임마! 그건 오해야. 사나이 매력은 단순하게 얼굴로 판단하는 게 아니야. 그런 사고방식은 위험천만이야. 사나이란 말이다, 보이지 않는 곳에 늘 매력이란 놈을 숨기고 다닌다는 걸 아직도 모른단 말이야.

천명이는 그런 매력을 일찌감치 발휘해서 육본 주변에서 박 장군 조카딸을 꿰차고 인생과 사랑을 즐기는 동안 나 우유부단이는 우유부단한 이름을 가진 죄로 전방에서 적진과 피 터지게 싸워야만 했다는 게 문제가 아니겠어. 나도 바지를 뒤져보면 매력이 숨어 있는데 말이야. 후후후후 핫하하하 후하후하 후하하.

술잔 동지들의 웃음꽃이 밤을 환하게 비추며 꽃대를 밀어 올리고 있었다. 그런데… 고천명이 오른손을 번쩍 들어 웃음꽃을 꺾어버린다. 지금 민주당 정권이 산적해 있는 마당에 혁명과업을 제대로 수행해 나갈 수 있을까 몰라? 잘하도록 바랄 수밖에 별수 있는가? 우리의 뜻을 다하고 하늘의 뜻을 기다리는 수밖에. 진인사대천명(盡人事 待天命).

장면은 너무 점잖아. 민주적이나 대가 약해. 이 난국에 필요한 강력한 리더십이 별로잖아. 그렇다 치더라도 더 중요한 건 후원하는 미국이 있다는 게 그 무엇보다 든든한 배경이잖아. 아냐. 민주당 신구파 싸움 그 고질적인 병 고쳐지지 않아요. 세력다툼 때문에 정국의 전도가 밝지 않아요. 오히려 공산당에게 협력하며 한패가 되겠지!

술잔 동지들은 제각각 한 마디씩 장면 내각을 안주로 와작와작 뼈까지 씹어 먹는다. 오늘 같은 자리에 당연히 최고의 안줏감이다. 그들의 결론을 모으니 잘하고 있다는 것보다 못하고 있다는 것으로 저울추는 기울고 있었다. 그렇다면, 위태로운 나라를 위해 이 어지럽고 혼란스러운 정국을 마냥 두고만 볼 수는 없다. 우리 술잔 동지들이 목숨을 걸고 거사준비를 한다. 시작이 반이란 말이 있잖아. 우리의 힘이 나라를 정화 시키고 안정시킬 수 있다는 자신감을 갖자는 말이다. 바다를 썩지 않게 하는 것은 3%의 소금이

듯 우리 술잔 동지들의 힘으로 나라를 올바로 세우자는 말이다.

이대로 모두 손 놓고 있다가는 이 나라를 김일성에게 바치는 데 일조한 역사의 반역자가 되고 말지도 모르지. 지금 이 나라는 80%가 북쪽의 떡 한 조각에 혈안이 되어 그쪽으로 기울어가고 있잖아. 이승만 대통령의 하야를 막지 못한 것도 죄인인데 이 나라를 북한에 바치는 일을 막지 못하면 우리는 죽어서도 죄인이 되고 말 것이야. 그러니 우리 목숨 나라를 구하는 데 쓰자고!

고천명은 *거사*라는 다짐을 막걸리 술잔에 부어 잔을 돌린다. 구호를 술잔 위에 고명으로 얹어 마신다. *위하여! 위하여! 위하여!* 구호와 함께 술잔 속에 투명하게 들어있던 쨍그랑쨍그랑 소리가 밖으로 일시에 퉁겨져 나왔다. 푸른 각오와 날카로운 결의가 술잔 위에 출렁이다 이들의 굳은 결의가 싸아싸아 내장도 안 뽑고 뱃속으로 들어간다.

자, 다들 지금부터 우리의 정의 과업을 위해 '정군운동'에 시동을 건다. 우리 모두 우렁우렁 *정군! 정군! 승리 정군!* 고천명의 선창으로 건배 합창의 화음은 밤하늘 별빛보다 고운 음률로 반짝반짝 부딪친다. *자! 한 잔씩 쭈우우욱! 4월 황무지를 개간할 잔인한 혁명을 위하여!* 술잔 동지의 *정군과 거사!* 그들의 의지는 모두 합집합이 되어 우수한 두뇌를 자랑하며 불타오르며 밤을 다 태워버려 드디어 환한 아침이 밝아오고 있었다. 이 순간 역사는 공산주의로 기울지 못하게 하는 모의고사에서 전원 합격점 99점을 통과하는 기염을 토한다.

한 판 승부수

뛰 · 는 · 놈 · 위 · 에 · 나 · 는 · 놈 · 있 · 다.

참모총장 각하!

어려움이 많은 계엄 사무와 군내의 업무처리에 몰두하고 계시는 각하께 위로의 말씀을 드립니다. 각하의 두터운 은혜를 입었고 각하를 누구보다 존경하고 있는 저는 이러한 깊은 은혜에 보답하는 길이 각하의 진퇴 문제에 관련하여 충고의 말씀을 드리는 것이 유일한 방도라고 생각합니다. (중략) 비견으로서는 군은 상명하복의 엄격한 통수 관계이므로 군의 최고 명령자이신 각하께서 부정선거에 대한 전 책임을 지고 물러나라는 성화의 태풍 조짐이 일고 있습니다. 군내에서 태풍이 쓰나미로 밀려오기 전에 용퇴(勇退)하시는 것이 현명하다고 믿습니다. 각하는 4·19 혁명을 민주적으로 조치하여 내외의 절찬을 받은 바 있는데 부정에 대한 책임감을 느끼시면 국민이 갈채를 보내고 각하를 기억할 것이며….

국민이 애석해하는 시기를 택해서 처신하심이 각하의 장래를 보증하고 과거를 청산하는 유일한 방도라고 말씀드리는 바입니다. 서신을 올리게 된 것을 널리 헤아려 살피어 주시옵고, 저희가 심사숙고하여 말씀드리는 성심을 참작하여 주시기 바랍니다.

박정희 배상

육군본부에서 복무하던 8기 동기생들이 정군 의견을 교환하고 난 며칠 뒤에 부산에 주재한 군수기지 사령관 박정희의 전속부관이 육군참모총장 차용서 앞으로 한 통의 서신을 전달한다.

고천명이 시킨 일이라 부관은 두 말없이 전했다. 급하게 전달된 서신을 받아 읽은 차용서의 얼굴에 조금씩 먹구름이 몰려오더니 드디어 시커먼 먹구름으로 쫙 덮인다. 금방이라도 천둥 번개가 칠 듯하다. 안면근육이 겨울 찬바람에 파르르 푸르르 떠는 문풍지처럼 떤다. 억센 두 손으로 편지를 우지직 쫙쫙 우지직 쫙쫙 구겨서 코를 풀어버리듯 책상 위 명패 앞에 내동댕이친다. *이놈이 감히 나를…. 밖에 부관 있나? 넵! 이따위 무례한 편지를 던져놓고 간 놈이 어떤 놈이야? 박정희 소장 부관입니다. 그놈, 당장 붙잡아 이리 데리고 와!*

그러나 차용서는 박정희 부관이 이미 육군본부 경내를 벗어났다는 보고를 받는다. 노기가 좌악 번져오더니 차용서의 얼굴 전체를 덮어버린다. 노기 위엔 분노가 덮인다. 불편함을 아주 싫어하는 이성이 한 조각 떠나기 시작해 모든 이성이 떠나간다. 박정희가 옆에 있다면 당장 권총을 빼 들고 쏘아버릴 기세다. *나더러 물러나라고! 부정선거 관여한 군부의 대표라고 책임지라고 이 개새끼! 뼈다귀도 안 남기고 다 씹어 먹어도 시원찮을 놈. 의리를 헌신짝처럼 팽개치는 놈. 지가 나한테 감히 어떻게 감히 이럴 수가 있어!*

차용서를 몰아세우는 편지사건의 발 없는 소문은 육군본부는 말할 것도 없고 도미노처럼 전 부대로 확산하였다. 전염병처럼 전파되었다. 어떻게 군부 최고 실력자인 육군참모총장에게 도전장을 내밀고 결투하려는지 아무리 생각해도 검은 해일 같은 일이었다. 간 큰 뱃심에 군이 술렁인다. 아니 이쯤 되면 간이 배 밖으로 튀어나온 것이다. 아니 간을 빼서 용궁에 두고 온 행동이다. 그 누구도 박정희를 등에 업고 육사 8기생 정군들이 모여서 단결하여 지원하고 있다는 사실을 모르고 있으니 모두 술렁이고 당황할 수밖에 없다.

박정희의 짓인 줄 안 사람들은 모두 혀를 내두르고 두려움마저 느낀다. 한편. 이 편지사건을 예의주시하고 있던 고천명은 극비리로 박정희가 근무하고 있는 곳으로 떠난다. 경부선 밤 기차를 타고 어둠을 덮고 꿈틀거리고 있는 큰 꿈을 이루기 위한 첫 단추를 끼우기 위해 부산에 내린다. 두 사람은 손을 맞잡고 오랜만에 만난 연인들이 손을 놓지 못하듯 잡은 손을 오래도록 풀지 않는다. 두 사람의 손바닥을 흐르는 전운의 기운은 용암 속에서 빠져나와 마구 솟구치는 뜨거움보다 더 뜨겁게 용솟음치며 펄펄 끓어오른다. 고천명의 서울과 박정희의 부산은 이 나라 제1, 제2 도시의 만남이다.

무게감과 존재감은 이 나라를 통째로 좌우 우좌 저울질할 결코 가볍지 않은 무게가 된다. 이미 주사위는 던져진 것이다. 은밀한 밀담은 장차 어떤 회오리바람을 몰고 올지 시계 제로, 예측불허다. 생과 사의 갈림길에서 고천명은 완벽한 불퇴전의 각오로 한판 승부수를 그물처럼 던진다. 박정희의 뛰어난 기회포착과 순발력 정확한 상황 판단력을 무기로 칼을 빼든 고천명은 박정희의 의사는 형식적이었고 모든 일에 총대를 메고 박정희를 허수아비로 만들고 있었다.

참모총장직 사직 권고는 잔잔한 바다에 파문을 일으키며 군부의 태풍의 눈이 된다. 고천명은 편지사건 직후 육군본부 내에서의 반응 여부를 예의주시하며 일일이 살핀다. 그러나 그 편지는 예측대로 박정희가 쓴 것으로 알고 있음에 안심하고 있었다. 가슴이 두근거렸다. 고천명은 생각의 말미에 긍정을 밑줄로 붉게 그어 강조하며 한발 두발 다음 행동을 계획하고 있었다. **정군운동**이 이제 정식으로 시동이 걸리기 시작한 것이었다.

그 방향과 대책과 분야별 조직문제가 순풍에 돛단 듯이 진행되고 있어 고천명은 오히려 불안하기도 했다. 박정희에게 형식적인 뜻은 전달했지만, 답은 하지 않았기에 더욱 걱정이 앞섰다. 그러나 끝까지 박정희가 응하지 않는다면, 아니 더 정확하게 응하지 않기를 바라며 정군을 등에 업고 자신이 모든 것을 책임질 것이라는 믿음으로 밤이 깊은 줄 모르고 술잔은 그의 입술을 통과해서 몸속으로 흘러 들어가고 있었다. 뱃속으로 들어간 술들은 배짱 두둑한 용기로 변한다. 아무리 술잔을 비워내도 두레박보다 맑은 물은 고갈되지 않고 솟아나고 있었다. 밤하늘 별들은 모두 쏟아져 내려와 술잔 위에서 고천명의 눈 속에서 반짝반짝 빛을 발하고 있었다.

역사의 물줄기를 돌리고 새 나라를 만들어 보자고 단단한 각오를 어깨에 둘러멘 고천명은 사복을 하고 다시 서울로 돌아온다. 하늘도 땅도 눈을 감는 하룻밤, 천둥 우레와 번개나 태풍이 지나가도 아무도 알지 못할 그들의 비밀 회담은 그렇게 싹을 틔우고 있었다. 보안이 생명을 틀어쥐고 쥐락펴락하는 거사. 고천명이 박미녀와 갈라서지 않는 한 보안은 틈새가 벌어질 수 없다. 고천명은 생각한다. 자신의 장밋빛 두뇌와 박정희의 대쪽 두뇌의 조합은 환상적 화음으로 온 대지를 덮고도 남아 하늘로하늘로 퍼져나갈 수 있는데 대답하지 않아 답답하기도 했지만, 가슴 한편에서는 어떤 새로운 욕망이 꿈틀거리고 있었다.

고천명의 새로운 생각, 배의 출항, 뱃고동 소리는 전조등 불빛을 받아 순조로운 항해를 위한 깃발을 숫대처럼 높이 달고 있었다. 어쩌면 상명하복에 배치된 일로서 파리 목숨이 될지도 모른다. 어쨌거나 칼집에서 칼은 빼 들었다. 정군의 깃발은 높새바람을 타고 밤낮없이 나부끼며 불어가기 시작한다.박정희는 하고 나라고 못 하라는 법은 어디에도 없다. 힘을 내야 한다. 고천명의 새로운 싹이 가슴에 돋아나자 모란꽃이 붉은 울음을 우는 봄밤이다.

서약과 연판장

1960년 5월 8일 밤이다. 육사 8기생 중령 7명이 고천명 집으로

발걸음을 내디딘다. 초저녁을 지나 여린 밤 선글라스 사복의 삼십
대 젊음. 비장한 각오로 분장을 한 얼굴들이다. 하늘도 두려워하
지 않는 각오들이 시퍼렇게 날 서 있었다.

여기 모인 우리 여덟 명은

온몸 던져 정군운동에 헌신할 것을 서약한다.

나의 죽음이 너의 죽음이고

너의 죽음이 나의 죽음이다.

살아도 같이 살고

죽어도 같이 죽는 우리는 한 탯줄을 목에 두른 사이다.

살아도 나라를 위해 사는 것이고

죽어도 나라를 위해 죽어야 하는 정군이다

펄떡펄떡 뛰는 푸른 심장에다 소주보다 독한 알코올을 적셔 흰
글씨를 새겨 마신다. 정군운동 책임 행동 요원 여덟 명은 이렇게
연판장을 작성해서 국방부 장관과 육군참모총장에게 제출하기로

방침을 세운다. 연판장 초안 담당은 고천명이 했고 전원 윤독(輪讀) 후 재검토 확정한다. 연판장 제출일은 상황을 봐서 전하기로 하며 연판장의 요지는 다음과 같다.

군은 군무(軍務)를 상무(商務)로 오판하며

자리를 추구하는 기업체가 아니다.

군 장비는 영업의 도구로 이용할 수 없다.

국방의무로 복무하는 사병을

노예 부리듯 노동력으로 인식하는 군 지도층을 개혁한다.

부정부패와 무능한 장성뿐만 아니라

자유를 위한 부정선거 공작에 연관된 장병들에게

철퇴를 가해야 한다.

그런데 어찌 된 일일까?

희대미문(稀代未聞)의 영웅

4

이 철저한 비밀결사 모임에 빨간불이 켜진다는 건 도무지 이해가 되지 않았다. 그러나 비밀은 이미 어느 구멍을 통해 나갔는지 빠져나가고 말았다. 여덟 명 중에 누구 하나가 비밀 모임의 설계도를 빼내어 밀고한 것이 분명하지만 도무지 누구인지 짐작이 가지 않는다. 고천명은 이들의 움직임과 연판장 문구를 한 줄도 놓치지 않고 훤히 꿰뚫고 있었다. *어찌, 이런 일이… 우유부단이 말 좀 해봐. 뻔하지. 우리 중 한 놈이 밀고한 게지. 기왕지사 벌어진 일 더 커지기 전에 배신자는 빠지는 게 더 좋지 않겠어. 근데, 도대체 그 배신자는 누구야?*

고천명 얼굴에는 심각함이 도배하고 있다. 이마에는 번데기들이 올라앉아 우그리쭈그리 주름을 만들어내고 있다. *내 짐작은 간다. 그렇지만 지금 말하고 싶지는 않다.* 분명한 사실은 고천명이 너와

우유부단 나는 밀고자가 아님은 확실하지. 으하하하 하하하. 이
봐. 지금 넉살 좋게 한가로운 웃음이나 입에서 꺼내고 있을 때가
아니야. 알아. 알아 알고말고. 그렇지만 그만 일에 너무 속 끓이지
마라. 이미 대세는 우리 편이거든. 하늘이 우리 편에 섰는데 밀고
정도에 그리 심각함으로 얼굴 도배를 하고 세상 번데기들 다 긁어
모아 주름살 만들 필요 없잖아.

글쎄, 차용서가 가만있을까? 그야 당연지사지. 현직 참모총장이란
빛나는 명함을 이마에 붙이고 있는데. 차용서가 지금쯤 여기 번쩍
저기 번쩍 동분서주하며 사태수습을 위해 정신이 없을 거야. 자네
같으면 자리를 내놓는 일인데 그냥 팔짱 끼고 앉아있겠어. 당장 모
의를 작당한 불순 세력들을 발원색출하기 위해 머릿속에 있는 모든
장비를 꺼내 총동원하겠지, 안 그래? 진즉 우린 각오하고 있었잖아.
그나저나 물은 엎질러진 것이고 자 다들 각오하고 있겠지.

고천명과 우유부단은 상황이 심상치 않음을 인지하고 둘이 따로
만나서 대화를 나눈다. 연판장 돌린 지 사흘 만에 올 게 온 것이
다. 두 사람이 미처 손을 쓰기도 전에 여덟 명은 육군 보안사령부
요원에 전격 체포되어 끌려간다. 내부의 적을 색출해 내지 못한 실
수다. 혐의 죄목은 쿠데타 음모와 국가 반란죄. 참 살다 보니 별꼴
다 보는군. 별꼴이 반쪽으로 동강 나는 일도 있네. 정말이지 세상
개 웃겨. 얼마 전만 해도 위세가 당당하던 자유당 시절에 재미를
보았나? 금방 대통령이 하야했는데 상상이나 할 수 있는 일인가.

어디 소장이 저 하나 뿐도 아니고. 그리고 감히 참모총장을 적시하여 빨리 사퇴하라고 협박 편지를 보내다니…

또 일개 중령에 불과한 몇몇 놈들이 작당하여 연판장을 돌린다는 게 말이나 돼. 이놈들은 박살 내어 군기를 바로잡아야지. 괘씸죄까지 적용해서 어디 맛 좀 보여 줘야 해. 중얼거리며 차용서는 깊은 상념에 젖어 든다. 대통령도 모르게 단독으로 3.15 부정선거 공작에 적극적으로 가담하도록 군부를 진두지휘한 것이 장본인임을 세상이 다 알아 자신의 이름을 빼도 박도 못할 처지임을 알고 있기에 더욱 두려웠다.

양지가 있으면 음지가 있다. 위급하고 엄중한 시간을 쓸어내며 차용서에게 위기탈출의 기회가 날아든다. 희소식이다. 손 안 대고 코 푸는 행운이 찾아든다. 음지는 잠시 햇살을 차지하는 기회가 된다. 함부로 각 세우지 말아야지. 각 끝에는 눈알이 달려있다. 각은 칼이 되어 목을 벨 수도 있다. *보수 세력 물러가라!* 부산에서 데모가 발생했다는 정보가 날아든다. 매그루더(Carter B. Magruder) 유엔군 사령관의 방문이 차용서에게 반전의 기회가 된다. 부산 출신 국회의원들의 *보수 세력 물러나라!* 는 극렬한 데모에 위협을 느낀다. 자위책을 연구한다. 궁하면 통한다는 생각이 정수리에 정면으로 꽂힌다.

민주당 모사꾼으로 진즉 이름을 날리던 안민주는 동료의원과 손잡고 부산의 혁신 세력과 팔짱을 끼고 함께 나선다. 그들은 진보를 자청하는 공산주의 세력들로 부산의 보수 세력을 타도하려고 날뛰고 있었다. 안민주가 지칭하는 육군 장성은 군수기지사령관인 박정희다. 박정희의 좌익전력을 들추어 위기탈출의 기회로 삼는 흑색선전이었다. 고도의 계산된 정치기술이다. 내외로 신망이 두터운 국방부 장관에게로 박정희 정보가 입수된다. 그럼에도 불구하고 유종민은 언행에 신중을 거듭한다. 유종민은 정보를 확실하게 듣고도 모략일 수도 있겠다 싶어 그냥 이 난국을 덮는다.

유엔군 사령관 매그루더는 현 시국을 어떻게 보고 있을까를 탐문하기 위해 차용서를 급히 만난다. 차용서는 싱글벙글 얼굴로 지휘봉을 들고 차트를 한 장 한 장 넘기며 부산 정세를 설명한다. 서울지구에는 수도 사단을 포함 2개 사단을 계엄병력으로 추가 투입한다. 부산지구에는 해병사단을 진주시킬 수 있도록 병력이동을 요청한다. 또한, 차용서는 해병사단을 부산에 진주시킨 후 박정희 지휘 아래 있는 군수기지 사령부를 통합 지휘하게 한다. 통합 사령관에는 최고민 준장을 임명하고 부산에 파견한다.

매그루더는 차용서의 브리핑에 무언가 믿을 수 없는 상황에 선뜻 동의할 수 없다는 생각이 들어 다시 유종민을 찾는다. 유 장관은 어떻게 생각합니까? 지금 쿠데타가 일어나기라도 했다는 말입니까? 공산주의를 색출하고 정국이 안정된 방향으로 자리 잡혀가고 있다고 판단합니까? 아직 잘 모르겠습니다. 차용서의 말에 따르면 서울과 부산에 계엄병력을 증강한다는 것에 이해가 안 됩니다. 매그루더 사령관 생각이 적중하셨습니다. 지금, 이 시국에 누가 그런 얼빠진 일을 획책하고 있다는 것입니까? 실은 나도 차용서로부터 병력 동원을 허락해 달라는 요청을 받았습니다만. 네? 아니 차용서가…:

유종민은 뭔가 잘못돼가고 있다는 걸 직감한다. 그는 곧바로 박정희 부관을 통하여 보낸 차용서 편지사건과 부산에서 일어난 데모와 상관관계를 유추한다. 이런 일련의 사건에 얽힌 차용서의 의중을 탐색한다. 아무리 작전권이 매그루더에게 있기로서니 국방부장관인 나를 따돌린다? 이런 사전협의를 무시한 행위에 자꾸만 생각이 깊어져 기분이 언짢아진다. 뒤통수를 한 대 얻어맞은 기분이 든다. 차용서에게 모욕을 당한 것이다. 그럴지도 모른다. 차용서가 말 못 할 사연이나 함정이 있을 것이다. 그렇다면 벙어리 냉가슴 앓는 그 사연이 무엇일까? 유종민은 내심 사연을 알아봐야겠다 결론을 내리며 궁금증을 알아내기 위해 내친김에 즉시 박정희에게 다이얼을 돌린다.

유종민은 신중한 편이어서 실질적인 감정을 함부로 드러내지 않는다. 박 사령관이시오? 네 그렇습니다. 나 유종민인데 유엔군 사령관 말에 따르면 차용서를 물러나라는 데모가 부산지구에 악화되는 정세랍니다. 따라서 포항의 해병대를 부산으로 출동시켜줄 것을 요청합니다. 박 장군의 의견은 어떻소? 부산지구 계엄사령관 자격으로 말이오. 천부당만부당한 말씀입니다. 4·19 쿠데타 때도 헌병 3개 중대 병력을 투입하고도 치안 확보에 어려움이 없었습니다. 불필요하게 많은 병력을 동원하면 민심을 자극하여 일을 그르칠 수도 있습니다. 그럴 리는 없으리라고 믿습니다만, 만약에 차용서 총장 의견대로 병력을 움직인다면 저는 군복을 벗겠습니다, 미련 없이 말입니다. 부산지구 계엄사령관은 접니다.

이는 저를 불신한다는 의미입니다. 저에 대한 모욕입니다. 직책을 무시하고 월권행위를 한다면 어떻게 군의 체계가 바로 설 수 있겠습니까? 질서와 체계가 무너진 군은 이미 군으로서 체통이 땅바닥에 무너지고 마는 것입니다. 인내에도 한계가 있음을 분명하게 말씀드리는 것입니다.

알겠습니다. 나도 박 장군의 말에 동감입니다. 그렇다면 이번에 일어난 일련의 사건에 대하여 없었던 거로 하겠습니다. 내일 부산으로 갈 테니까 자세한 건 내일 만나서 얘기합시다. 네. 기다리겠습니다.

확고부동한 말과 자신이 의도한 말이 박정희의 입에서 나오자 유종민은 안심을 내쉰다. 한편 19일 밤, 보안사령부 취조실에서 호출 명령이 떨어진다. 참모총장실로 출두하란다. 여덟 명의 정군파 중령은 차용서의 일장 훈시를 듣고 석방된다. 무슨 일이 일어났는지 모두가 어리둥절한 표정이다. 차용서는 더는 버틸 아무런 명분을 찾지 못하자 3.15 부정선거 책임을 지고 옷을 벗고 물러나야 할지도 모른다는 생각이 들었다. 정군을 단행하는 취지에 찬의(贊意)를 표한다면서.

신당동 별 밤

4월 혁명이 토실토실 무르익어가는 가을이다. 들녘이 풍년가를 들려줄지 한 줄기 태풍을 몰고 와서 모두 휩쓸어갈지 아직은 누구도 알지 못한다. 그저 푸른 하늘만 쳐다보고 기다리는 수밖에. 9월에도 태풍이 눈을 허옇게 까뒤집으며 달려올 때도 있다. 하늘이 하는 일은 인간의 간절한 염원을 헌신짝처럼 팽개치는 일도 많아서 하늘은 원망도 듣고 질책도 듣고 무심하단 소리도 끊이지 않고 듣는다. 그렇다고 어느 한순간이라도 하늘이 피하는 걸 보지 못했다. 때로 화가 나면 천둥 번개를 내리치고 눈물을 줄줄 쏟아내고는 언제 그랬느냐는 듯이 방긋방긋 웃으며 또 하루를 시작해 햇살도 주고 바람도 주고 밤이면 달빛과 별빛마저 주며 인간들에게 병 주고 약도 준다.

그렇게 달래다가 안 되면 결국 자신의 품으로 데리고 가고 마는 것이 하늘이란 존재다. 신의 또 다른 이름이다. 또한, 선하게 살아가는 힘없는 사람을 짓밟기도 하고 악으로 살아가는 힘센 사람을 추켜세워 공공연한 불공평이 세상을 쥐락펴락하기도 한다. 신의 한 수는 해독할 수가 없다. 그러니 *신은 죽었다.* 라는 니체의 말은 거짓이 되어버리고 *신은 살아 있다*가 대세가 될 수밖에 없다. 한국 교회의 신도 수가 이를 방증한다. 잘 돼도 신의 뜻. 잘 못 돼도 신의 뜻이다. 그러니까 인간의 셈법으로는 신의 길을 풀 수가 없다.

신은 알파요, 오메가다. 영원한 물음표다.

충무로에도 가을바람이 불어온다. 기분 좋은 바람은 선남선녀의 옷매무새로 충무로 일대는 여름날 가벼움을 밀어내고 품위를 조금씩 갈아입기 시작한다. 언제나 명동과 충무로 일대는 활기찬 사람들로 북적거린다. 싱싱한 젊음은 희망을 불어넣고 보기만 해도 푸르르 떨리게 만드는 묘한 곳이다. 음식점과 다방 그리고 각종 술집은 사람 냄새를 풍기며 수도 서울의 시민 얼굴을 가감 없이 보여준다.

1960년 9월 10일은 평범한 가을날이 아니다. 세월을 갈아엎을 야망의 계절로 시계추를 움직인다. 찰칵찰칵이 착각착각으로 들리는 시계추 소리가 날카롭다. 충무로 3가 일본음식점 **충무장**. 혁명의 장소로 사용될 이름이다. 거사 결의는 충무공 이순신을 빌려 먹고사는 충무장에서 목청을 가다듬으며 서곡을 울릴 준비를 한다. 지금 충무공은 혁명 모의에 어떤 뜻을 전해줄까? 어떤 비책이라도 한 줌 뿌려줄까? 충무공도 군인이고 오늘 여기 모이는 몇몇 군인도 이 땅의 현역이다. 거사가 성공하면 8기생 얼굴들이 한국의 정치판을 마구 들고 흔들 것이다.

공산주의를 몰아내고 실존법을 견고하게 해서 나라의 질서를 바로잡고 혼란을 잠재울 새로운 대책을 공산주의자들의 귀에 들어가지 못하게 은밀하게 추진하는 군사 거사는 **혁명**이란 모자를 쓰고 삼십 대 불타오르는 젊음을 역사의 제단 앞에 올린다. 역사는 늘 승자의 편에서 기록되는 것이라 역사는 진실이 아닌 허구다. 우유부단한 북한군의 꼭두각시들은 대한민국의 군 질서를 모르는 이들은 *하극상* 기획 사건이라고 할지 모르지만, 이 시대를 살아보지 않고는 이런 말을 입에 올릴 상상도 하지 말아야 함을 후손들이 알아주면 좋겠다고 우유부단은 생각했다.

수사와 재판 과정에서 거사 계획이 탄로 날까 두려움이 머릿속을 지배한다. 그렇지만 우유부단은 내 이름 때문에 우유부단하면 안 된다고 마음을 다잡는다. 이 혼란한 나라를 두고 볼 수만 없다. 아귀 지옥 같은 나라를 구하기 위해 극비로 진행했던 지난번의 좋지 않던 기억이 갑자기 고개를 들고 기어오른다. 충무장에 모인 8기생 중령 8명은 단순한 정군운동 하나만으로는 군에 섞인 공산주의자들을 솎아내고 나라를 바로 세우는 데 한계가 있음을 이구동성으로 거론한다. 빨리하지 않으면 저들의 손에 나라가 넘어간다는 판단을 모은다.

군의 암적인 존재 공산세력의 파괴적인 힘으로 전력을 약화시키고 강직한 군인들의 사기를 저하시킨다. 군의 이런 약화와 대한민국 사회 전체가 공산주의와 직결되고 있음을 동지들 모두가 공감하고 고개를 끄덕인다. 거사 규모를 군에서 출발하여 나라 전체로 확대시킬 계획을 짠다. 차용서 총장 밀어내기로 연판장 돌릴 때부터 혈맹으로 맺은 동지들 추대로 가담한 동문도 있어 혁명 옷을 갈아입힐 주역은 이미 30명이 되었다. 나라를 공산주의에 빼앗기지 말자는 의욕으로 가담한 조직은 또다시 업무를 분담할 세밀하

 소백산맥 ⑭

고 치밀한 작전을 짠다.

참신한 군부의 육성은 참신한 정치에서 비롯된다. 우리가 이 일에 실패하고 모두 목숨을 잃는다고 해도 나라를 위해 잃는 것이니 이 한목숨 나라를 위해 죽자! 나라를 위해 죽자! 나라를 위해 죽자! 동지들은 구호를 외쳤다. 그리고 작전에 들어가서 나라를 구하자는 결심을 세웠다.

몽상가

가을은 잠시도 멈추지 않고 걸어 늦가을까지 왔다. 단풍은 저세상 앞으로 마지막 기운을 모은다. 식물이건 사람이건 지난날을 돌아보며 성찰하도록 종용하는 가을. 화려한 작별과 추악한 작별은 발자취를 통해 결정된다. 지나온 발자국이 고스란히 자신의 눈 속으로 들어와 지난날의 향기와 악취를 풍기며 돌아보고 판단하고 뉘우침을 던져 주고는 겨울에게 자신도 먹혀 버리는 가을. 치열한 삶과 건성으로 사는 삶은 약초로 영글기도 하고 독초로 영글기도 한다. 영그는 마당 앞에서는 모두 둥글둥글 모난 것을 모두 내려 놓는다.

식용으로 쓰이는 버섯은 화려하지 않고 독버섯은 화려한 외모로 인간을 유혹한다. 모두가 치열하게 살겠지만 선하게 살려고 노력한 열매는 수수하고 악하게 살았던 열매들은 모두 붉은 눈물로 화려함을 내려놓는다. 1960년 11월 9일이다. 신당동 박정희의 집 울타리에 서 있는 감나무와 단풍나무가 나뭇잎을 하나둘 버리더니 결국 모두 떨군다. 혹독한 겨울나기를 위해 눈물을 머금고 감량을 단행하는 저 신비. 제 살붙이를 모질게 광야로 밀어내며 뚝뚝 흘리는 눈물은 모두 바람이 되어 겨울로 간다. 떨어진 잎들도 어미의 품이 아쉬워 못내 뒹굴고 또 뒹굴며 애가 말라 결국 바스락 부스러지는 것이다.

혹독한 겨울나기는 제 살붙이를 모질게 광야로 밀어내며 생존의 잔혹사를 학습시킨다. 박정희는 어지러운 혼란 속으로 침몰하고 있는 작금의 대한민국을 생각하니 이승만 대통령이 그리워 눈물이 장맛비처럼 주르르 흘러내렸다. 그렇게도 나라를 지키기 위해 자신을 돌보지 않고 뛰어다니는 것도 모자라 하야하는 순간까지 자신에게 부탁에 부탁하던 대통령, 누가 알까? 그 애국심을. 일반 국민들은 절대로 모를 것이란 생각이 들어 하늘을 쳐다보며 멀리 이국땅으로 추방당한 이승만 대통령 생각에 흐느끼며 울었다. 소식도 알 수 없고 연로한 나이에 어떻게 지내는지도 알 수 없는 이 상황이 꿈이었으면 좋겠다는 생각이 들었지만 엄연한 현실이다.

공산주의로 넘어가면 안 된다고 하야하는 순간 때를 봐서 나라를 구하라는 명령은 무엇일까? 대통령이 하야하고 나면 이렇게 나라가 혼란에 휩싸일 걸 예감했단 말인가? 역시 이승만 대통령은 대한민국이란 나라를 위해 태어난 분이 확실하다는 생각이 든다. 그러나 무얼 어찌해야 이 혼란한 정국을 공산주의에 빼앗기지 않을지 아무 생각도 나지 않는다. 실컷 울고 귀가 먹먹해질 때쯤 이승만 대통령의 말이 귓속으로 파고든다. 울지 말게, 자네가 울면 대한민국 국민이 울고, 대한민국 땅이 울고, 대한민국 하늘이 울어. 그리 약한 마음으로 어떻게 이 나라를 지키겠는가? 굳세어져야 하네. 굳세게 이를 물고 나라를 지켜야 해. 저 뱀 혓바닥처럼 낼름거리는 공산주의로부터 잘 지켜내야 한단 말일세. 꿈일까? 주위를 둘러보니 꿈은 아니다. 박정희는 비틀거리며 방으로 들어와 시 한 수를 쓴다.

대통령이 하야하고
적막한 황무지가 된 이 나라

무성하게 핀 공산주의꽃에 여린 국민 가지가 처지네
장맛비 그칠 줄 모르더니

가을향기 갈색갈색 날리고,
가을바람 불어 그림자 기울어지네

붉은 적의 수레와 말이 어지러운 이 나라에

풀벌레마저 무리 지어 서럽게 우네

공산주의자들이 던져 주는

먹이에 환호하는 국민들

공산주의자들이 뿌리내린

땅이 부끄러워 하늘이 우네

어쩌나!

어찌하나!

국부가 그리워

바람결에 편지를 띄우네

자유민주주의에 버림받고

한을 삭히고 있는

이 땅을

어찌해야 하는지

비답을 구하는

편지를 바람에 실려 보내네!

11월은 해가 짧아 오후 다섯 시에 어스름을 깔기 시작한다. 거사 동지들은 어스름을 온몸에 뒤집어쓰고 속속 모여들기 시작한다. 박정희를 거사 지도자로 추대한다. 만장일치다. 하극상 사건을 살려 사직 당국의 주목을 흐리게 할 것과 이 사건에 연루된 장교 중 정의롭고 능력 있는 인물들을 거사에 가담시킨다. 우유부단 자네와 내가 옷을 벗거나 죽을 각오를 해야 하니 우리 짐이 더 무거워졌네. 내 말 무슨 뜻인지 알겠나? 걱정하지 말게 어차피 처음부터 각오한 일 아닌가! 혼미한 나라를 걱정하며 노심초사를 없애기 위해 이제 우리가 짐을 져야지. 서울을 떠나 있는 박정희가 우리의 말을 안 들으면 내가 박정희 대신 이 나라를 책임지겠네. 그래서 말인데 자네는 거사 동지들의 교두보야. 여러 가지 세밀하게 신경 쓰고 해나가야 할 일이 많은 만큼 늘 긴장을 늦추지 말고 늘 예의 주시하며 마음 또한 단단히 단련시켜 최선을 다해주길 바라네. 알았네. 그렇지만 박정희를 무슨 수를 써서라도 설득을 시켜야 함을 잊지 말게. 고천명 자네로는 이 큰일을 수습하기가 쉽지 않아. 아무 걱정하지 말게 내 그리하도록 하겠네.

우유부단은 박정희를 만나러 서울을 떠나면서 고천명이 당부한 말 중에서 마음 한자리에 박혀 있는 지울 수 없는 말, 박정희 대신 책임을 진다는 말이 신경이 쓰였다. 우유부단은 다시 고천명을 찾아가서 에둘러 말하려 했지만 고천명이 미리 말을 꺼낸다. 박 장군 이 사람은 똑똑하고 강직하고 장점이 많은데 그놈의 좌익 경력 때문에 소장 이상으로는 못 올라갈 게 틀림없어. 고천명의 말에 우유부단이 말한다. 그 사람 사실은 공산주의자 아니거든. 진짜 공산주의자도 못 되는 아류(亞流)에 지나지 않아. 박정희는 군사 전략에 관한 한 타의 추종을 불허하는 전략의 천재로 불리고 또 미국 유학까지 다녀온 우리 육군의 큰 자산이 아닌가?

박정희는 중견 장교인 육사 8기생 중령들을 주축으로 거사 동원을 계획 진행하는 것을 까마득히 모르고 있었다. 고천명은 자신의 욕심이 있어 정확하게 박정희 추대를 직접 전달하지 못했고 육사 8기생들은 고천명이 박정희에게 허락을 맡은 것으로 알고 일을 진행시키면서도 비 올 때 우산이 될 현미경 참모총장의 존재를 예비로 염두에 두고 있었다. 거사를 성공적으로 그리고 최소한의 희생으로 완수하는 일에는 현미경을 포섭하는 것뿐이라고 마음을 굳힌다. 거사 성사 후 바람막이 역할과 상징적 존재로 최고 최적의 인물이다.

현미경은 일본 동양대학을 다니다가 학병으로 끌려간 적이 있다. 일본 패망 후 국군 창설에서부터 박정희보다 나이가 서너 살 아래인 현미경은 늘 어디서든 인정을 받아 항상 발 빠른 승진으로 앞서갔다. 박정희가 여순반란사건에 연루되어 목숨이 바람 앞에 촛불일 때도 현미경은 준수한 용모와 재치와 상급자에 대한 충성도가 뛰어나 승승장구했었다. 그 승진에 승진은 육군 최고 지도자로 오늘에 이른 것이다.

이 모든 걸 안 고천명은 현미경을 업고 자신의 목표를 이루기 위한 음모를 꾸민 것을 정군들은 까맣게 몰랐다. 이런 걸 두고 운명이라고 해야 하나? 혁명의 해는 바뀌고 진달래가 산천을 벌겋게 물들이는 봄물 오르는 4월 10일이 되었다. 육사 8기생들은 그동안 시멘트를 굳히듯 물을 줘 가면서 굳힌 마음을 행동으로 옮기기 위해 망설임 같은 것은 도려내고 고천명의 말을 믿고 현미경 육군참모총장을 방문한다. 현미경 육군참모총장 방에 들어서며 거수경례를 한다.

안녕하십니까? 아이고, 여러분이 어인 일이시오? 나라일 관계로 긴급하게 총장님께 알일 일이 있어 들렀습니다. 이리 와서 앉으시오. 예, 미리 약속도 없이 불쑥 찾아뵙게 되어 죄송합니다. 그 긴급함이 무엇이오? 지금 군 안팎에 간첩들이 진을 치고 있어 그들을 가려내어 소탕해야 할 것입니다. 그 소탕 작전에 총장님의 허락이 필요합니다. 현미경은 서성이며 생각에 잠기더니 말했다. 나도 짐작은 하고 있었지만, 그들을 어떻게 소탕한단 말이오? 저희가 방법을 연구해 두었으니 허락만 해 주시면 바로 소탕하고 총장님께 보고드리겠습니다.

현미경은 무언가 냄새가 난다는 생각은 했지만 군 안팎으로 공산주의자들이 판치는 것만은 사실이기에 허락해주었다. *조용히 실수 없이 소탕하시오. 과정에 어려움이 생기면 언제든지 내게 보고하시오!* 예, 명령 받잡겠습니다. 현미경은 고천명과 우유부단을 만만하게 보지는 않았다. 이 사람들은 보통 인물이 아니다. 편지 한 장으로 참모총장 차용서를 물러나게 한 위인들이 아니던가. 달랑, 편지 한 장으로…. 생각을 칼로 부욱 찢으며 다음 말을 잇는 그들의 얼굴에 시선을 돌린다.

실은 오늘 총장님께 드릴 중요한 말씀이 있어서 왔습니다. 아, 그래요? 무슨 말이든 속 시원하게 하시오. 설마가 사람 잡기도 한단 말이 있는데 나보고 또 차용서처럼 부정부패 책임지고 물러나라는 건 아니겠지요? 총장님, 별말씀을 다 하십니다. 그런 것이 아니라 실은 지금 이 나라 돌아가는 꼴을 볼 때 혁명이 필요하다고 판단합니다. 간첩이 우글거리는 정부를 이대로 두고 본다면 우리나라는 공산주의가 될 것이 뻔하고 그렇게 되면 우리는 역사의 죄인이 된다고 생각합니다. 뭣이? 지금 무슨 말을… 현미경은 급소를 한 대 얻어맞아 비틀 허방을 짚는다. 고천명의 기습 공격에 할 말을 잊어버린다. 급성 실어증이 찾아온 것이다. 결의에 찬 한 줄의 말에 온몸에서 소름이 돋아난다. 섬뜩하다. 시퍼렇게 날 선 칼날이 목을 노리고 있듯이. 다리에 쥐가 나는 게 아니라 심장에 쥐가 난다. 감전은 순식간에 온몸을 덮친다. 겨울비에 얼어붙은 입은 달그락거리는 소리조차 내지 못하고 다물고만 있다.

세조가 어린 단종을 무력으로 몰아내고 왕권을 찬탈한 그 시절이 말을 타고 갈기를 휘날리며 달려온다. 말은 몇백 년을 단숨에 건너와 자신 앞에 우뚝 선다. 삼촌이 조카의 왕좌를 무력으로 빼앗은 참극의 역사가 다시 재현된다. 내가 증언자로 법정에 서야 하는 웃어야 할지 울어야 할지 모를 비극과 희극이 씨줄 날줄로 얽힌다. 합법적 정부를 무너뜨린다. 칼춤을 추며 정권을 쥐락펴락한다. 이건 아니다. 참이 아니다. 절대로 안 되는 일이다. 이래서는 어떤 명분도 명분이 되지 못하는 일이다. 피 터지게 여기저기서 저항하며 저항기를 지난 지 얼마나 되었다고. 겨우 일본을 물리치고 한 발 걸어 걸음마를 배우고 있는 지금 국민의 직접 투표로 세운 민주 정부를 무력으로 제압한다.

대한민국은 공산주의가 아니다. 자유가 숨 쉬는 엄연한 민주주의 국가다. 자유당 썩어빠진 정권을 맨주먹으로 물리치고 겨우 세운 이 정부를 1년도 안 돼서 용도 폐기처분한다는 말은 말이 아니다. 쓰레기도 아니다. 재활용될 수도 없기 때문이다. 이번 정부에서 총장직을 임명받은 내가 이 현미경이가 쿠데타군의 편에 선다? 이건 천인공노할 일이다. 국민에게 공적으로 두고두고 손가락질을 받을 것이다. 정군운동에 앞장선 30명의 젊은 장교들은 몇 달 전부터 군사반란을 혁명으로 미화해 지지 세력을 확보해 온 것을 안다. 현미경의 머리에는 천 갈래 만 갈래로 물길이 굽이치고 있다. 도무지 이 나라가 어찌 될 것인가? 얼마나 더 혼란의 쓰나미가 닥쳐올 것인가?

희대미문(稀代未聞)의 영웅

5

현미경은 고천명과 우유부단이 자신을 군사혁명 얼굴로 주목하고 접근해 오고 있는 것도 안다. 현미경은 현직 참모총장이고 대인 관계가 부드러워 호감이 갈 뿐만 아니라 민주당 정권이 임명한 총장이다. 따라서 혁명 대열에 맨 먼저 이름을 올려야 험준한 고지를 무난히 점령하고 세상을 평정하는 데 디딤돌로서 존재가치가 매우 크다는 걸 파악한 것이다. 현미경은 자유민주주의를 세우는 데 없어서는 안 될 인물인 것이다. 어디서든 있으나 마나 한 사람이 있고, 있어서는 안 될 사람이 있고 꼭 있어야만 할 사람이 있는 법이다. 이렇게 꼭 필요하다고 점찍힌 사람이 현미경이다. 포섭이 성사되면 현미경은 군사 통치의 구조 속에서 얼굴마담이 된다.

얼굴마담이 되면 다방의 주인은 따로 있고 꼭두각시놀음을 하고 그 대가를 받아야 하는 것이다. 다방의 성업은 얼굴마담의 영향력에 달려있다. 마담은 얼굴도 반반하고 품위도 있고 교양도 있고 애교도 있고 상술도 뛰어나며 젊어야 비싼 법이다. 이렇게 조건이 갖추어지면 비싼 값을 치르고라도 입소문을 타고 천지사방으로 퍼져나가 다방은 날개를 달고 찾아온 남자들은 비싼 웃음을 마시는 사랑방이 되는 것이다.

현미경은 그런 점에서 최적의 인물이다. 정군 운동파가 공산주의를 무찌르는 데 이만한 적임자가 어디 있는가? 이이제이(以夷制夷)란 말이 이렇게 네 아귀가 딱 맞기도 힘든 사람이 바로 현미경이다. 정군은 현미경을 끌어들이기 위해서는 어떤 희생을 감수하더라도 갖은 수단 방법을 동원해야만 했다. 절박함이 절박절박 절절박박하다. 현미경을 간판으로 내세우면 무수히 날아들 화살을 허공에서 부러뜨릴 수 있다고 정군에서 계획한 것이다. 보이지 않는 천군만마의 힘! 현미경을 수배하라! 혁명이 성공하면 현미경은 한동안 비상시국의 최고 실력자가 될 것으로 생각했다.

4·19 학생혁명과 군사반란을 동일선상에 올려두고 혁명 운운하는 것은 역사에 대한 모독이다. 신성한 주군에 대한 모독이다. 현미경은 불씨 하나 없는 몸에서 활활 불이 타오른다. 가뭄에 쩍쩍 갈라지는 논바닥 심장이다. 생과 사의 갈림길에 선 기구한 운명의 육군참모총장 현미경. 어쩌다가 숨 막히는 막다른 골목길까지 왔을까? 애초에 박정희를 지원하는 8기생들을 단호하고 강경하게 국가내란죄로 엮어 감옥에 보냈더라면 되었을 일을 그때 너무 하찮

은 일로 보아 넘긴 것이다.

그도 그럴 것이 박정희는 8기생들의 움직임을 전혀 모르고 있는 눈치고 8기생 조무래기들이 박정희를 바지로 보고 있는 것 같아 미지근한 대처로 일을 키운 것이었다. 미지근한 일처리 뒤에는 그의 기회주의적인 성격의 요소도 포함된다. 반군이 거사에 성공할 경우와 실패할 경우에 자신의 위치는 어떻게 될 것인가에 고심을 거듭하지만, 아직 뚜렷은 묘책이 떠오르지 않는다. 참모총장으로서 군을 강력하게 장악하지 못한 원인도 사태를 막는 데 그르치는 요인 중 하나다. 호랑이 등에 앉아 있는 현미경. 자신을 키워준 정부에 등을 돌리는 배신자 참모총장.

참으로 난감한 현미경의 현주소다. 물은 엎질러졌다. 아무리 다시 주워 담으려 발버둥 쳐본들 헛수고인 것쯤은 이미 알고 있다. 총부리를 머리통에 들이대며 강요된 선택의 순간을 피할 길 없다. 지금까지 그래왔던 것처럼 양다리 걸치기로 몸조심할 수밖에 없는 노릇이다. 밤도 아니고 낮도 아닌 어정쩡하게 경계를 밟고 있는 현미경.

거세된 목소리

조금 전에 뭐라고 말했습니까? 우리 정군은 무능한 정권을 이대로 두고 볼 수 없다, 혁명의 필요성을 말씀드린 겁니다. 고천명은 카랑카랑하게 신념에 가득 찬, 그 특유의 금속성 목소리로 그리고 육군 최고 지도자에게 객설적으로 폭탄선언을 한다. 또한, 혁명 계획과 현재 진행 상황을 설명한다. 먹이 사냥을 하는 맹수의 눈은 먹잇감 동선을 끊임없이 좇아다닌다. 성공리에 혁명이 완수되면 현미경을 최고 지도자로 모신다는 것. 그리고 요소마다 우리를 따르는 요원들이 침투해 있다고 힘주어 말한다.

어쩌면 듣기에 따라 협박을 하는 것으로 들릴 수도 있다. 지피지 기면 백전백승이라는 손자병법을 잘 안다. 현미경의 모든 것을 정군은 꿰뚫고 있었다. 현미경에 관한 박사 학위 논문을 써도 그 권위를 인정받을 수 있을 만큼 확신에 차 있다. 손오공이 뛰어야 부처님 손바닥 안인 것처럼 정군들의 손바닥 안에 현미경이 있다면 너무 멀리 나간 지론일까? 상대방을 설득 굴복시켜 내 편으로 끌어들인다.

고천명은 심리전에도 능통하다. 상대방의 심리 파악이야말로 적을 이기는 가장 큰 무기 아닌가. 무심코 던진 돌팔매 하나가 나뭇가지에 놀고 있는 어린 새의 목숨을 빼앗을 수가 있다. 고천명은 의도적으로 충격요법을 동원한다. *총장께서 가장 신임하는 심복 중에도 거사 요원이 있습니다. 그것도 하나가 아닌 세 명이나 있다는 것을 알고 계십니까?* 찔레 열매처럼 붉은 말 한마디를 툭, 던진다. 저들이 말하는 혁명! 실존법을 위반하고 정부를 전복시키려는 무력의 세력인 군사 쿠데타에 나의 심복이 활약하고 있다, 하나도 아니고 세 명이나! 고천명의 털이 숭숭 달린 말에 심장은 정신을 잃는다. 벌떡벌떡 제 기능을 잊고 마구 날뛴다. 신경이 날카로워진다.

정말 큰일날 일이로군. 속으로 연신 중얼거리는 현미경. 쏴~ 쏴~ 갑자기 하늘에서 대지를 삼킬 것 같은 폭우가 마구 쏟아진다. 마른하늘에서 날벼락으로 떨어지는 저 물줄기에 하늘이 보이지 않는다. 안절부절못한다. 절절절절 요절까지 뒤따라 올 것 같다. 등줄기까지 폭우는 다 적신다. 문장에는 수사법이란 게 있다. 과장법으로 직면한 상황을 표현하여 풍선효과를 내는 것이다. 식은땀이 폭우로 등을 타고 내려오더니 명치 끝부분의 급소를 공격하는 정군들의 노련한 한 방. 그 급 펀치는 현미경을 그로기 상태로 몰고 만다. 현미경은 간신히 몸을 추스르며 더듬더듬 말의 무대에 올라 입을 연다.

글쎄, 혁명이라고 하는데 내가 지도자이고 아니고 여하튼 그 일이 성공하겠소? 그렇습니다. 그 결말이 어떻게 날지는 모릅니다. 성공이든 실패든 해야 할 일은 해야지 더는 미룰 수 없습니다. 참 난감합니다. 솔직한 내 생각은 정군들의 거사 계획을 말리고 싶소. 굳이 그런 위험천만한 일에 나를 앞장서라고 하시오? 까딱하는 경우엔…

만약에 실패로 돌아가면 모든 책임은 저희가 지겠습니다. 사형장의 한 방울 아침이슬로 이 세상을 깨끗이 미련 없이 떠나겠습니다. 절대로 총장님께 누를 끼치는 일이 없도록 하겠습니다. 협조해 주십시오. 고천명, 현직 총장으로서 협조할 수 없소. 그렇다면 그 냥 묵인만 해 주십시오. 묵인만으로도 협조로 알고 그 은공을 잊지 않을 것입니다. 이봐요! 고천명! 내 말 잘 들으시오. 나는 협조도 할 수 없고 묵인도 할 수 없단 말이오. 다만 우리 둘 사이에 오고 간 일련의 대화에 이러쿵저러쿵 밀고라던가 비겁한 일은 사나이로서 하지 않겠소. 알겠습니다. 고천명 잘하시오.

현미경은 번갯불에 콩 구워 먹듯이 한마디를 훌쩍 던지고는 아찔함을 느낀다. 순간, 스프링처럼 몸을 튕겨 자리를 박차고 일어난다. 고천명은 사나이로서 밀 · 고 · 를 · 하 · 지 · 않 · 겠 · 다. 총장의 말에 방점을 찍는다. 절반의 성공이다. 회심의 미소가 피가 되어 모세혈관을 흐른다. 붉게 붉게 고운 소리를 내면서 잘도 돌며 춤을 춘다. 정중하고 예의를 갖춰 속내를 감추고 마지막 말을 건넨다. 그럼 우리 거사의 지도자가 되어주시겠다는 언약으로 알고 이만 물러가겠습니다. 이대로는 도저히 자유민주주의를 지킬 수 없음을 총장님께서도 잘 아시지 않습니까? 방법은 딱 하나밖에 없음을 헤아려 주시기 바랍니다. 총장님!

고천명과 우유부단의 거수경례를 받고 우두커니 서서 방을 나가는 그의 뒷모습을 바라보는 현미경. 착잡하고 무력감을 한숨으로 표현한다. 한숨은 무거운 쇳덩이를 달고 나와 땅바닥이 무너지라 쉰다. 이러지도 저러지도 못하는 신세를 한숨은 어찌 알고 밖으로 기어 나와 땅을 무너뜨린다. 들숨과 날숨 중 들숨은 기능을 상실하고 오로지 날숨만 날개를 달고 쿵쿵 바닥을 굴리고 있다. 자괴감은 또 무엇인가! 어떻게 그럴 수가 있을까? 갑작스럽게 한 방을 얻어맞아 정신이 몽롱해진다. 그러니까 손 쓸 기회를 놓쳐버린 완벽한 패자가 된다? 반격할 힘도 없이 끌려다니며 귀를 기울여야 한다? 소태를 씹은 것보다 더 쓰디쓴 기분이다.

현미경은 기가 한풀 꺾인다. 갈팡질팡이 서울에서 부산행 기차를 탄다. 당황과 황당이 천국과 지옥을 왕복해 박정희와 상의해 보고 싶어서다. 영웅에 반열에 오르느냐, 역적의 반열에 오르느냐. 영웅의 반열에 오르지 못하고 추락을 하면 그 추락의 깊이는 살아서는 다 재어보지도 못할 만큼 깊을 것은 뻔한 일이다. 영웅은 곧 역적이란 이론이 성립되기도 한다. 이쪽에서 보면 영웅이 저쪽에서 보면 역적이 되는 이 함수 관계를 어이하란 말인가.

승리하면 영웅이요 패배하면 역적이 되고 마는 이 목숨 꼬르르 꼬르르 뱃속에서 생난리 굿판을 벌이고 있다. 현미경은 난감한 표정을 하나하나 복기하면서 공고한 여정, 고난의 여정, 고행의 여정에 잠시 눈을 감는다. 눈을 감는다는 건 생각을 가지런히 정리한다는 뜻이다. 눈을 뜬 정군들은 심기일전 작업에 착수한다. 신뢰하는 심복이 있다는 말에 현미경은 아찔한 생각이 든다. 비장의 카드 한 장 없는 이 상황을 어찌해야 할지 난감하기만 했다.

꺼칠하던 정군들의 얼굴에 봄물이 파랗게 오른다. 침착하게 그리고 황급히 그리고 정곡을 찌른 것이 성공했다. 아무것도 모르는 박정희를 따돌리고 고천명은 박정희 부관인 최 장군을 호출하여 육군참모총장 현미경에게 보낸다. 최 장군 역시 정군을 지지하는 장군이었다. 아니! 이 사람! 자네 최 장군이…. 예, 박정희 장군 말씀 하나하나가 옳다고 판단되어 그편에 가담한 것입니다. 이 나라에 간첩이 있는 한 이 나라는 늘 혼란의 도가니가 되고 끝내는 공산주의자들에게 6·25 때처럼 또다시 남침을 당하고 말 것입니다. 총장님도 이 대한민국을 지켜야 하지 않습니까? 박정희 장군도 이 나라를 공산주의로 만들 수는 없다고 정군들에게 힘을 보탠다고 했습니다. 이제 총장님만 망설이지 않고 저희 뜻에 호응해 주신다면 전 육군이 궐기한 셈이 됩니다. 원 참, 난 모르겠소. 뭐가 뭔지, 뭐가 어떻게 돌아가는지 도대체가. 나 지금 무척이나 정신이 혼미하오. 현실인지 꿈인지 분간하기 어렵단 말이오.

최 장군은 박정희의 부관이라서 그의 말을 듣고 박정희가 정군을 지지한다는 말을 그대로 믿을 수밖에 없었다. 현미경은 도둑을 보고도 도둑이라고 짖지 못하고 도리어 주인을 무는 개가 된 기분이다. 목소리가 거세된 총장. 나라를 바로 세우겠다는 충정의 군부와 맞서다가 해도 달도 모르게 갈 수도 있다는 생각에 치가 떨린다. 당장 국방부 장관이나 상부에 보고한다면…. 그다음 날은 입관식 날이 될지도 모를 일이다. 아니지. 이 자들이 분명히 나를 최고 지도자로 대우한다고 그랬잖아….

현미경의 뇌가 우왕좌왕 아직 자리를 잡지 못하고 방황하는 사이 다시 연락이 온다. 기회 포착과 속전속결은 군인의 기본자세다. 유능한 군인의 길이다. 한 마디로 결단력 있는 사람으로 보이기도 한다. 그 길이 비록 황천으로 가는 길일지라도. 정군들의 거사 후의, 이를테면 혁명 후 정부 형태와 정책 등을 요약한 비망록을 현미경에게 건네주도록 사신을 보낸다. 현미경은 경우의 수를 늘어놓고 머리를 굴린다. 첫 번째 저들이 말하는 혁명이 성공해도 내가 살고 두 번째 저들이 말하는 혁명이 실패해도 내가 사는 방법은 무엇인가?

현미경의 묘수 두기는 양다리 걸치기 작전이다. 위기극복의 결단력과 강력한 통솔력이 정가의 참새들 단골 메뉴가 된다. 모나지 않는 성품과 민주적 신념이 뼛속까지 스며있어야만 정군들의 혁명 후 사퇴를 수습할 것이다. 그러나 고천명은 현미경은 *깡다구*가 없다. 박정희는 *깡다구*가 십 단이다. 깡다구로 말하면 박정희는 신의 경지에 이른다. 강력한 통솔력은 속된말로 깡다구에서 나온다. 깡다구! 깡다구!! 깡다구!!! 165센티도 안 되는 단신의 박정희는 180센티 거구도 두려워하지 않는다. 이놈의 깡다구가 없어, 현미경의 군부도 물에 물 탄 듯 술에 술 탄 듯 밋밋하고 싱겁다. 짜고 맵고 강단이 있어야 추운 겨울을 이겨내는 것이다. 박정희는 이런 점에서 후한 점수를 받고도 남는다.

민주당을 휘청거리게 하는 요인 중 하나는 신구파 싸움이다. 아무도 못 고치는 난치병을 앓고 있다. 인물을 키우기보다는 세를 키운다. 나라 걱정보다 사리사욕이 우선이다. 이런 이유로 혼란은 걷잡을 수 없고 민주당 정권 아홉 달 동안 데모로 해가 뜨고 데모로 해가 진다는 말이 그냥 지나가는 말이 아니다. 고천명은 박정희가 정군들의 혁명을 알기라도 할까 전전긍긍한다. 현미경쯤이면 마음대로 움직일 수 있지만, 자신이 지켜본 박정희는 도저히 자신의 능력으로는 감당하지 못할 인물인 걸 너무나 잘 안다.

그러나 정군 30여 명은 모두 거사 후 박정희를 모실 것으로 생각하고 있으니 이러지도 저러지도 못하고 가슴앓이만 하고 있다. 한편 박정희는 나라가 혼란한 것도 신경이 쓰이지만, 공산주의 사상을 가진 자들이 지도부에 있으니 여차하면 나라가 공산주의로 넘어갈 위기에 직면함을 깨닫고 미국으로 이승만 대통령에게 편지를 띄운다.

대통령 각하 타향 땅에서 얼마나 고국이 그립겠습니까?

제가 아무리 힘을 써도 저 공산주의자들이 정권을 잡고 각하의 귀국을 막고 있어 가슴이 아립니다.

제가 어떻게 해야 할지 도무지 생각이 나지 않아 인편에 편지를 띄웁니다.

각하께서 하야하신 후 이 나라는 데모 천국이 되었습니다.

1960년 3.15를 거치고 4·19를 거치면서 과히 데모 만능시대가 도래했다고 탄식하는 지식인이 많습니다.

4월 혁명 유족의 데모, 4월 혁명 부상 학생 데모, 비구승들의 목탁 데모, 창녀촌 포주들의 데모, 장애인들의 데모, 담임선생을 바꾸어 달라는 국민학교 학생들의 데모, 데모로 하루 24시간이 부족한 이 나라를 어찌해야 할지 생각이 나지 않습니다.

대통령 하야를 외쳐 내려왔고 자신들이 표를 모아 세운 합법적 정부를 또다시 부패라는 이유로 총칼이 뒤엎을 준비를 하고 있습니다.

이 일을 해결하기 위해 눈코 뜰 새가 없습니다.

누가 적군이고 누가 아군인지 분간이 가지 않을 정도가 되어버렸습니다.

각하께서 하신 말씀이 뼈에 새겨집니다.

군 내부에도 여전히 공산주의는 들끓고 민간인들이 공산주의를 추종하는 건 공산주의가 무엇인지도 모르는 까닭입니다.

각하! 각하가 너무나 보고 싶습니다.

아무도 누구와도 마음 놓고 이 나라를 상의할 사람이 없습니다.

이제야 깨닫습니다.

각하께서 얼마나 외로우셨을까?

얼마나 외롭고 고독했으면 저 같은 사람과 비밀을 만들며 이 나라를 건지기 위해 고군분투하셨을까?

그때는 몰랐는데 각하께서 자리를 비우고 나니 너무나 절절합니다.

어찌해야 합니까?

비답을 내려주십시오.

그리고 제가 뵐 때까지 강건하셔야 합니다.

이만 줄입니다.

박정희 올림

다행스럽게도 정군 30명 중 한 명이 이 편지를 미국에 전하는 우편배달부로 가게 되었다. 우편배달부는 고천명 자신이 국가의 대통령 자리를 노리는 것을 아는 유일한 사람 배 중령이었다. 배 중령은 정군들이 박정희를 거사 후 지도자로 하기로 약속을 해놓고 어느 날 고천명이 자신을 술자리로 불러 소신을 밝힌 후부터 마음에 갈등이 생겼다. 고천명은 도저히 지도자로는 부적합하다고 생각하고 있었지만, 비밀에 부치고 고민을 하던 터에 자신이 자진해서 이승만 대통령과 상의를 하기 위해 미국으로 향했다.

정군이나 고천명은 이 사실을 전혀 모르고 있었다. 이승만 대통령은 배 중령을 반기며 어찌할 줄 몰라 했다. 고국 걱정에 잠도 못 자던 이승만 대통령은 배 중령의 말을 듣고 하늘로 날 듯이 기뻐했다. 그리고는 배 중령을 당장 내일 떠나라고 했다. 대한민국을 지킬 사람은 박정희밖에 없으니 어떤 수를 써서라도 박정희가 정치하도록 만들어야 하네. 자네들이 진정한 자유민주주의를 만들 계획이라면 박정희가 아니면 절대로 공산주의를 물리치지 못함을 명심하게. 정군들의 뜻은 참으로 장하이. 그래야지. 그렇게 한 다음 박정희를 추대해. 그전에는 끌어들이지 말란 말일세.

내 자네만 믿네. 이 거사에 박정희를 끌어들이지 못하게 자네가 고천명이 의사를 따라. 내 말 무슨 뜻인지 알겠나? 하고 편지 한 통을 써서 박정희에게 전하라고 주었다.

박 장군 내 배 중령 편에 조국의 기별은 잘 들었네.

그래도 깨어있는 사람들이 있어 조금은 안심이 되네.

급기야는 육사 8기생의 정군이 들고 일어났고 정군들 30명이 치밀한 작전

수행하기 위해 나섰다고 하니 그들을 믿어보게.

그렇지만 자네가 정면으로 나서지는 말게.

거사 후에 고천명이를 대통령을 만들려고 하니 고천명이가 하도록 두게.

그는 머리는 영리하지만, 나라를 움직일 위인은 못 되네.

그렇지만 공산주의자들을 색출하는 데는 쓸만하네.

자네가 공산주의자들을 색출하기 위해 전면에 나섰다가 다치기라도 한다면

대한민국은 영영 희망이 없네.

때를 기다리게.

때를 기다리면 하늘이 때를 만들어 줄 거야.

내 배 중령에게도 그렇게 당부를 했네.

저들의 명단을 보니 모두 만만찮은 사람들이 모였으니 자신들의 모두를 걸

고 공산주의를 물리치는 일은 잘 해낼 거야.

그렇게 일단 물리치고 나면 자네가 나서서 수습하고 나라를 평정시켜야 하네.

경거망동할 사람은 아니지만 내 노파심에서 하는 말이야.

내 말 알아듣지?

배 중령이 수시로 내게 연락을 주기로 했으니 궁금한 거 있으면 배 중령에

게 연락하고.

때를 기다리며 꼭 몸조심해야 하네.

자네가 없으면 조국은 영영 공산주의가 될 거란 것 명심하고

저들이 애벌로 공산주의를 쳐내고 나면 자네가 그때 서서히 나머지들을 소

탕하게.

잘못하면 일을 그르치게 되니 꼭 당부하네.

건강하게.

이승만 씀

배 중령은 귀국해서 바로 박정희를 찾아간다. 박정희가 복무하고 있는 대구의 2군 사령부 부사령관실은 햇살이 졸다가 지나가는 한적한 공간이다. 구름도 잠시 미루나무 가지에 걸터앉아 기우뚱기우뚱 부사령관실을 기웃거리다가 간다. 사람의 숨소리를 듣기도 드문 곳이다. 주인 없는 쓸쓸한 방엔 대낮에 겁도 없이 파리 몇 마리가 날아다니며 방을 헤엄치며 주인 노릇을 하고 있다. 박정희는 한 주일 중 4일은 서울에서 머무르며 침착하게 국민의 혼란을 보며 나름대로 방법을 찾고 있었다. 이승만 대통령은 어찌 이 혼란을 미리 아셨을까? 참으로 신 같은 존재라는 생각을 한다.

한편 정군은 총지휘를 함에 손색없음을 과시한다. 서울은 대한민국의 심장이다. 붉게 뛰는 심장을 스물네 시간 단 1분도 쉬지 않고 수고를 아끼지 않는 심장. 그 심장을 겨누라! 소리 없는 총으로. 박정희는 이승만 대통령의 편지를 받고 이리저리 공산주의자들의 동

향을 파악하느라 비워 둔 부사령관실에 걸려오는 육본의 전화는 그 누구도 받지 못하게 하고 참모장 이주일만이 담당하게 했다.

이주일은 능청이 8단이다. 상부 전화를 불편하지 않게 요리한다. 부사령관의 부재는 그럴싸하게 듣기 좋게 친절하게 버무리고 맛있게 요리해 조금의 의심도 못 하도록 잘도 따돌린다. 부재의 이유에 적합한 메뉴는 얼큰 한 숟갈, 짭짤 한 숟갈, 구미 당기는 냄새 묻은 숟갈, 닭발 먹고 오리발 내미는 술안주를 곁들인 술 한 권. 이렇게 코스 요리로 거나하게 이어진다. 능청과 깡다구의 환상 조합은 신도 따돌린다. 대구와 서울은 대전선 이상 없다. 물 흐르듯이 흘러 흘러 바다로 바다로 용솟음치며 거대한 파도를 일으키기 위한 전야제를 준비하듯 노래를 부르며 흥얼흥얼 흐른다.

이승만의 편지를 받은 박정희는 가슴에 얹혀 있던 돌덩이가 내려간 듯 속이 시원했다. 그리고 고요히 아는 척도 모르는 척도 않고 복무에 열중하고 있었다.

때를 기다리는 회사

다사다난했던 한 해가 지고 또 다른 다사다난할 한 해가 맨발로 달려온다. 다사다난은 지구가 종말을 알릴 때까지 해마다 신문지면과 방송을 그리고 사람들의 말까지 지배할 사자성어로 굳어 버린지 오래다. 다사다난을 빛내기 위해 일을 해야 한다. 가능하면 굵직한 일을. 육본 수뇌부는 비밀리에 군부 여론이 좋지 않은 말썽 장병들 그러니까 육본에 해를 끼칠 가능성을 솎아내는 예편 계획을 확정한다. 육본 2층에 설치된 **개인 보안 심사위원회**가 개최된다. 거기엔 사상이 의심스럽다거나 근무실적이 불량한 군인을 심사한다. 부적격자로 판정된 153명의 비밀 명단이 보안사령부로부터 제출되어 꼼꼼하게 살피는 중이다. 박정희가 이 명단에 끼어 있다.

박정희는 5월 중으로 결정된 예비역 편입대상이다. *마, 말도 마소. 부사령관은 요새 제정신이 아닙니더. 우쩰 겁니꺼? 먹고 살 궁리에 정신이 없는 모양입니더. 장사라도 해 볼까 그런 심사인 듯 싶습니더. 이거 참말로 죄송합니데이. 전화를 주실 때마다 헛수고를…*. 이주일의 능수능란한 전화 수단 넉살에 맞장구를 치며 넘어간다. 육본에 둥지를 튼 반 박정희 사람들은 회심의 미소를 짓는다. 현미경은 아니다. 그럴 처지가 못 된다. 박정희 적수들은 속으로 박정희가 예편 후 입에 풀칠이라도 할 양이면 무슨 무슨 회사 간판을 걸고 대표직 명함을 돌리면서 사업에 몰두하겠지. 그리고 손쉬운 군납 관련 일에 눈독을 들이면서 하루의 끼니를 위해 허덕이겠지.

뱁새들의 지저귐은 모이에 집중된다. 뱁새가 봉황의 마음을 어찌 알리요. 그 작은 새대가리로는 봉황의 화려한 속을 알아내기란 애초에 불가능한 일이다. 회사 이름이 **때를 기다리는 회사**인 줄도 모르고 입방아를 찧고 모이를 더 쪼아 먹을 궁리에 여념이 없는 뱁새들의 지저귐은 자신의 머리 무게만큼 멋대로 넝쿨 지고 있다. 어쨌든 박정희는 군복을 벗어야 할 운명이다. 자신의 불운 풍문을 전화위복의 기회로 삼아야 한다. 죽기 아니면 살기다. 굶어도 좋다. 죽어도 상관없다, 절망을 넘어 한 판 승부수를 던져야만 공산주의를 물리치고 자유민주주의를 지킬 수 있다. 사나이 가는 길에 절망이란 애초에 없다. 그 작은 키에는 다부진 마음들이 가득 들어 있어 후회라는 말은 상상조차도 않는다. 오로지 나라를 지키기 위한 길. 전진의 길. 전진! 전진! 또 전진하는 길에 어떤 걸림돌도 없다.

박정희의 천부적인 기질 뛰어난 감각 전술적 기회 포착과 순발력은 조직 동원에 불길을 당길 만도 하지만 감감하다. 서울을 비롯한 중앙조직과 전방조직 그리고 후방조직을 설계하느라 올빼미 눈이 되어야 하지만 반대파들은 고개를 젓는다. 아내 육영수와 근혜, 근영, 지만이와 식탁에 둘러앉아 다정을 주고받으며 오순도순 말과 밥을 섞어 먹어본 지가 언젠지도 모른다. 남편으로서 아버지로서 점수는 학점 미달 최하일 것이다. 외딴길. 우리 군대 역사상 아무도 가보지 않은 길을 가려 한다. 쥐도 궁지에 몰리면 고양이를 무는 법이다. 정군이 불사 죽음으로 저항하다 철저한 준비와 실수가 없어야 생존하지만 그래도 그들이 승리하기만을 조용히 빈다.

혁명이 신앙이 된 정군 역사는 군사 쿠데타로 기록할지라도 **혁명**

이란 붉은 글씨 두 음절은 정군들이 가장 신뢰하고 믿는 종교다. 혁명의 교주 고천명! 서울 장안에는 *4월 위기설*이 떠돌아다닌다. 뜬구름처럼 진원지도 알 수 없는 곳에서 나와 정처 없이 여기저기 떠다니며 소문을 뿌려대고 있다. 정조사는 30년 경찰 근무의 관록으로 수사 감각이 뛰어난 인물이다. 무슨 낌새라도, 조그만 틈새라도 보이면 동물적 감각으로 인지해 낸다. 정조사는 지난해 2월경을 떠올린다. 일부 군인들에 의한 쿠데타와 음모에 관한 정보를 용산 경찰서 정보망을 통해 입수한 바 있다.

주동자는 박정희! 육군본부 작전참모부장 소장 박정희. 정조사는 수사관 직감으로 박정희의 인적사항 경력 등을 소상히 기술 첨부하여 당시 국방부 장관에게 보고한다.

희대미문(稀代未聞)의 영웅

6

그렇게 보고를 올리는데도 이유를 알 수 없는 묵비권이 행사된다. 왜일까? 뭉개버림이다. 국방부 장관은 군의 동태와 인적 관례에서 문맹에 가깝다. 정조사는 박정희 보고에 대한 국방부 장관의 뭉갬에 화가 치밀어 다시 작전을 짠다. 노련한 수사관의 자존심을 걸고 칼을 뺀다. 서울시경 정보과장을 불러 행동지침을 내린다. 박정희를 지속적으로 감시할 것과 육본 작전참모부에서 근무하던 박정희의 심복으로 알려진 정군운동 주동자 중 한 명인 우유부단을 미행하도록 밀명을 내린다.

한편, 고천명도 감시 대상자로 포함된다. 신당동 박정희의 사택도 도청 대상이다. 박정희가 무슨 돈이 있어 회사를 건립할까? 참, 국장님도 박정희가 부산의 군수기지 사령관 자리에 있었잖아요. 마음만 독하게 먹으면 까짓거 군수물자 도둑질은 식은 죽 먹기 아닙

니까. 으음, 그럴 듯하군. 군수물자 부정사건이라면 먼저 군 수사 기관에서 담당하는 게 옳은 거지. 군인들은 우리 경찰이 관여를…

이 무렵 서울에선 공공연하게 여러 갈래의 쿠데타설이 떠돌아 여기저기 돌고 있었다. 군대 민족청년단 진영이 쿠데타를 일으켜 이범석을 대통령으로 추대한다는 정보와 민주당 내 소장 신파 의원들의 모임인 신풍회 소속 국정만이 국회 국방 분과위원장 지위를 이용 군부와 손잡고 쿠데타를 음모하고 있다는 정보가 날개를 펄럭이고 날아다닌다. 또 한쪽에서는 4월 혁명 1주년을 디데이로 잡고 학생들이 대규모 집회를 열어 민주당 정권을 전복시킨다는 정보가 4월 위기설을 부채질한 것이다.

이런 시국에서 정조사는 자기 지휘 아래 있는 소속 형사들이 박정희 미행을 이어오던 중 어디선가 생각지도 못하게 동선을 놓쳤다는 보고가 날아 들어온 것이다. *도청한 내용에 의하면 신춘파티에 참석한다고 그랬다면서? 예, 맞습니다.* 박정희 미행에 뒤통수를 얻어맞은 형사부장은 정조사 앞에서 영락없는 고양이 앞에 쥐의 형상을 하고 있다. 이절 저절 사절 간절 절절절절 절이란 절 다 헤매고 있는 형사부장.

박정희는 누군가가 자신을 미행하고 있음을 아마도 눈치챈 것 같습니다. 그 추정에 무리가 없을 듯합니다. 아하! 그러니까 생각 나는 게 하나 있소. 거 무엇이던가. 신춘파티란 것이 의심스럽소. 서울 바닥에서 군용 지프 한 대를 놓치다니 말이나 되는 거요? 그

래! 안 그래! 입이 백 개라도 할 말이 없습니다. 면목 없습니다. 면목이 없다? 면목이 없다고? 그렇게 일처리를 어리어리하게 하고 밥 안 굶고 먹는 게 다행이네. 어쩌겠나! 일은 터졌고. 오늘 밤에 국무총리를 찾아봐야겠소.

정조사는 굳은 표정으로 일어선다. 담당의 안내에 따라서 국무총리의 집무실이 있던 반도호텔에서 미 대사관 관리들과 신춘 칵테일 파티 개최 중임을 확인한다. 정조사는 시경을 신속히 빠져나온다. 정조사는 비 맞은 중처럼 속말로 중얼거린다. *이놈의 신춘파티 때문에 이 땅은 춘래불사춘(春來不似春)이 될지도 모른다.*

무궁화 운동

민주당은 4월 위기설에 대한 대책을 내놓는다. 민의원과 차 의원에서도 4월 위기설이 정식 의제로 채택되어 설왕설래 논쟁을 벌인다. 데모 구제법을 제정하고 옥외 집회를 열 경우 24시간 전에 사전 허가를 신청해야 한다. 경찰 기동대를 강화하고 총리 직속 정보기관인 시국 정화운동본부 요원들을 동원하여 학생 지도자들에게 4·19 1주년에 자숙해 줄 것을 설득한다.

그러나 최악의 경우 폭동 진압을 위해 6관구 사령부의 병력을 동원하여 질서를 유지한다. *비둘기 작전으로 불리는 폭동진압 명*

령이 6관구 사령관 사령관에게 긴급 하달된다. 사령관은 다급한 심정으로 참모장을 불러 만일 폭동이 일어나 진압해야 할 경우 추호의 실수도 있어서는 안 된다고 사전에 철저한 훈련을 시행하라고 엄명을 내린다.

한편, 고천명과 우유부단은 최종 거사일을 확정하기 위해 동지들을 소집한다. *집합장소는 경복주점이며 날짜는 5월 16일 0시로 합시다. 우리나라 꽃 무궁화를 피우는 날입니다. 변동은 불가입니다.* 고천명과 우유부단의 거사일 최종확정에 동지들은 아무런 이의를 제기하지 않고 묵묵히 묵주 굴리듯이 굴러가기 시작한다. 회의에 참여한 거사 주체들은 최종계획을 각 요원에게 전달하기 위해 각자 임무를 재확인하고 술집을 나와 뿔뿔이 흩어진다.

고천명은 회의를 마치고 해병대 동원 총책이던 하정수를 만난다. 하정수는 만주군 시절부터 고천명과 가까이 지낸 사이다. 고천명은 밤 10시 북창동 일식집 *남강*에서 마지막 여정을 풀어 놓는다. 남강 2층 서쪽 끝 방 *모란*에는 송기화 소령과 박살구 김수군 대령이 구름과자 연기를 내뿜어 계란을 몽글몽글 삶고 있다. 송기화는 현미경과 학병 동기다. 더군다나 고향이 평안도이다 보니 계급은 차이나도 각별해서 친형제처럼 지낸다. *송 소령 어떻게 되었소?* 고천명은 얼굴에 궁금한 기색을 역력하게 묻히고 방석에 앉기도 전 불안을 던지며 현미경과 대면한 결과를 묻는다.

예, 만나서 진중하게 혁명의 필요성을 세심하게 설명하였습니다

만 한마디로 손사래를 치는 것입니다. 말 같지 않은 일 덮어두라는… 뭐랄까 핀잔을 받았다고 할까요? 우리가 현 총장을 지도자로 추대한다는 계획도 말씀드렸소? 그럼요. 물론입니다. 그 말에 약간은 표정이 누그러지긴 하였지만, 시종일관 아무런 언질을 주지 않았습니다. 허, 그 참. 정말 속을 알 수 사람이라…. 할 수 없소. 칼집에서 칼을 뺐으니 하다못해 썩은 호박이라도 찔러봐야 할 거 아니오.

이제 우리는 선택의 여지가 없는 막다른 골목에 서 있소. 현 총장은 자신이 살기 위해 배수진을 친 것입니다. 예, 이제 주사위는 던져졌습니다. 그럼 출동 시간은 언제로 하지요? 김수군이 무거운 분위기를 깨고 머리에서 생각을 끄집어낸다. 새벽 0시! 이 시간에 일제히 행동개시 들어갑니다. 3시까지 각자 맡은 목표물을 완전히 점령하는 거요. 그렇다면 지휘본부는 어떻게 할까요?

김수군이 결의에 찬 어조로 또 묻는다. 0시 정각에는 김 대령 집무실이 제1 지휘본부. 새벽 03시에는 지휘본부를 육군본부로 옮깁니다. 지휘본부는 그렇게 매듭짓습니다. 박대령은 그때까지 지금 훈련 중인 공수대원들을 공수단 본부로 집결시킬 수 있겠소? 예, 예. 염려 놓으십시오. 그런 걱정 안 하셔도 됩니다. 아 참, 특수임무 장교단에게 병력 할당은 어떻게 되는 건가요? 아, 그건 우유부단 중령이 곧 연락할 것이오. 다시 확인합니다만 16일 새벽 02시 30분에 통제점 삼우로에서 병력을 배분하면 되는 거요. 우유부단은 여러 가지 별동(別動) 임무가 많은 관계로 지금부터는 작전의 세부 사항을 박 중령이 맡아서 임무를 수행해야 합니다. 무슨 말인지 알아듣겠소?

박살구와 김수군은 한때 육사 5기생들의 존경을 받던 거사의 지도자 고천명을 침묵으로 바라본다. 과연 고천명이 해낼 수 있을까? 아니야 사후에 박정희 장군을 모셔와야만 한다고 생각을 굳힌다. 자아, 동지들 그동안 참으로 수고가 많았소. 특히 송소령의 노고를 잘 알고 있소. 처음 시작도 그랬듯이 끝까지 우리의 과업을 위해서 죽음을 각오하고 최선을 다해 하나로 뭉칩시다. 또 만납시다. 6관구 사령부에서.

민주당 정권을 공격하는 군인들은 혁명으로 헌정질서를 방어하는 군인들은 쿠데타로 호칭하며 각을 세우고 있다. 썩은 공산주의 정권을 무력으로 밀어내고 현 정국을 접수하겠다는 고천명과 육사 8기생 중심의 거사 주체는 각자 맡은 임무를 복창하며 헤어진다. 가족 아니, 친지에게도 비밀을 유지하며 고독하고 외로운 가시밭길을 간다. 철통 보안은 거사를 완성할 때까지 생명줄이 된다. 어디 한 군데라도 비뚤어져 삐걱거리거나 물이 새거나 흠집을 입어 상처가 생기면 완주는커녕 중도에서 철창 신세가 될지도 모르는 일.

술 한 잔을 마시더라도 조심조심을 발목에 차고 다닌다. 술집을 가더라도 여자들은 철저하게 배제한다. 펄펄 끓는 젊은 피가 여자

없는 술상에서 술을 마신다는 것은 보통 인내로 견뎌야 하는 고행이고 수행이 아니다. 아내와 동침한 지도 까마득하다. 자칫 잘못하다가 *거사*의 *거* 자라도 나오는 날이면 이혼하자고 대들지도 모를 일 아닌가. 가장 가까운 곳에서 마가 낄 수도 있는 일이다. 고천명은 아이들의 잠든 얼굴을 바라보며 만감이 교차한다. 거사의 성공 여부에 따라 운명이랄까 숙명의 길이 결정되기 때문이다. 자식들에게 부끄럽지 않은 가장의 길은 참으로 험난하다. 바람 앞의 촛불이다.

과연 내가 하는 이 혁명이 옳은 일인가? 우리가 지금 일어서지 않으면 정말 나라가 망하는가? 이렇게 해서 공산주의자들을 물리칠 수 있는 것일까? 4·19가 일어난 지 1년밖에 안 됐는데 어쩌면 내전이 일어날 수도 있는데…. 동지들 몇몇 얼굴에는 감성과 이성의 다툼이 주먹다짐을 하고 싸우는 것이 여실히 드러난다. 그럼에도 불구하고 심약해서는 안 된다. 절대로 조금도 약해지면 안 되는 일이다. 역사는 훗날 우리의 충정을 어떻게 기록할 것인가? 검은 고양이든 흰 고양이든 얼룩 고양이든 쥐만 잡으면 된다. 우리의 거사에 과연 정답은?

동지들은 회의를 마치고 나갈 때 언제나 한 사람 한 사람 따로따로 주위를 두리번거리며 나간다. 절대로 우르르 한꺼번에 몰려다니지 않는 것을 철칙으로 삼는다. 좌우 정찰과 장애물 이용은 기본이다. 항상 선글라스를 착용하여 눈동자를 가려주는 건 필수다.

목소리는 최저로 낮은음자리표에 맞춘다. 집합장소에 모일 때도 각개 행동으로 혹시 모를 미행을 방지한다.

김 대령이 먼저 나간다. 그런데 3분도 안 돼서 얼굴이 새파랗게 질려서 그 큰 거구가 바람처럼 날아온다. 원위치다. 큰일났습니다. 방첩대가 냄새를 맡은 모양입니다. 지금 아래층에 있습니다. 뭐, 뭐 뭐라고! 거사 주체들은 한 마음으로 당황한 얼굴이다. 간이 바짝 쪼그라들어 바삭 부서지기 직전이다. 잠깐만, 김 대령 마음을 진정시키고 침착하게.

고천명은 본능적으로 왼쪽 가슴으로 손이 간다. 품속의 권총은 자신의 목숨을 지켜줄 수호자다. 권총을 꺼내 들고 위기를 돌파해야 할 상황일지도 몰라. 고천명은 다급하게 묻는다. 아래층에는 방첩 부대장과 서울지구 방첩대장들 군 수사 기관 젊은 장교들이 저녁 식사하고 있습니다. 저자들이 알 턱이 없는데…

누군가 모깃소리로 침묵에 애앵 찍찍 금을 낸다. 자, 다들 조용히 합시다. 원수는 외나무다리에서 만날 수도 있지만, 우연일 수도 있잖소. 고천명이 숨 막히는 분위기를 바꾸려고 말문을 삐걱 조심스럽게 연다. 그래요, 그 말이 일리가 있소. 일단은 차분하게 대처합시다. 만일입니다만, 저들 수사기관원들이 2층으로 올라올 낌새가 있거나 올라오면 수단 방법을 가리지 않고 장애물을 넘어야 하오. 여기서 싸움 한번 제대로 해보지도 못하고 쇠고랑 찰 수는 없소. 다시 한번 동태를 파악하고 오시오, 김 소령! 예, 알겠습니다.

일이 여의치 못할 경우라도 우리 거사 계획에는 변동이 없음을 명심하고 행동하도록. 최후의 일각까지 마지막 살아남은 한 사람이라도 우리의 위대한 거사인 혁명은 완수시켜 공산주의자들을 밀어내고 반드시 자유민주주의를 이룩해야만 합니다. 반드시 완수시킵시다.

고천명은 천연 바위다. 신념이고 침묵의 바위로 앉아 다음 수를 묵상한다. 몇 초 몇 분이 너무 길다. 뱀보다 무섭고 징그럽게 길다. 다들 숨죽여 숨을 길고 가늘게 늘이며 기다린다. 초주검이 따로 없다. 역전의 용사들이, 대 맹장들이 포로병처럼 두려움을 온몸에 휘감고 풀기를 다 말린다. 재판장의 사형선고를 기다리듯 초조하게 기다린다. 사형만은 무기징역만은 중형만은 징역만은 집행유예로 아니, 아니, 아니다. 무죄 석방을! 그렇게 온갖 시나리오를 쓰고 있는 동안 드디어 비상해제의 신호가 울린다.

한줄기 소나기라도 지나간 듯 동지들의 가슴은 푸른 하늘처럼 구름 한 점 없이 싹 쓸어낸 하늘처럼 청청해진다. 산뜻하게 목욕한 나무들같이 싱그러움이 금방 얼굴에 퍼진다. 평화를 다시 찾은 얼굴은 봄 꽃물이 올라 주위가 환하도록 화색이 돈다. 방첩부대 수뇌급은 식사를 마치고 자리를 뜬다. *자라 보고 놀란 가슴 솥뚜껑 보고 놀란* 격이다. 죄짓고 못 산다는 말이 괜한 선조들의 말이 아닌가 보다.

칼바람 겨울이 지나가고 따사로운 봄날이 온다. 동지들 저마다 한 송이 꽃을 피우기 위해 대지와 바람과 하늘과 눈 맞춤에 게을리하지 않겠음을 이 엄중한 시간 앞에서 잠시 다짐을 새긴다. 저들 저승사자 4명은 후각이 무딘 탓일까? 영양가 좋고 몸에 더없이 좋은, 역대 최고급 먹거리의 냄새를 맡지 못하고 직무유기를 범한다. 직무유기는 어마어마한 가혹이다. 아니 어쩌면 직무유기가 아니다. 극히 명백히 정상적이다. 그들은 **남강** 음식점을 나와 총총걸음으로 제각기 사라진다. 서울 도심의 인파 물결로 쓸려간다. 저승사자들은 아무런 일도 없다는 듯이.

한편, 장면과 현미경이 마주 앉아 있던 그 시간 약수동 김 대령의 집에는 거사 주체들이 새벽 3시가 지나도록 작전 회의에 잠을 모두 쏟아붓는다. 우유부단과 오 대령과 그리고 김 대령은 서울 목표물 점령 후 발생할지도 모르는 반혁명적 기운 및 국내외 정보 취급을 총괄한다. 또한, 공수단 병력을 인수하여 전 국무위원을 체포하는 일에 배치하라. 국무총리 장면은 그의 반도호텔 사무실을 사전 답사한 바 있는 박 대령이 체포하라. 다만 현 총리를 체포할 시 최대한 정중하게 예를 갖추어야 한다. 절대로 무례해서는 안 된다.

명심하라. 유 대령, 이 대령, 김 대령, 이 대령은 공수한 2개 소대 병력을 인수하여 각 방송국 및 방송중계소를 점령하라. 이 작전 성공 시 1분도 지체하지 말고 혁명 성공의 보도 및 방송 임무를, 유대령은 거리선전 임무에 임하라. 한 대령과 장 대령은 육군본부

병력을 장악하라. 옥 대령, 길 대령, 장 대령, 김 대령은 지휘소의
제반 활동과 연락을 담당하라. 우유부단과 이 대령은 혁명 포고문
작성과 인쇄 및 배포를 담당하라. 조 대령, 심 대령, 엄 대령, 이 대
령, 박 대령은 1군사령부 내의 혁명지지 세력의 활동 및 반혁명 세
력의 색출 임무를 맡아라.

특히 1군사령관 이한림의 동태를 주도면밀히 감시하라. 1군 및 1
군 내에서 대기하는 부대는 5월 16일 5시 수도 서울 점령이란 방
송을 듣자마자 행동을 개시하라. 정 대령과 윤 대령은 진해 육군
대학에서 혁명지지 확장의 임무에 마지막 노력을 기울이어라. 모
든 부대는 점령지역 내의 각 도로를 차단하고 엄격하게 검문검색
을 시행하어라.

이상 열거한 작전은 어디까지나 봉화 작전이란 이름으로 전개되
는 비상훈련 작전이다. 한 치의 오차가 있어도 안 됨을 뼛속 깊이 새
겨야 한다. 자, 모두 행운을 빌면서 오늘 회의는 이만 끝. 5월 14일.

최후 회담이 전날 같은 장소에서 열린다. 고천명은 한 치의 흐트
러짐도 없이 혁명 전사답게 카랑카랑 중저음으로 마지막 격려의
말을 쏟아낸다. 동지 여러분! 그동안 단 하나 구국의 일념으로 희
생을 무릅쓰고 여기까지 달려온 동지들이 자랑스럽고 고맙소. 참
으로 수고가 많았소. 이제 어떤 일이 우리 앞에 닥칠지라도 오늘
결정된 푸른 일 햇살 시는 절대로 변동할 수 없소. 우리는 더 이상
국가의 위기를 앉아서 감상만 할 수 없게 되었소. 마지막 우리의

거사에 한 사람이라도 남을 때까지 목숨을 던져 기필코 이 혁명을 완수해야 하겠소. 혁명이란 마지막 5분간 마지막 순간에서 승리와 패배가 결정되는 것이오.

역사는 늘 그랬듯이 승리자의 편에 있소. 우리의 승리가 허공에서 펄럭이는 날 하늘도 땅도 국민도 모두 하나가 되어 둥실둥실 춤을 추고 해도 달도 별도 우리를 향해 다시 떠오를 것이오. 혁명을 달구는 붉은 태양을 맞이하며 환호성을 칠 시간이 이제 얼마 남지 않았음을 모두 명심하고 동지들의 건투를 비오. 행운은 우리 앞에서 똬리를 틀고 있소. 그 행운을 그물망에 집어넣는 작업만 남았소. 여러분의 승리를 믿어 의심치 않소. 자, 우리 다 같이 잔을 들어 건배…. 어이, 동지들 나 좀 보소. 떠나기 전에 이 방으로 잠깐 다녀가시오.

고천명은 연초록 웃음을 실실 자아내며 동지들을 옆방으로 안내한다. 자, 이제 마지막이 될지도 모릅니다. 서로서로 얼굴이나 보아 둡시다. 그 잘나서 미안한 얼굴이나 못나서 미안한 얼굴이나 다시 익혀 둡시다. 이거 약소하지만, 가족에게 건네주시오. 양식을 사는 데 조금이나마 보탬이 되었으면 하는 아주 작은 성의로 받아 두시오. 우유부단은 준비해둔 봉투를 하나씩 동지들에게 나누어준다. 전쟁터에 나가는 전사들의 비장한 기운이 방안 가득 날아다닌다.

가난한 군인들 신분으로는 적다면 적고 많다면 많은 돈이지만 사기에 있어서는 승패를 좌우할 수도 있는 법. 사기가 군사들을 조절하는 힘이기 때문이다. 적어도 오늘의 이 봉투가 승리를, 깃발을 가져오게 해 달라는 당부인 셈이다. 왼손은 봉투를 들고 오른손은 악수를 한다. 이 악수(握手)가 악수(惡手)가 되지 않기를 바랄 뿐이다. 받는 입장에서는 희비가 엇갈린다. 싸움터에 나가 혁혁한 전과를 올리고 돌아오라는 격려금인가. 어쩌면 가족들에게 마지막으로 남기는 목숨 대신 주는 위로금이 될지도 모른다.

봉투에 들어 있는 건 돈이 아니다. 사나이와 사나이의 약속을 목숨으로 담보한 연대각서다. 오늘따라 동지들의 발걸음은 무겁다 못해 휘청거린다. 돈 봉투를 받아서가 아니라 시시각각 조여 오는 기침 소리 때문이다. 시간은 무슨 일이 일어나든 아무런 상관없이 누구에게나 평등하다. 그러나 그 평등 속에 온갖 차별을 난무하게 만들어 놓고는 아무렇지도 않게 뚜벅뚜벅 언제나 같은 보폭으로 걸어가는 시간.

차별은 상승과 추락을 경험한다. 차별을 위해 **촌지**는 기의 역할을 하기도 한다. 어둠을 부수고 새벽을 펼치라는 지엄한 거사 주체의 명령에 **충성**을 외치며 각자의 책임을 한 가마니씩 짊어지고 헤어진다. 모두 발 뻗고 잠드는 시간이지만 지뢰밭 전선을 무사히 통과해야 목숨을 보전하고 피붙이 가족을 만날 수 있으리라. 잠 한 번 원 없이 곯아떨어져 쌓이고 누적된 피로를 풀어놓고 머리를 편히 베개에 맡길 수 있는 그날을 위해 혁명군이고 쿠데타군이고 가릴 때가 아니다.

회군은 없다. 오직 앞으로 돌진만 있을 뿐이다. 우리가 사용할 군사용어 사전에는 회군이라는 단어가 눈에 띄지 않는다. 회군은 위화도 회군으로 끝나야 한다. 돌진 앞으로…. 동지들이 헤어질 무렵 광주의 이원엽 사무실에서 전화가 걸려와 정적을 흔들어 깨운다. *여보시오. 나 대구의 이 대령이오. 아, 안녕하십니까? 결혼식 날짜를 알려드립니다. 내일 만사를 제치고 상경하셔야 합니다. 예, 내일이라구요. 잘 알겠습니다.* 이 대령은 두근거리는 마음을 가까스로 안정시킨다. 수화기는 가만히 소리 없이 제자리로 돌아간다. 은은한 불빛 아래서 황홀한 꿈을 꾸는 갓 시집온 색시의 옷 벗는 소리다.

결혼식은 거사의 암호다. 드디어, 아아, 내일 지나 모레가 시집가서 잘 살 것인가 소박을 맞고 쫓겨날 것인가 평생을 좌우할 운명의 날 5.16일이다. 행운의 날이 될지 비운의 날이 될지 16일은 부산을 떠나 대구를 떠나 천안삼거리까지 온 것이다. 아지랑이가 아랑아랑 실탄을 장전한다. 비장의 각오를 둘둘 감은 무장군인 얼굴로. 신 내린 무녀의 칼춤에 앉은뱅이가 벌떡 일어난다.

1961년 5월 15일 09시 고천명은 전통으로 작전 명령을 내린다. 육군본부 작전참모 본부는 공식 루트다. *6관구 사령부 1공수단 30사단 33사단 6군단 포병단* 각 부대 작전참모들에게 비상훈련 작전 계획을 하달한다. 참모총장 현미경의 이름을 도용한 가짜 명령서다. 가짜는 진짜보다 동작이 민첩하다. 가짜는 진짜보다 빛깔이 곱고 화려하다. 그러나 그 가짜가 나라를 살린다면 그건 가짜가 아니라 적을 이기기 위한 지혜라고 해야 할 것이다. 가짜 명령은 순식간에 무선 통신과 전언통신을 타고 육군 예하 부대로 접수된다.

30사단 작전참모 이백일은 출근과 동시 작전 명령 제1호를 소속 3개 연대에 하달한다. 바로 이어서 각 연대장과 대대장들을 작전 상황실에 집합시킨다. 담당구역에 대한 사병정찰을 포함한 작전 명령 제2호를 하달한다. 09시 10분, 반도호텔 앞 *대호다방.* 덩치가 큰 사내들이 커피를 주문한다. 목소리가 걸걸한 사나이가 덥수룩한 수염을 쓸어내리며 손짓한다. *보다시피 여긴 장소가 용도에 맞지 않아. 잘 보이지 않아. 옆에 있는 중국집으로 옮깁시다.*

사내들 넷은 커피잔 반 정도만 비우고 아서원으로 들어간다. 종업원더러 다짜고짜 반도호텔 쪽을 바라보기 좋은 방을 요구한다. *그래, 바로 여기야. 808호가 아주 잘 보이네. 다들 잘 보셨겠죠. 그러면 이쯤 해서 각개 행동입니다. 자기가 맡은 구역을 꼼꼼히 정찰합시다.* 10시 김포 해병여단 김 여단장실에서 오 대령, 조 대령이 결재판을 들고 섰다. *어젯밤 회의에서 결정한 그대로 병력 동원 탄약분배 교통통제 차량배차 부대편성 여단장 경호 등 작전계획입니다. 수고들 했고. 다 잘 되었소. 귀신도 때려잡는다는 용맹으로 우리의 업무수행을 차질 없이 실력 발휘합시다.*

10시 30분 강원도 원주. 고천명 친서를 가방에 넣고 이 대령은 원주 1군사령부에서 복무하고 있는 채 대령과 조 대령을 방문한다. 채 대령과 박 대령은 오후 12시에 있을 1군 창설기념식을 준비를 끝내고 서울의 높은 분들을 기다리는 중이다. 장면 총리의 기념식 참석에 불편함이나 무례함이 없도록 인사참모와 부관참모 헌병대 책임자에게 특별지시를 내린다. *1군 동지들은 필승의 신념으로 분투를…*:

11시. 우유부단의 집에는 고천명이 은밀히 건네준 원고를 가방에 넣고 있는 사나이가 고개를 꺾으며 인사를 한다. *이 사장, 16일 0시를 기해 착수해 주십시오. 만약에 작업 중 경찰이나 수사 기관에 발각되어 체포될 시 15시간만 입을 열지 말고 버티어 주십시오. 큰일을 하는 데 왜 걱정이 없겠소. 잘 되면 그 은공은 꼭 갚겠소.* 사나이는 예, 무슨 말씀인지 알겠습니다. 그렇게 하겠으니 염려 마십시오. 목소리를 힘차게 내려놓고 물러선다.

우유부단 중령은 *16일 0시에 경호원을 데리고 가서 작업을 도와주시오. 이때 순찰 경찰이 들어오면 우리 출동부대가 서울을 완전히 장악할 때까지 그곳에 잡아두시오.*

12시, 정오 여의도 비행장. L-19 2대가 날아와 착륙한다. 원주소가 그중 한 대에서 황급히 내려 지프를 몰고 시내 중심가로 질주한다. 한강을 지나 용산을 지나 남대문을 통과한다. *2대 가지고는 아무래도 부족할 것 같은데…* 알겠습니다. 부족을 곧바로 확보로 바꾸겠습니다. 둘을 둘로 늘리겠습니다. *음, 그래 4대면 됐소. 수고 많았소, 원대령.*

12시 10분, 원주 군사령부 창설기념식 연병장. *국무총리 각하께 대하여 받들어 총!* 장면의 길지도 짧지도 않은 적당한 크기의 치사가 끝나자 내외귀빈 장성 고관 지방도지사 시장 미군 고문 등은 잘 훈련된 충견처럼 뜨겁게 손뼉을 친다. 장면과 1군사령관 이현림이 나란히 사열백차에 오른다. 거사에 협조하는 채소령은 걱정이 줄줄 한여름 땀처럼 흘러내린다. 과연 이현림이 현 정권에 반기를 들고 쿠데타를 일으키며 군인들이 정치를 하겠다는데 찬동할 수 있을지….

평소 성품으로 보아서 거사에 가담하지는 않을 것이라는 판단으로 저울의 눈금이 기운다. 채 대령의 고민이 깊어짐은 당연하다. 현미경과 이한림은 육군 수뇌부 위치도 그렇고 인간적으로도 서로를 신뢰하는 사이다. 12시 30분. 6관구 사령부는 위병교육을 실시한다는 명분으로 3개 소대를 확보 대기시킨다. 또힌, 본부 요원을 무장시켜 경비태세 임무를 부여한다. 비서관을 호출하여 병력출동에 관한 세부지침을 내린다.

오늘 밤에 비상훈련이 있을 예정이오. 우수한 운전병을 선발하여 1개 소대에 10대씩 3개 소대를 편성하시오. 그리고 차량마다 기름을 가득가득 채워두시오. 예, 지시 잘 받들어 모시겠습니다. 참모총장님. 12시 50분, 수색 30사단 참모장 여갑술이 박상춘 집무실에 들러 그를 불러낸다. 잠시 고갯마루에 앉아 구름과자 한 개비를 권하고 긴급히 벌어지고 있는 일을 알린다.

큰일났습니다. 오늘 출동한다는 말을 들었소? 박 대령! 아니, 금시초문입니다. 그게 무슨 말이오. 나야 지금 막 출근해서 뭐가 어떻게 돌아가는지 전혀 모르고 있소. 이백일이 말합니다. 당신과 나는 최고위원으로 제정돼 있습니다. 오늘 밤 10시 탄약 분배와 병력 집결을 완료하고 내일 새벽 02시에 출동한다고 합니다. 아니, 어떻게 그럴 수 있단 말이오. 이백일이 그런 식으로 우릴 빼돌린단 말이오. 그게 언제 결정되었다는 겁니까? 그건 모르겠소. 지금 우리 소외당하고 있는 것이오? 이백일 지 놈이 혼자 날뛰고 허무맹랑한 말을 지껄이고 다니잖소. 사실 여부를 확인하고 사단장에게 보고하는 게 어떻소?

두 사람은 대화를 끝내고 집무실로 간다. 박상춘은 배신당했다는 사실에 분을 참지 못하고 쌍소리를 입술에서 꺼내 뱉는다. 나를 배신했다? 개놈의 새끼! 어디 두고 보자. 박상춘은 거사 준비를 위해 정신교육을 강화하고 4월 말에는 연대장과 부연대장을 대동하여 중앙청에 가서 지형정찰을 하고 5월 초에는 30B형 전투 단장에 취임하여 훈련과 군장 검사를 할 것 등 나름대로 정성을 기울였건만…. 이놈의 새끼! 이 개새끼 이백일이 나를, 나를 *빼돌려?* 나를 *빼돌린다* 이거지? 혈압이 머리 뚜껑을 열어 젖힐 듯이 위로 솟구친다.

시침은 오후 5시를 걸어가고 있다. 시침은 한 번도 뒷걸음질하지 않았고, 인간은 한 번도 시간을 가두지 못했다. 시침은 시침대로 길을 가고 시간은 시간대로 시침에 끌려갈 뿐이다. 그렇게 끌려간 시간은 어느 중요한 시간을 획득할까? 만지거나 구부리거나 꺾을 형신(形神)으로 피와 살을 통과해 뜻 모를 파장에 흔들려 시간이란 말이 멈출까?

시침은 자꾸만 앞으로만 가다가 어디쯤 각운과 각주를 달아 놓아 사람들의 믿음을 얻을까? 각운과 각주에 호흡기를 달아 놓으면 시침의 발목이 걸려 넘어질까? 시침이 걸려 넘어지면 시간의 발목이 접히고 무르팍에 피가 흐르면 시간을 눈으로 볼 수 있을까? 시간을 만지고 보고 냄새를 맡을 수 있는 세상이 올까?

인간은 자신의 세계 바깥을 너무 모르고 살아가는지도 모른다. 자음과 모음은 아무리 고달프고 어지러워 멀미가 나더라도 질서를 지키며 신(神)처럼 서성인다. 자음과 모음은 그렇게 글자 속으로 서서히 스며들어 서로 조화를 이룬다. 긍정의 힘으로 존재하는 것과 부정의 힘으로 존재하는 것 사이엔 달빛에 젖은 달팽이처럼 온몸이 촉촉하도록 혀를 빼물고 무언가를 만들고 있는데 비밀을 장전하고 허공에 쌓이고 있는 심장엔 붉은빛이 켜켜이 쌓이고 있다.

그늘이 바람을 흔들며 성대를 밀어 올린다. 천천히 물속을 걸어 다니던 물비린내가 콧속으로 확, 끼친다는 건 무서운 암호 같은 것이다. 자유민주주의와 공산주의 사이엔 타협이란 언어는 존재하지 않는다. 불량품 같은 잡음이 무성한 가운데 왕따를 당하는 것은 무엇을 뜻하는 것일까?

희대미문(稀代未聞)의 영웅

7

천명이 불어온다

삼각지 육군본부는 내일이면 세상이 바뀌고 천지가 개벽된다는 것에 깜깜하다. 그러나 서울시민의 일상적인 삶이나 거사에 참여하지 않은 군인이나 새와 나무와 하늘도 보통 때와 같은 얼굴이다. 한강도 관악산도 북한산도 임진강도 자연의 순리를 따라 뚜벅뚜벅 정도를 향해가고 있을 뿐이다. 물은 낮은 곳으로 요리조리 조리요리 잘도 장애물을 따돌리고 다툼 하나 없이 제 갈 길을 가고, 산은 초목들을 빗물로 목욕을 시키고 바람의 스위치를 켜서 머리카락을 말려주고 햇살을 받아 먹이며 싱싱하게 잎을 키우는 일에만 온 정신을 쏟고 있다.

어떤 욕심도 아무런 이익도 구하지 않고 탐내지 않고 순리로 순리로 갈 길만 간다. 일과를 마치는 퇴근 시간이다. 저녁이 되면 삶의 절도를 위해 푸른 제복의 사나이들은 오늘 못 한 일을 내일로 넘긴다. 몇몇 중요사건 담당자는 예외다. 삼삼오오 짝을 지어 장병들이 우르르 쏟아져 나온다. 육본 마크를 허리에 달고 들어온 퇴근 버스에 올라 집으로 또는 약속장소로 향한다.

퇴계로 방향 노선이다. 두 중령은 앞좌석이 비어 있는 데도 맨 뒤로 간다. 맨 뒤로 가서 앉는다고 누구도 주의 깊게 바라보지 않는다. 두 중령은 버스를 두고 내린다. 남산에 있는 중앙방송국 올라가는 비탈길에서 두리번두리번 두리두리번번 두두리번번 무언가를 찾아 눈길을 자꾸 공회전시킨다. 5월이라 해의 목숨이 조금씩 길어지는 중이다. 선글라스는 이들의 필수 휴대품으로 이들의 주머니를 절대 이탈하는 법이 없다.

퇴근 버스에 남아 있는 사람들은 대부분 두 사람이 술이나 한잔 마시려고 충무로에서 내려 명동성당 쪽으로 발길을 옮길 것이라고 나름의 자를 들이대고 길이를 예측할 것이다. 그렇지만 그 화살은 과녁을 빗나가버리는 것인지 그들은 모를 것이다. 아니 몰라야만 한다. 두 중령은 동서남북 주변으로 눈동자를 동글링동글링 돌린다. 골목길을 빠져나와 중앙방송국 앞마당에서 발길을 그친다.

남산 방송국에서 내려다보는 서울의 5월은 푸르고 싱그러움이 차고 넘쳐 신록 냄새를 마구 뿜어내 마음속까지 싱싱 푸르게 물들인다. 더군다나 우리나라의 수도는 산과 강을 품속에 모두 지니고 있어 수려함의 극치다. 세계 어느 대도시가 이처럼 아름다울까! 조선왕조의 서울도 모든 백성이 동경하던 도시다. 출셋길도 서울에서 시작된다. 방송국 앞에 선 같은 성을 가진 두 중령은 만감이 교차한다. 중요한 사명을 받고 여기, 이 아름다운 서울의 중심부에 발길을 세우고 있다.

대사를 마치고 다시 한번 이곳에 올라 오늘의 감회를 맛볼 수 있는 날이 올 것인지? 아니면 아름다운 이곳을 다시는 이 두 눈에 담지 못할 마지막 이별이 될 것인지? 가능하면 긍정으로 보자. 긍정은 부정도 이길 수 있으니까. *4개 소대 병력은 동원해야 할 것 같소.* 방송국 울타리가 넓다는 뜻이다. 적어도 160여 명은 있어야 경계를 설 수 있다는 경험을 끌어당겨 계산한 추측의 말을 던진다.

조용, 조용히. 입소리 조심을… 이 중령은 오른쪽 검지를 자신의 입술에 가로 세우며 *쉿!* 자세를 취한다. 자신도 모르게 화들짝 놀란 반사작용의 대응 표정은 재빨리 상대방에게 거울처럼 비춘다. *아하, 내 목소리가 너무 컸나? 2개 소대는 방송국 주변을 경비하고 1개 소대는 방송실 내부를. 그럼 남은 하나는? 그거야 예비병력으로 이 위치쯤에서 대기시키면 좋을 것 같소.*

두 중령은 사전답사 결정을 끝낸다. 둘은 누가 먼저랄 것도 없이 자주 가는 회현동 **촌놈** 막걸릿집으로 발길을 옮긴다. **촌놈** 막걸릿집은 이 중령 밑에서 군 복무하던 정 하사가 개점한 술집이다. 정 하사는 경북 봉화가 고향으로 조실부모하고 일찍이 상경하여 신문

팔이와 공장을 전전하다 입대한 생활력과 책임감이 강한 사람이
다. 그런 부대 근무 인연으로 이 중령은 술꾼들을 많이 몰고 와서
이 술집의 대주주나 다름없는 사람이다.

이 중령이 술꾼을 끌고 올 때마다 술집 주인 정 하사의 표정은
마치 벙글벙글 목단이 벙글듯 벙근다. 이 중령은 옛정을 생각해서
랄까. 술값 청구서 이상으로 지불할 때가 종종 있다. 가난한 조카
아님 동생을 보는 듯 성실히 살아가는 옛 부하로 격려하며 전우애
를 살려 보살피는 것이리라.

그렇게 거기서 마음을 풀고 잠시 목을 축인다. 오늘 과음은 숨겨
두었다가 거사가 끝나면 꺼내서 하기로 하고 적당한 선에서 술잔
을 두고 나온다. 정 하사는 45도 각도로 손님들을 배웅한다. 오후
6시 1해병여단 오 대령은 예하 동원부대로 명령을 긴급하게 하달
한다. *전화선 절단 작업에 한 치의 오차도 없이 착수하라.* 해가 저
물지도 않았는데 전화선 절단 작업은 위험천만이다. 신분 노출의
위험성뿐 아니라 자칫하면 일을 그르칠 수도 있는 아주 신중히 처
리하지 않으면 안 될 일이다.

어마어마한 태풍을 헤엄쳐서 건너야 하는 심정의 부담감을 온몸
에 장착한다. 행동 반경도 얼어붙는다. 군인 신분이 밝혀진다면 상
상하기 어려운 일이 생겨 심각한 사태가 벌어질 수도 있는 일이다.
엄청난 파장을 일으키는 태풍의 눈이 될 수도 있다. 작업시간이 문
제다. 캄캄한 밤이 좋으련만 정녕 시간 정정은 불가능할까?

오 대령은 부담스러운 작업을 맡았지만, 최선을 다할 수밖에 없다. 호흡을 가다듬고 심쿵심쿵 가슴에서 난리를 치는 심장을 달랜다. 담담하게 심장을 가라앉힌다. 전깃줄을 따라 작업차 한 대가 날렵하게 절단 작업을 마친다. 지금부터는 무선 방해다. 조금의 차질도 없이 착수하라.

오후 6시 20분. 수색 30사단장실. 참모장이 사단장실로 허겁지겁 오두방정을 앞세워 들어간다. 사단장님, 박상춘 대령이 긴급히 드릴 말씀이 있다고 만나 뵙기를 원합니다. 사적인 일 같습니다. 한 번 만나보시지요. 알겠소. 오늘 다른 약속이 있는데 아직 시간이 남았으니 연락해서 내 방으로 오라 하시오. 예, 그럼 바로 연락하겠습니다. 연대장 박상춘과 접선이 되어 바로 통화가 된다. 사단장님 호출입니다. 사단장님이 다른 데 용무가 있어 시간이 별로 없다 합니다. 빨리 오시랍니다. 알았어. 이 사람아, 알았다니까.

박상춘은 최대한 빠른 속도로 몸을 채찍질해서 오른손으로 모자를 쓰고 연대장 전용 차량에 몸을 싣는다. 2차선 도로에 달리는 모습이 시야에 들어온다. 속도는 연신 100킬로로 서 있는 나무들을 밀어내며 차를 끌어당긴다. 사단 사령부 소연병장 가는 길에서 누군가 서 있는 모습이 눈으로 파고든다. 김 상병, 저기 서 있는 분이 누구 같으냐? 글쎄요. 아, 참모장님 같습니다. 분명 참모장이지? 예, 그렇습니다. 그럼 그 앞에서 차를 멈추어라. 여갑술이 부리나케 정지하는 지프로 다가서며 악수를 청한다.

그래, 알아본 결과를 듣고 싶소, 박 대령. 아무리 생각해 봐도 이백일 이 자의 행동이 괘씸하기 짝이 없소. 사단장님께 즉각 보고합시다. 전화는 내가 걸게 했소. 이참에 직접 얼굴 뵙고 상황을 얘기하는 것이 좋을 것 같아서 왔습니다. 쇠뿔은 단김에 빼란 말이 있잖습니까? 어서 갑시다. 여갑술은 자신의 오른쪽 팔로 박상춘 왼쪽 팔을 잡고 막무가내로 걸음을 잡아당긴다. 비틀거리며 끌려가다시피 따라간다. 이것저것 생각할 겨를도 없다. 여 대령, 잠깐만 생각을 가다듬을 시간을 주시오. 이리 급작스럽게 만나면 무슨 말을 해야 할지 머릿속을 얼게 빗으로라도 대강 빗은 다음에 가야 하지 않소. 참빗으로까지 빗을 시간이야 없다고 하더라도. 박상춘 역시 매사에 신중한 편이어서 사단장과의 대면을 기다린다. 생각을 매끈하게는 아니어도 좀 가다듬어야 한다고 중얼거리는 사단장을 보면서.

한편 오후 7시 영등포 6관구 사령부 참모장은 흰 분가루로 분장을 한 것 같은 창백한 얼굴로 좌불안석이다. 집무실에서 밤 11시까지 혼자 앉아 대기하고 있자니 지루와 불안과 긴장이 떼로 몰려와 자신을 묶어 꼼짝 못 하게 하고 있다. 아무도 풀어줄 만한 연락도 사람도 오지 않고 있으니 지루와 불안과 긴장은 기고만장 키를 키우며 펄펄 날뛰고 있다. 기고만장한 것들을 쫓아낼 대책으로 평소 허물없이 지내던 박원빈을 부른다.

박 대령, 너무 지루한 시간이 돼서 답답함이 목을 옥죄는구려.

무슨, 내가 수도승도 아니고 말이야. 너무 답답하고 힘이 다 빠지오. 시내로 나가 바람 좀 쐬고 오겠소. 수시로 연락해주시고…. 온갖 생각이 제멋대로 들락날락 참모장의 머릿속을 어지럽힌다. 혁명은 우리끼리 통용되는 용어이지 엄연한 쿠데타 아닌가. 거사가 실패로 귀착되면 갈 곳은 감옥 그 음습하고 눅눅한 말의 대명사 감옥. 여차하면 한 마디 유언도 남기지 못하고 총알을 움켜쥐고 비명 한 마디 남기고 가야 할지도 모른다. 가족의 안위가 걱정된다.

갈래갈래 갈라지는 마음을 깁고 홈질하며 단단하게 박아두지 않으면 안 된다. 이미 모든 것은 준비된 일이다. 결정한 일이다. 인제 와서 무슨 일을 어찌할 수도 없는 지금 아닌가. 마음을 다독이고 추스르기가 공수부대 훈련보다 몇 곱절 어렵다. 초침이 쌓여 분침으로 분침이 쌓여 시침으로 쌓여갈수록 비감한 생각이 머릿속을 지배한다. 평소 소원했던 사회 친구와 중 고교 동창들, 친인척들이 눈앞으로 걸어온다. 보고 싶다. 그리운 이름을, 수첩을 꺼내어 전화번호를 확인한다. 얼마나 그리운 사람들인가. 까맣게 목소리조차 잊고 살아온 친구들에게 안부 전화를 한다. 그만큼 불안한 심리를 달랠 길이 없음을 보여주는 것이다.

오후 7시 20분. 수색 30사단장실. 박상춘은 목소리를 모아 사단장에게 말한다. *사단장님 저는 선에도 강하고 악에도 강합니다. 아니 박 대령 그 무슨 뚱딴지같은 말이오? 이거야말로 아닌 밤중에 홍두깨 격 아니오. 도대체 무슨 말인지 감이 안 잡히오. 사단장 이*

상국은 백지장같이 흰 얼굴로 무언가에 쫓기고 있는 듯 여갑술과 그 옆에 쉬어 자세로 서서 금붕어처럼 입만 뻐끔거리는 박상춘의 얼굴을 온탕냉탕 번갈아 드나들며 예의주시한다.

박상춘은 목소리를 한 옥타브 높여 묻는다. 사단장님 최근 회자되고 있는 봉화 작전이라는 훈련이 시행되고 있음을 알고 계십니까? 박상춘은 천근만근 무게의 입으로 핵폭탄급 작전을 언급하자 그런데, 그게 어떻단 말이오? 그 봉화 작전 훈련은 진즉 이백일 중령한테서 보고 받은 바 있소. 사단장님! 그런 훈련이 아닙니다. 사실인즉슨 현 집권당 민주당 정부를 뒤집어엎는 군사 쿠데타를 위한 부대 출동 예행연습입니다. 뭣이 뭐 뭐 뭣이라고! 요즈음 쭈욱 우리 사단이 B형 전투단 이름으로 훈련을 합니다.

이 훈련은 말입니다. 폭동 진압을 위한 것이 아닙니다. 쿠데타에 출동하는 준비입니다. 오늘 저녁 우리 부대가 출동합니다. 아아아 아아니~ 사단장이 모르는 부대 출동이 말이나 되오? 사단장님 어디 한적한 곳에 가서 식사나 하면서 얘기를 나누면 좋겠습니다.

황당해하는 사단장을 데리고 세 사람은 황급히 부대를 벗어난다. 여갑술은 박상춘의 말에 토 하나 달지 않는다. 사단장은 운전병을 호출하지 않고 직접 운전대를 잡는다. 사단장 옆자리는 박상춘이다. 붉은 별판을 가린 지프 안으로 공포와 두려움이 손을 잡고 침범한다. 언제 어디서 누가 가늠쇠를 수정해가며 생명을 앗아갈지 모르는 상황이다. 혁명군에 밉보여서 쿠데타군에 밉보여서 총맛을 본다? 보랏빛을 보랏빛으로 황금빛을 황금빛으로 말하는 게 죄가 되고 보랏빛이 황금빛이라고 말하고 황금빛이 보랏빛이라고 말하는 입을 옳다고 손뼉을 마주쳐 줘야 한다니.

정답이 무엇이고 오답이 무엇인지를 누구에게 물어야 정답이고 누구에게 물어야 오답이란 말인가? 쿠데타가 아니고 혁명이다? 혁명이 아니고 쿠데타다? 무엇이 정의인가? 무엇이 국가인가? 무엇이 민주주의인가? 법 위에서 총이 군림하는 세상. 이 세상은 주관적으로 흘러가는 이 사태를 무어라고 정의할 것인가? *모든 권력은 총구에서 나온다.* 마오쩌둥의 말이 현실로 눈앞에 펼쳐져 펄럭이고 있다. 소름 끼치는 공허감이 후르루루후르루루 하늘을 날며 마오쩌둥의 말을 현실로 끌어당긴다. 마오쩌둥의 말이 금빛 찬란하게 빛나고 있다. 빛난 모든 권력은 총구에서 나온다는 말이 물속에 그림자로 출렁이고 있다.

섬뜩함이 온몸을 둘둘 말아 사다리 없는 높다란 수직의 벽으로 굴러 내리고 있다. 모두가 손 놓고 고개를 가로저을 때 담쟁이는 인수봉 암벽등반처럼 벽에 달라붙어 촉수로 허공을 뚫는다. 정복을 풀무질한다. 생명 하나도 없는 사막 비장을 품고 가듯 한 발 한 발 나아간다. 아무리 눈 씻어 그 진중일기를 들여다봐도 뒷걸음질 구절은 안 보인다.

하나의 덩굴, 하나의 잎새가 선발로 나서면 언저리 덩굴과 잎새들 묵계(默契)처럼 호흡을 가다듬고 편대를 이룬다. 어쩌다 작전 수

행 중 하나가 생채기로 숨 고르기에 들면 뒤따른 하나가 아무에게
도 들키지 않게 공백을 이용해서 전열을 기울여 볼지도 모른다. 담
쟁이는 남들이 손 놓고 코웃음 칠 때 소리 없이 아우성으로 까마
득한 수직을 올라 끝내 녹색 천하 느낌표를 찍고 견고하게 벽을
손아귀에 넣는다.

　박 대령 좀 알아듣기 쉽게 말해 보시오. 어찌 국산 말을 하면서
국산 사람이 알아듣지 못하게 한단 말이오. 귀가 먹은 것도 아닌
데. 뭐가 어찌 된 일이오? 네, 그럼 더 쉬운 국산 말로 말씀드리겠
습니다. 오늘 밤 10시에 부대가 집결합니다. 새벽 02시에 출동합니
다. 쿠데타인지 혁명인지 좌우지간 주동자는 누구요? 고천명과 우
유부단으로 알려져 있습니다. 출동부대는 30사단 33사단 공수단
해병대로 알고 있습니다. 사단장님도 엄중한 이 시간에 후회 없이
결심하셔야 합니다.

　이봐요. 박 대령. 내가 알기로는 자네도 자식이 많은 거로 알고
있는데… 그런 말에 쉽게 넘어가지 말게나. 나도 대충은 들었지.
경찰도 대비 훈련 중이란 거야. 자네 신세 망치려면 모를까. 내 지
시대로 움직여야 해. 알겠는가? 원, 참 살다 보니 별별 소리, 별꼴
이 반쪽인 소리를 다 들어보겠구먼. 군인은 국민의 군대야. 주권
은 국민에게 있잖아. 정도를 가야지, 안 그래? 말씀에 순종하겠습
니다, 사단장님. 그럼 됐어. 여기서 조금 기다려야겠어. 여갑술이
왜 이렇게 늦나, 신호등에 걸렸나? 뒷거울에 잡히지 않네.

녹번동 삼거리에 잠시 차를 세운다. 한숨을 구름과자 연기에 섞어 공중으로 후후 날려 보낸다. 한숨은 공중에서 조금씩 자신을 연소하며 공기 속으로 스며든다. 이상국 소장과 박상춘은 초조함이 먹구름처럼 얼굴을 뒤덮자 연신 구름과자만 피워 물며 초조함을 애써 떨군다. 5분 뒤 여갑술이 차를 세운다. *요놈의 차가 배고프다고 참지 못하겠다고 해서⋯ 이 사람아! 차가 배고프다는 말은 이를테면 설명이 아니고 표현을 한 것이지. 우리는 군인이야. 그런 한가한 소통을 할 때가 아니야.*

청소년 때 문학을 좋아했던 여갑술은 긴박한 상황에서도 한 발 늦춰 감성으로 빠진다. 박상춘은 40m 떨어져 있고. 이상국과 여갑술은 긴장을 풀고 밀담을 나눈다. *사단장님 무슨 쿠데타군인지 혁명군인지 아무튼 오늘 사단장님과 6관구 사령관 서령관 장군집을 급습하여 두 분과 그 가족을 사살한다는 정보가⋯ 뭣이. 뭣이라? 아이고 큰일 났구먼. 서둘러 갑시다.*

한편, 육군참모총장 현미경은 군 수뇌부와 평소 가까이 지내는 6명의 민주당 국회의원들과 요정 음성에서 만찬을 즐기고 있다. 시국 돌아가는 이야기는 밥을 먹는 데 양념이다. 만찬 시간이 예정시간 1시간을 훌쩍 넘는다. 현미경은 불콰해진 얼굴에 통통하게 무게를 얹은 생선을 대가리째 와작와작 씹는다. 같은 시간. 국무총리 장면은 반도호텔 집무실에서 당무회의를 주재한다.

오늘 아침에 원주를 다녀왔습니다. 참말로 기분이 좋습니다. 뜻

있는, 유익한 시간을 잊을 수 없습니다. 일사불란하게 움직이는 잘 훈련된 야전군의 위용에 감동을 받았습니다. 다시 한번 우리 군의 나라 지킴이로서의 든든함에 그 위상을 실감했습니다. 그럼요. 우리 군은 세계적 수준이지요. 총리께서 원주 행사 치르시고 오시느라 피곤하실 겁니다. 당무회의는 가능한 한 빨리 마쳤으면 합니다.

좋소. 그렇게 합시다. 아니, 아니올시다. 챙겨야 할 일은 마무리 지어야 합니다. 너무 서두르지 않는 것이 좋을 듯싶습니다. 그만한 일에 벌써 피곤이 어쩌고 하면 나를 뒷방 할아버지로 취급하는 것이지요. 아직은 쓰다 남은 젊은 기운이 있소이다. 다들 걱정해 주셔서 고맙소이다. 허허허어.

장면은 원주 행사를 마치고 서울로 돌아오는 길, 국수를 지나 팔당을 지나 북으로 흘러가는 한강을 바라보면서 지난날 빈곤의 세월 한 세기를 회상했었다. 설움과 탄식과 눈물의 역사를 머릿속 바닥 판에서 복기했다. 조선왕조의 몰락. 일본 제국주의의 침략. 해방 후 이념 대립과 정치적 혼란. 분단과 한국전쟁. 4·19혁명. 빈곤으로부터의 탈출은 지상 명령이다. 자유는 봄의 봄이지만 경제는 겨울의 봄이다. 장면은 굶주려 죽어가는 국민이 없도록 암암리에 경제 전문가와 세계 권위 있는 규수 3명에게 경제 발전 계획 수립을 의뢰한 바 있다.

오후 8시, 도동 대중음식점 *삼희정*. 이상국 소장은 차에서 먼저 내린다. 뒤를 이어 박상춘과 여갑술이 하차한다. 삼희정 동쪽 끝방

매화로 들어간다. 두 사람을 먼저 입실시킨 이상국 소장은 주위를 두리번두리번 돌아보고 보안이 유지될 전화기를 찾아 전화를 한다. 본부 사령실인가? 누구냐? 당번병 박 하사입니다. 김 대령 바꿔라! 죄송합니다만 누구십니까? 관등성명(官等姓名)을 밝혀주십시오. 야! 인마! 나란 말이야. 사단장. 예, 사단장님. 잠시만 기다려 주십시오. 전화 바꾸었습니다, 김 대령입니다. 너 잘 들어. 지금 통화 끝나는 대로 내 숙소에 달려가서 가족을 처가로 대피시켜 알았어! 사단장님, 아아아 아니 무슨 일이… 야, 여러 말 말고 즉시 행동으로 옮겨. 바로 출발해. 한가하게 오뉴월 개 팔자처럼 늘어져 잔소리로 굵은 명령 설명할 시간이 없어. 명령이다! 옛! 명령 거행하겠습니다. 충성!

태풍 전야의 고요

오후 8시 10분 김포 1 공수단 본부, 6군단 포병단, 공수단 전 대원이 훈련을 끝내고 귀대한다. 6군단 포병단도 본부에서 10㎞ 떨어진 곳에 기동사격 훈련 관계로 야영을 명받았던 한 대대가 훈련 정지 긴급 명령을 받는다. 모든 동작을 멈추고 즉각 본부로 돌아온다. 33사단과 해병 1여 단은 경계 태세로 부지런하다. 아무런 일도 없다는 듯이…

금방이라도 툭툭 투두둑 터질 것 같은 무화과 열매 같은 시간.
오후 8시 20분. 수색 30사단 작전 참모실. 이 중령은 자신의 사무
실에서 엄습해오는 불안과 공포를 성서를 읽으며 버틴다. 얼마 전
사단장 이상국과 연대장 박상춘, 참모장 여갑술이 함께 부대를 떠
났다는 보고를 받는다. 필연코 벌어질 일을 추정한다.

이 중령은 자신이 맡은 일을 끝까지 포기하지 않고 돌격 미래를
다짐한다. 어디선가 전선을 타고 내리는 소리가 여린 어둠을 뚫고
법석을 떤다. 오히려 조금의 법석이 긴장감을 이완시키는 법이다.
*이 중령입니다. 여보세요? 나 여갑술이오. 아, 예, 지금 어디 계십
니까? 나, 지금 특무대에서 체포되었소. 거사 계획이 탄로 났으니
당장 몸을 숨기도록 하시오.* 매우 급한 음성이 심상찮음을 나타낸
다. *그게 사실입니까?* 여갑술의 전화는 일방적으로 끊긴다. 뚜뚜
뚜, 뚝. 일이 무겁게 되었음을 알리는 음이 삭제된다. 이 중령은 곧
바로 여갑술 집으로 다이얼을 돌린다. 손가락은 떨고 있다. *참모장
님 계시면 바꿔주십시오.* 아직 집에 안 들어오셨는데요. 이 중령
은 암담하고 막막함에 잠시 주먹으로 벽을 두어 번 퍽퍽 두드린
다. 바로 보좌관을 불러들인다.

*배신자가 있다. 밤 12시 행군 그 출동 계획을 단축한다. 즉시 모
든 전화선을 절단한다. 즉시 전원 비상 출동을 준비하고 실탄을
지급하라.* 속사포 명령을 내리는 이 중령 얼굴에는 어둠이 진을
치고 있다. 6관구 사령부로 사태의 심각성을 통지할 차례다. 여갑

술은 집으로 전화를 돌려본다. 자기가 체포되었다고 말하면서 전화를 끊었음에도 이 중령이 자기 집으로 다시 전화를 걸어온 것에 대하여 미심쩍어한다. 잘 납득이 가질 않는다. 혼란스러운 머릿속을 정리하며 **삼희정**으로 간다. 서울의 밤은 쓸데없이 자꾸 깊어진다. 이상국 소장은 일용할 양식을 앞에 두고 감사기도를 하고….

오후 9시, 영등포 로터리 야망식당에서 거사 동지들 댓 명이 저녁을 먹고 야망다방에서 차를 마신다. 고천명은 이들과 헤어진다. 태풍 전야의 고요를 지켜본다. 고천명은 밤 이슥하도록 중구에 있는 한 호텔에서 사태를 관망하고 최종 점검 차 신당동 집으로 돌아간다. 아침 햇살이 부디 자신의 집으로 몰려들기를 두 손 모아 간절을 불러들이면서.

이봐, 임자. 우리 애들이 참으로 귀엽고 착하게 자라고 있지 않소. 임자가 군인의 아내로 여기저기 떠돌이 하는 나를 믿고 가정을 잘 꾸려줘서 고맙소. 혹시 내가 내일 집으로 못 돌아와도 염려 말고 두 남매 잘 키우고 기다려 주시오. 뜬금없는 말에 박 여사는 눈을 동그랗게 만들어 얼굴을 살핀다. 남편 고천명 얼굴은 흡사 말라비틀어진 옥수수 껍질 같다. 아내는 남편 말의 배후에는 분명 무엇인가 있음을 짐작하지만, 혹여 말을 했다가 부정이라도 탈 걸 우려해서 목구멍까지 올라온 말을 꿀꺽 삼킨다.

한편, 우유 중령, 옥 대령, 김 중령, 유 대령은 밤 11시 6관구 사령부로 출두하기 위해 영등포 운명 찻집에서 잠시 담소를 나눈다.

김 마담 그댄 언제 봐도 향기로운 장미꽃이야. 그동안 더 예뻐졌네. 아아이~ 언제부터 저에게 관심을 가지셨어요? 오늘은 해가 서쪽에서 뜨더니 별말을 다 들어보네요. 허허 김마담. 무슨 서운한 말씀을…. 아름다움을 아름답다고 하는데 그게 틀린 말인가? 나 아직 홀몸인 거 잘 알지. 아무튼, 못 말려요. 못 말리거든 뒤집어 말려봐. 그럼 잘 마를걸. 김 중령 그 재치와 입담은 매력이 철철 넘쳐요.

거사 동지들과 마담의 여담이 익어가는 사이 초조와 불안의 긴장감이 목줄을 조여 온다. 김 마담은 단골로 보이는 대여섯 명의 젊은 사나이와 눈 맞추느라고 거사 동지들을 과거로 묶어둔다. 현재까지는 아무런 일 없지? 조용히 조조조용히 입단속! 임무 완수할 그때까지 한순간도 마음을 놓아선 안 돼. 구두끈 다시 조여. 김 마담! 홍차에 닭 한 마리 잡아넣고 한 잔 더 부탁해요. 비장의 무장 군인 칼춤에 날아가던 새가 떨어진다.

우유부단은 찻집 운명에서 머무르는 내내 말문을 열지 않는다. 서울로 전근 온 지 14개월. 포탄이 빗줄기처럼 쏟아지던 전선을 안방 드나들듯 누비던 그 시절을 회고하면서 무용담을 늘어놓던 그가 침묵을 익힌다. 죽느냐 사느냐 절체절명의 순간이 코앞으로 달려온다.

우유부단은 곰곰히 생각한다. 서울 한복판에서 목숨을 걸겠다고 다짐을 차곡차곡 다져 넣었다. 하늘에 대고 언약을 했다. 하늘에 지나가던 구름이 멈춰 서서 하얗게 웃어주었다. 생각을 돌이키니 텅 비어 아무것도 없는 공중에 갑자기 공허가 밀려온다. 공허도 허공도 존재하는 건 오직 무(無)다. 설령 내가 거사에 성공하여 벼슬 한자리를 움켜쥔들 십 년 이 십 년 무탈하게 자리를 보존하다 물러설 수 있을까?

공복으로 멸사봉공, 모두가 우러르는 청백리로 흔적을 남길 수 있을까? *떠나가야 할 때가 언제인가를 알고 가는 이의 뒷모습은 얼마나 아름다운가.* 낙화라는 이 시 구절을 수십 번 생각 주머니에 넣고 다니면서 부끄러움 없는 공직생활의 마감을 불경처럼 외운다. 당당한 퇴진! 절정에 섰을 때 미련 없이 퇴진! 낙화의 향기를 나를 통하여…. 거사를 앞두고 죽을지도 모를 상황이건만 거사가 성공하여 다음 일을 생각하는 우유부단은 거사가 성공하리라는 확신을 가진 듯하다. 김칫국부터 마셔두는 것이다. 김칫국이라도 먼저 마셔야 답답하고 허기진 가슴을 좀 뚫을 수 있을 것 같아서다.

나이 이제 서른여섯! 우유부단은 지나온 발자국을 하나하나 다시 더듬더듬 더듬어본다. 군인의 길, 그 길을 감에 있어서 진정한 군인다운 길은 무엇일까? 정답은 어디쯤에 숨어 있을까? 얼마나 더 살아야 정답을 맞힐 수 있을까? 사나이 일생이란 과연 어떻게 살아가는 게 정의로운 길일까? 분명 길이란 여러 갈래일 터. 어느 길로 가는 길이 가장 멋진 삶으로 기억될 수 있을까? 답안지가 있다면 훔쳐서라도 하고 싶은 심정이다.

비록 오답일지라도 이쯤에서 한 번 답안지를 볼 수만 있다면 좀 속이 후련할 것 같다. 불현듯 두고 온 고향이 그리워진다. 황해도는 팔만 뻗치면 닿을 곳이건만 너무나 멀다. 언제 다시 그곳에서 단 몇 년이라도 살다가 한 줌 흙으로 돌아가려나… *고향이 그리워도 못 가는 신세* 노래가 낡아빠진 유선기를 돌고 돈다. 청승이 목소리를 내며 돌아간다. 거사 동지들 기를 꺾는 노래 같기도 해서 얼른 귀를 털어낸다.

밤 9시 20분 삼희정 앞. *박 대령! 네, 무슨 말씀을…. 박 대령이 전투단장이니까 지금 곧장 부대로 돌아가시오. 출동 준비 명령을 중단하시오. 영외 거주 장병들 즉시 귀가 조치하시오. 알겠습니다. 충성! 나는 곧장 이 대령과 방첩대로 가서 사실 그대로를 통보하겠소.*

밤 9시 30분 종로 화신 앞. 김대령은 종로 일대와 중구를 중심으로 순찰한다. 갑작스럽게 동대문 부근에서 간이 다 쪼그라들어 버린다. 얼마나 놀랐는지 모든 차가 자신을 향해 달려오고 있다는 착각을 할 정도다. 온몸에 식은땀 줄기가 서늘하게 흘러내린다. 정신을 차리고 자세히 살펴본다. 헌병백차들이 헤드라이트는 켜고 어디론가 질주한다.

손기정이 일본기가 새겨진 민소매 상의를 입고 마지막 결승점으로 달리던 속력으로 백차는 질주한다. 칸보이, 헌병백차가 뒤이어 검정 지프들이 도심의 거리를 제압하듯이 위엄을 부리며 씽씽 바람을 가르며 달려간다. 한숨 돌리며 다시 순찰을 계속한다. 여보, 어디서 연락 온 데 없었나? 당신 지금, 어디서 전화하는 거야? 야단났어. 왜? 잘생긴 박 중령이 총알 튀어 나가는 목소리로 당신을 찾았어. 음, 알았어. 전화를 끊고 공중전화로 달려간다. 공중전화가 밥을 달라고 단식 투쟁을 벌인다. 밥을 주지 않으면 절대로 말을 들을 폼이 아니다. 김 중령은 아랫도리 왼쪽 주머니를 더듬더듬 더듬으니 동전이 만져진다. 급하게 꺼내서 동전을 공중전화 입에 넣어주자 금방 연결해 준다.

공중전화기에 달린 줄의 혈관이 파래진다. 말이 로켓 속에 물결처럼 출렁거리며 넘실거리며 달려간다. 전화선 줄은 영리한 말이거나 어리석은 말이거나 상관없이 말을 뼈째 와작와작 씹어먹고 목숨을 유지한다.

희대미문(稀代未聞)의 영웅

8

박 중령님 나를 찾으셨다고요? 김 중령 어떻게 된 거요? 왜 무슨 일 있습니까? 큰일 났습니다. 출동부대 30사단에서 거사 비밀이 누설되었습니다. 현시점에서는 30사단 출동은 어렵다고 판단됩니다. 알겠소. 그럼 곧 들어가겠소. 김 중령은 다시 왼손에 들고 있던 동전을 공중전화 입속으로 들이민다. 목이 말랐는지 공중전화는 벌컥벌컥 동전을 잘도 받아먹는다. 동전을 받아먹고는 해갈이 되는지 다시 말을 이어준다.

여보세요. 고 중령님 제 말씀 들립니까? 저 김 중령입니다. 30사단에 이상이 생겨 출동이 어렵게 됐습니다. 고천명은 수화기를 들고 혼이 하나 빠져나간 사람이 되어 한참이나 말이 없다. 위급한 상황에서 대처할 적합한 언어를 찾지 못한 듯하다. 갑자기 꿀 한 통이 입속에 가득 들어와 입을 다물게 하고 만다. 억장이 무너진 것인지 꿀이 입을 붙인 것인지는 모르지만, 고천명은 그렇게 넋 놓고 전화기를 놓을 생각도 없이 들고 서 있다.

자신들을 버리고 방어군에 가담한 부대장에 대한 배신감이 벌떼처럼 몰려와 마구 앵앵거리며 말문을 봉쇄해 버린다. *어떻게 하면 좋겠습니까? 그래도 강행하지요. 제2안대로 실행하시오. 그렇게 하겠습니다. 또 연락드리겠습니다.* 김 중령은 광야에서 회오리치는 바람처럼 공중전화통에서 360도 몸을 뒤틀어 등을 돌린 후 뛰쳐나온다. 목적지는 사령부. 가자 후딱! 빨리! 어서! 속히! 날래! 퍼뜩! 날쌔게! 빠른 단어들을 모두 집합시켜 출발한다.

김 중령의 차는 신호등을 무시하고 달리는 소방차 기운을 빌려 시내를 탈출한다. 분노의 불길이 활활 본인에게서 주위 사물에까지 옮겨 번져 주위가 온통 화염에 휩싸인다. 불길 외는 아무것도 보이지 않는다.

밤 9시 40분.

506 방첩 부대장실. 부대장 이철희 대령은 그 부리부리한 동공을 좌우 상하로 돌리며 이상국과 여갑술을 번갈아 바라본다. *사실, 저희도 그런 정보는 갖고 있습니다.*

이철희 옆에 앉아 있던 서울지구 방첩대장 이희영 대령은 정보입수 문서를 두 사람 앞에 들이민다. *자 보십시오. 정보도표입니다. 주모자는 박정희. 동원부대 4개 사단…:* 이상국과 여갑술은 갑자기

숨이 막혀 죽을 것 같다. 정보도표에 나와 있듯이 4개 거사 동원부대 중에 자기들 30사단도 가담하고 있는 것에 경악을 금치 못한다. 두 사람은 정말로 보고하기를 잘했다고 놀란 가슴을 추스른다.

우선 현미경 총장이 어디에 계시는지 이것부터 파악해야겠습니다. 집에는 안 계신답니다. 혹시 파티 행사는 없는지…. 서울 시내 크고 잘생긴 요정은 하나도 빠뜨리지 말고 다 뒤집시다. 이희영이 목소리를 보태 단호히 말한다. 그게 좋겠습니다. 야! 정보과장 있으면 이 방으로 와라. 시내 요정과 카바레를 전화로 호출하여 현미경 총장의 행보를 확인하고 보고하라. 청수장, 청운각, 무학성, 청풍장, 은성, 만고강산, 아방궁 등 갈 만한 곳을 샅샅이 뒤지도록.

밤 10시 10분.

영등포 6관구 사령부에도 비상이 걸렸다. 작전참모님, 야단났습니다. 우리 거사계획이 문을 열고 밖으로 나가 모두 탄로났습니다. 알고 있소. 근데, 남 소령은 어떻게 알았는지…. 조금 전 전화선을 절단하려고 준비하던 중 도청을 해 보았습니다. 방첩대 중심으로 비상이 걸리고 야단법석이 났습니다. 그렇다면 이렇게 합시다. 필요한 선로만 남겨두고 모든 전화선을 즉각 절단하시오. 알겠습니다, 작전참모님.

남 소령은 전화를 끊고 집으로 전화를 건다. 다락방에 보관 중이던 작전계획문서와 동원 명부가 화근이 될 것이 뻔하기 때문이다.

여보, 나요. 목소리가 왜 그러우. 호떡집에 불난 것처럼… 금방 숨
넘어가겠네. 급해, 아주 급하다고. 여러 말 할 시간이 없다고. 내
말 잘 들어. 용건만 간단히 말할게. 어제 그젠가 내가 가방 든 서
류뭉치를 꺼내서 어디에다가 보관하였는지를 기억하는가? 어, 그
거. 다락방 항아리에 넣어 두었잖아요. 그래, 맞아 그거 말이야.
그 서류 전부 꺼내서 몽땅 불태우라고. 흔적 하나 남지 않게시리.
알았지? 무슨 말인지 알았냐고?

　근데, 여보. 갑작스럽게 왜 그래? 무섭게시리. 갑자기 무서워지
네. 무슨 말인지 날개 꽁지 다 떼고 몸뚱이만 던지면 무슨 고긴지
알 수가 없잖아요. 알기는 알아야 할 것 아니에요? 글쎄, 잔말 말
고 시키는 대로 해! 지금 바빠서 똥오줌 가릴 시간이 없어. 빨리
시키는 대로 하란 말이야! 빨리! 이만 또 연락할게. 찰칵!

밤 10시 19분.

　수색 30사단 사령부 예하 부대 부연대장이 외부에서 입실한 박
상춘에게 출동 준비가 완료되었습니다. 보고한다. 박상춘은 부연
대장의 말에 쐐기를 박는다. 필요없소. 죄다 관두시오. 각 대대장
을 집합시켜 출동 준비 부대를 즉시 해산조치 시키시오. 그리고 영
외장병을 귀가시키시오. 아니, 연대장님 어떻게 돌아가는 겁니까?
내 말에 토 달지 말고 대대장들 당장 집합시키시오. 대대장들이 달
려온다. 여러분, 큰일 당할 뻔했소. 이 중령은 빨갱이오. 사단장님

도 곧 귀대할 것입니다. 여러분들은 내 명령에 절대복종하겠소? 예. 복종하겠습니다. 충성! 그럼, 지금 즉시 각자 원위치로 돌아가시오. 단 1분이라도 늦장 부리지 말고 부대를 해산시키시오. 부연대장은 이 중령에게 식은 땀방울이 이마에서 뚝뚝 떨어진 전화기를 들고 감정이 절제된 어조로 처음과 끝을 설명한다.

당신 잘 판단하여 행동하십시오. 지각 있는 행동을 해 주시길 바라오. 나는 애초 계획대로 밀고 나갈 것이오. 이 중령은 어금니를 꽉 물고 겨잣빛 순간을 얼굴에 바르고 있다. 벼랑 끝에서 사무실을 떠나지 않고 대롱대롱 사무실 가지 한 귀퉁이를 잡고 매달려 있다. 밤 10시 30분, 조선반도 호텔. 육군참모총장 현미경의 검정 세단 바퀴가 장충동을 구르고 퇴계로를 굴러 소공동 방향으로 속도를 달리고 있다. 바람처럼 도로 위를 날고 있다. 방첩 부대장의 지프가 곡예를 펼치며 아슬아슬 외줄을 잡고 따라붙는다. 현미경은 속으로 중얼거린다.

박정희가 기어코 허리춤에서 총을 빼 세상을 발칵 뒤집어 놓는다! 그렇다면 고천명의 말은 무엇이란 말인가? 분명 고천명은 거사 후 나를 추대하겠다고 약속했는데 왜 박정희가 나섰다는 풍문이 도는 걸까? 그야말로 풍문이겠지. 그렇다면 나는, 나의 위치는 반란군을 방어할 총장으로서 직무유기를 한다? 정부를 전복시키고 그 자리에 또 다른 궁전을 지을 계획을 세우는 반란군 편이 되어 있다? 그 무리에 합류하고 합류를 지나 명목상 대표자로 비상시국

을 좌지우지하며 정권을 유린한다…:

나는 모든 현실을 직시하고 정도의 길을 고수한다? 쿠데타에 가담한 장병들을 제압하기 위해 대규모 병력을 동원한다? 그래서 쌍방 간 피의 전쟁을 치른다. 내전의 피바다가 세계로 붉디붉은 피비린내를 내뿜으며 흘러흘러 대한민국 법치국가를 칼질하는 것을 두고 본다? 온 세상의 소나기처럼 퍼붓는 손가락질과 비난을 유감없이 받는다? 끊임없이 헌정 질서와 주권을 유린당하는 불운의 조국.

군부 정상에 서 있는 육군참모총장 현미경은 달팽이액처럼 끈적이는 착잡과 난감함이 온몸에 기어오름에 다시 한번 자세를 꿈틀, 바로 세운다. 명분상 저들 반란군의 거사를 막아야 한다. 저들을 옹호할 혁명 대열에 묵인하거나 동조하는 기미를 보인다면 역사 앞에 죄인이 된다. 하루가 백 년같이 길고 무겁다. 가벼운 무게들은 다 어디로 빠져나가고 무쇠처럼 무거운 생각으로 한 치 앞을 잴 수도 없는 눈금을 들이대고 종용하고 있다.

조그만 충격에도 바스락 부서져 버릴 가랑잎 같은 운명. 금 간 유리창처럼 건드리면 명예와 재산과 가족과 자신의 삶이 모두 쨍그랑 깨질 것 같은 운명. 그렇다고 이 상황에서 파손 주의령을 내린다 한들 무슨 소용이 있겠는가! 박정희란 말에 마음이 금이 가고 뼈 있는 말가시에 찔리고 쿠데타를 혁명이라 우기는 일에 그럴듯한 기분한 잎이 그쪽으로 휘었다는 사실이다. 눈을 감고 기도를 당긴다.

아! 난감함 한 움큼을 머리 위에 휘익 뿌리는 *神*이어! 위대한 결정을 내려 주소서! 그 결정이 탱글탱글 잘 익어 풍년이 들게 하소서! 밥벌레 같은 인간이 되지 않게 해 주소서! 현실에 긴 검은 구름을 말끔히 걷어낼 지혜를 허리에 감아주소서! 맑은 정신이 깨어 있어 휘리릭 휘리릭 휘파람을 불게 하시고 흐린 정신을 거두어 가주소서! 증상 있는 병은 고치면 되지만 증상 없는 병이 더 무서운 법이니 증상 없는 병을 더 이상 키우지 않게 하소서!

바람은 보이지 않고 그림자도 없지만 분명 위엄은 인간의 목숨을 죽이고 살리는 힘이 있습니다. 바람 같은 혜안을 열어주소서! 어느 방향이 의로운 길로 통하는 길인지? 어느 방향이 나라를 진정으로 위하는 길인지? 회색 시대는 기회주의자의 군림이 됩니다. 기회주의파의 땅이 되지 않는 길은 무엇인지? 역사는 오늘의 나를 어떻게 기록할 것인지? 또한, 오늘의 나를 역사의 기록에서 붉은 줄을 그을 것인지 푸른 줄을 그을 것인지 알 수 없습니다. 현명함을 성수로 뿌려주십시오.

민주당 정권에서 임명한 대한민국 정부의 참모총장이 쿠데타에 가담을 하다니…. 그럴 수는 없는 것이 아닙니까? 그럴 수도 있는 것입니까? 나의 길에 정답은 어느 방향에 있는 것입니까? 정답이라 할지라도 권력자 편에선 오답으로 정정됩니다. 엄중하고 급박한 이 시간에 좌고우면(左顧右眄)하며 물속과 불 속을 오가는 이 마음 중심 하나를 못 잡는 나는 누구입니까? 초라하고 부끄러운 생각이 치밀어 견딜 수 없을 뿐입니다. 제게 현명한 판단을 주옵소서.

기도를 끝낸 현미경은 기도의 계시대로 원칙이라는 곳에 표를 찍고 준수하리라 결정을 내린다. 현미경은 발걸음을 채찍해 506 방첩부대장 집무실에 들어선다. 대기 중이던 30사단 이상국과 서울지구 방첩대장 이희영 등이 차렷 자세로 충성! 입으로는 말을 내뱉고 오른손을 쫙 펴서 귀 위에 눈과 일직선이 되도록 가져다 붙인다. 현미경의 얼굴은 서리가 내린 것처럼 하얗고 차갑다. 노기가 초가지붕 밑 고드름처럼 삐죽삐죽 얼어 있어 주위 사람들을 얼게 만든다.

이봐! 이상국 소장. 당신 장군 맞아? 어떻게 일개 중령 하나 족치지 못하고 이게 뭔가? 그러니까 부대 장악이 제대로 될 리가 있겠느냐 말이다. 부대 질서를 다 부러뜨리고 지만 살겠다고 제 가족만 대피시킨다는 게 말이나 돼! 총장님, 사실은 저도 부대 밖에서 소식을 들었습니다. 이 사람, 그만 잡소리 따위는 집어치워! 그리고 너, 여갑술! 너는 사단장을 보좌할 참모장으로서 그따위로 일해서 되겠어? 넌 피비린내 나는 전선에서 근무한 경력이 있는 건가? 너희 둘은 잘 들어. 이 시간 후로 즉시 부대로 돌아가 부대를 완전히 장악하라. 헌병감실에 연락해 놓을 테니까 그쪽에 가서 헌병들을 데리고 가도록 하라. 알겠는가?

현미경은 노기 섞여, 약간은 눈에 보일 정도로 손을 떨면서 전화기를 든다. 대한민국 육군참모총장다운 위엄과 권위를 말에 반죽을 해서 작전지침을 신속하게 명령을 대포처럼 쏘아댄다. 소길러 대령인가? 나 총장이오. 30사단에서 일이 터졌소. 30사단 장교가 귀 부대로 갈 테니까 중령급 장교와 헌병 1개 중대를 내어 주어 주모자 고중령을 체포하시오. 잘 알겠습니다, 총장님.

참모총장은 또 다른 곳으로 전화를 건다. 6관구 사령관 서기포 소장인가? 나 총장이오. 지금 곧 귀 사령부 상황을 파악하시오. 귀 부대에서 쿠데타 모의를 하고 있소. 즉시 진압시키시오. 그리고 박정희 소재를 파악하고 즉시 미행하시오. 현미경은 수화기를 든 채로 동석한 이희영에게 지시한다. 30사단으로 지금 당장 가서 귀 부대를 장악하시오. 고개도 안 들고 또 다른 곳으로 전화를 돌린다. 공수단인가? 나 참모총장 현미경이다. 박섭섭 소장 바꿔라. 네 전화 바꿨습니다. 자네는 도대체 무얼 하고 있는 게야? 일체 훈련을 중지하고 내일 오전 7시까지 부대를 완전 장악, 반국가 내란음모를 저지하도록 하라.

할 말만 하고 깍두기처럼 전화를 끊고 또 다른 곳으로 전화를 돌린다. 여보세요? 저 현미경입니다. 국무총리 각하십니까? 네, 주무신다고요. 긴급하고 매우 중요한 일이 생겨서 총장이 직접 보고 드리려고 합니다. 그러나 바꿔주지 않자 현미경은 흥분이 고조된 얼굴로 지시를 모두 마치고 수화기를 내려놓으며 지금이 잠잘 때가 아닌데… 하고 썩은 웃음을 뱉아내며 몸속 오염된 말을 중얼중얼 고장난 환풍기 돌리듯 돌린다.

밤 10시 40분.

영등포 6관구 사령부 참모장실. 김중령 박대령 방대령 등이 거사 출동과업에 만반의 준비하며 머리를 맞댄다. 돌발사태 발생 시 대비책을 미리 꼼꼼하게 점검 중이다. 위장 전술을 쓴다. 태연한 척, 한 쟁반에 오징어 다리와 쥐포와 땅콩을 먹다 남은 것처럼 이리저리 늘어놓고 빈 맥주병을 반은 세우고 반은 쓰러트려 놓는다. 술 취한 난장판을 만들어 놓는다. 재떨이는 분대 병력의 꽁초를 비벼 놓고서 마지막 계략의 밤을 지킨다. 김 중령 연출, 김 중령 각본이다.

김 대령이 들어서자 서기포 사령관님이 여러 번 전화했습니다. 김 중령이 말한다. *그래? 전화를 걸지.* 김 대령은 말로는 전화 건다면서도 손은 천천히 아주 천천히 일부러 늦장을 부리며 태연스레 사령관 서기포에게로 번호를 돌린다. 전화기에서 날 선 목소리가 날아온다. *이봐, 김 대령! 부대가 지금 엉망인데 어딜 그리 싸돌아다녀? 예, 뭐! 부대에 별다른 일도 없고 해서…: 뭐라고? 당장 헌병 중대를 보낼 테니까 다 잡아넣으시오. 알겠소? 사령관님, 무슨 소린지 모르겠습니다. 아닌 밤중에 누구를 잡아넣으란 말입니까?*

아니 김 대령 당신 병신이야? 도대체 참모장이란 사람이 뭐 하는 사람이야! 쿠데타가 일어나는 데도 모르고 있다니. 이거야 원 참, 참모장이란 사람이 이리 깜깜해서야 원! 거기 쿠데타 모의하는 놈들이 있다는 정보요. 그놈들 전원 체포하고 비상소집을 내리시오. 수화기를 내려놓는 김 대령. *후유!* 한숨 한 모금을 땅에 뱉어낸다. 그렇지만 한숨을 길게 쉬고 있을 시간조차도 아껴야 하는 시간이

다. 긴장의 끈을 더욱 단단하게 당겨 고삐에 감는다. 팽팽한 긴장 끈을 손에 감아쥐고 다시 원상으로 돌아간다. 한 줄기 벼락을 동반한 소나기가 지나간다.

자, 이제 시작합시다. 다행입니다. 전화 통화로 볼 때 사령관이 내가 혁명 대열에 가담하고 있는 줄 까맣게 모르고 있습니다. 곧, 헌병 중대가 쳐들어옵니다. 그놈들이 우리 부대 안에 못 들어오도록 경비를 강화합시다. 우리는 저들이 오기 전에 2개 소대를 3개 출입문에 배치합시다. 쥐새끼 한 마리 얼씬도 못 하게 철통 경비를 합시다. 물 한 방울도 새서는 안 됩니다. 김대령은 어디론가 전화를 걸어 긴급 상황을 보고한다.

밤 10시 50분.

김포 공수단. 박섭섭 소장은 현미경의 전화를 받고 갈등과 혼란을 느낀다. 현미경과는 친소관계도 그렇고 무엇보다도 현미경의 입김으로 공수단장이 된 게 아닌가! 은혜를 원수로 갚아도 되나? 부대 출동을 독려하려는 거사 요원들이 하나둘 들어온다. 새파란 위관들은 출동을 빨리하자고 재촉을 서두른다. 사단장님이 정 그러신다면 우리는 탄약고를 부수고라도 무기를 들고 출동하겠습니다.

박섭섭 소장은 현미경과의 인간관계로 이러지도 저러지도 못한다. 인생을 수정하기 위해서 어떻게 오리고 기워야 완전한 인생 한 벌을 만들 수 있을 것인가. 오리기 위한 가위도 없고 깁기 위한 바늘과 실도 없는 이 막막한 상황. 갈등이 늪 속에서 허우적거리며 지푸라기라도 잡으려 요동친다. 그때 진호령 중장이 들이닥친다. 현미경의 명을 받들어 공수단을 무마 와해시킬 임무를 들고 달려온 것이다. 박섭섭 소장은 머리가 하얗게 물든다.

밤 11시.

영등포 6관구 사령부는 서기포의 명에 따라 헌병 11개 중대가 중대장 직접지휘로 사령부 외곽을 완전히 포위한다. 거사 동지들 20명은 참모장실에서 사태를 주시한다. 비상소집에 호응하여 무슨 까닭인지도 모른 채 부대로 들어온 거사와 거리가 먼 장교들은 당황한 얼굴이 되어 우왕좌왕한다. 분위기가 심상치 않음을 직감한다. 우유부단은 핸들을 꺾어 6관구 사령부로 서둘러 이동한다.

거사 요원들과 일반 장교들을 분리시킵시다. 죽음을 무릅쓰고 대항합시다. 시간을 최대한 끌면서 예정대로 병력을 결집해야 합니다. 고천명 단장이 곧 도착할 것입니다. 우유부단의 말에 서기포는 말한다. *어쨌든 좋소이다. 갈 데까지 가 봅시다.* 우유부단은 작전참모 손을 빌려 전광석화처럼 무기고를 열고 권총과 카빈총을 분배 지급하도록 한다.

밤 11시 20분.

6관구 헌병 부대장실. 이상국 소장이 차출 헌병을 인수하기 위해 헌병부대장 실에서 대기 중이다. 헌병감은 대령 김시진과 15중대 11대장 방자명과 함께 헌병 1개 소대를 30사단으로 보낸다. 이상국 소장은 멈칫하다가 30사단 사령부로 전화를 건다. 박 대령이시오? 부대에 이상은 없소? 알겠소. 내 금방 부대로 가리다. 이 중령 그놈을 즉시 체포하시오. 앞뒤 양옆 둘러볼 시간 없이 지금 바로 즉시 체포하란 말이오.

밤 11시 30분.

신당동 고천명의 집. 김 대령의 긴급전화를 받은 후 신당동 밤은 시베리아 바람이 몰아치고 맹추위가 엄습해온다. 온도계의 눈금은 빙점으로 떨어지며 추위마저도 얼려버린다. 모여 있는 거사 동지들 앞에서 고천명이 무거운 분위기를 깨고 천천히 바싹 마른 입술에 침을 바른다. 남은 침을 꿀꺽 목구멍을 삼키고 말만 골라서 밖으로 꺼낸다. 무게 있고 근엄한 말이 걸어 나와서 모여 있는 동지들의 귓속으로 걸어 들어간다.

동지 여러분! 거사를 일단 중지하자는 신중론도 일리가 있소. 그러나 지금 중단하면 더 큰 혼란이 오고 사기 진작에도 도움이 안 될 것 같소. 우리 작전계획대로 움직이는 다른 동지들의 뜻을 실망하게 해서는 안 된다고 생각하오. 그들을 희생시키는 결과가 나올 것은 불문가지요. 일이 조금 계획에서 빗나갔다고 포기하는 건 혁명가들이 할 일은 아니라고 봅니다. 혁명가답게 사기를 다시 붙

들어 일으켜 세웁시다.

　사기란 놈은 자신을 부르는 사람에게 가서 충성을 다하는 법입
니다. 그러니 그 사기를 지팡이 삼아 계획대로 밀고 나갑시다. 1안
이 물을 건너 상대편으로 배신하고 떠나갔으니 우리는 제2안으로
추진합시다. 성공은 반드시 기필코 꼭 우리 앞으로 다가올 것입니
다. 성공은 내가 잡아 오겠소. 내가 직접지휘를 해서 성공을 반드
시 잡아 올 테니 여러분들은 아무 걱정하지 말고 초심을 잃지 말
고 처음처럼 맑은 기운을 찾으시오. 그 기운으로 다시 분발해서
성공을 잡는 데 힘을 보태주길 바라오. 자, 나를 따르시오. 다들
출발합시다. 여러분께 희망 한 섬씩 모두 줄 테니 받아서 마시고
나와 함께 성공을 잡으러 나갑시다.

　고천명은 결심의 끈을 풀어서 동지들에게 나누어 주고는 손으로
모두 일어나라는 시늉을 던지며 자신도 엉덩이를 땅바닥에서 벌떡
분리시킨다. 그동안 약수동 미화 호텔에 머물다 얼마 전 돌아온
장중령과 한대령이 엉거주춤 몸동작으로 일어나 한 마디 던진다.
고천명 단장님 지금 밖에는 방첩대원들이 쫙 깔렸습니다. 할 수
없소. 내가 앞장서겠소. 우린 정면 돌파뿐입니다. 작전상 필요하다
면 장중령이 미행자를 방해하시오. 나는 한대령과 함께 가겠소.

　한편, 고천명을 미행하는 검은 지프 두 대가 그림자처럼 바짝 따
라붙는다. 인적이 끊긴 5월의 서울 푸르른 밤거리를 군용 지프들
이 질주 경쟁을 한다. 한밤의 고요를 집어삼키며 벼랑 끝까지 숨바

꼭질하는 쫓고 쫓기는 자의 속도 경쟁이 불을 뿜고 바람을 다 집어삼키며 밤의 어두운 속도를 질주한다. 어둠이 속도에 깔려 벌벌 떨며 함께 달린다. 별은 눈만 깜빡이며 고운 눈빛으로 보고 있고 달은 질주와 속도를 함께 따라다니며 전율을 즐기고 있다.

장 중령이 탄 지프가 두 대의 검은 지프를 교묘하게 진로 방해를 한다. 요리조리 조리요리 요리도 조리도 먹지도 못할 음식을 만들며 두 차의 길 맛을 막는다. 그럴 즈음 고천명이 탄 지프는 곡선길에서 핸들을 꺾어 시속 160킬로 총알 날아가는 속도로 어둠을 뚫으며 또 한 대의 차를 따돌리고 질주한다. 고천명은 긴장을 바싹 자신에게로 잡아당기며 권총의 안전장치를 푼다.

밤 11시 50분.

영등포 6관구 사령부. 마지막으로 현미경을 설득하고자 현미경의 신뢰를 받는 윤 대령, 송 대령, 이 대령, 최 대령이 함께 의기투합을 어깨에 걸머지고 떠난다. 남아있는 핵심 요원은 고독이 사는 검은 섬에 갇힌 듯 고립감에 풍덩 빠져있다. 그때 고천명의 명을 받은 헌병기획 차감이 3대장 김기수와 함께 들이닥친다. 그들 뒤에서 조서 용지를 든 방첩 수사요원 50여 명이 오만한 눈빛을 쏘아대며 수사관티를 낸다.

먹이를 앞에 둔 매의 눈과 발톱은 완벽한 사냥을 위해 순간을 포착한다. *참모총장 명입니다. 전원 해산하시오. 만약 불응하면 즉각 구속하겠소.* 최 대령은 그들의 말에 멈칫했으나 그는 위기에 강한 사나이다. 더는 저들 협박에 참을 수 없다고 판단, 이제부터는 자신이 나서 수습할 때임을 직감한다. 위기를 기회로 반전을 만들어 낼 술수를 머릿속에서 굴린다. 그사이 수사관이 말을 던진다.

이것 봐요. 당신들은 이미 거사 전모를 다 알고 온 우리가 그렇게 호락호락 손 놓고 보고만 있을 것 같으오? 최 대령은 수사관의 말을 탁구공처럼 받는다. 우리 역시 진즉 부국강병 조국의 제단 앞에 목숨을 건 사나이들이오. 당신들 뜻대로 땀방울 한 줌 피 한 타래 떨구지 않고 예서 우릴 잡아갈 것 같으오? 허튼소리 좍좍 내리쏟으시오! 총장의 명이오! 불응하면 가차 없이 체포하겠소. 허허, 당신들 잘 들으시오. 지금 인천 앞바다에는 해군함대가 진을 치고 있는 것 모르오?

이번 거사는 전군이 들고일어나는 그야말로 혁명이란 말이오. 당신들이 천에 하나 만에 하나로 우리 거사 요원들을 잡아간다면 뒷감당을 당할 각오는 되어 있소? 곤란한 지경에 빠지고 후회할 것이오. 그뿐 아니라 신분상 불이익을 감수해야 할 것이오. 각오는 단단히 되어 있소? 각오하시오. 당신들 이름을 똑똑히 기억할 것이오. 스스로 제 무덤 파고 들어가는 일은 하지들 말란 말이야! 알아들어!

수사관은 거사 동지들 육군을 만만하게 보고 큰소리를 친 것이다. 그는 이다음 인사발령 시 헌병 부대 최고 지휘자로 승진이 가능한 인사다. 그러나 노련한 최대령의 용맹성과 임기응변 순발력에 밀려 적수가 못 됨을 어렴풋이 느낀다. 그렇다고 이대로 물러설 그도 아니다. 내가 당신을 못 잡아넣을 것 같아 보여? 허허, 어리석은 소리 입속으로 다시 집어넣는 게 신상에 이로울 듯한데.

여기, 우리 사령부 안의 병력이 얼마인지를 당신은 짐작이나 할수 있을까? 이미 30분 전 장병들에게 실탄 지급을 완료한 사실을 모르는구면. 내 이 손가락 하나만 까딱하면 당신들의 가슴은 벌집이 될 거요, 영혼은 다시 당신 어머니 뱃속으로 들어가느라 아수라장이 될 텐데. 해는 이미 서산으로 넘어가고 있는데, 지는 해를 바라보며 떠오르는 아침이라? 그렇게도 상황판단을 못 하오. 한발늦었건만 계속 으름장을 놓아 화를 돋우겠소?

수사관의 눈빛에 살기가 사라진다. 당당하던 위세 위로 먹구름이 조금씩 끼기 시작하더니 순식간에 먹구름은 위세를 덮어가기시작한다. 최 대령은 덩치가 커서 겉으로는 우직하고 덤덤하고 동작이 굼떠 보인다. 그러나 외양으로 그를 판단하는 건 위험천만이다. 최 대령은 작전을 바꾸어야 함을 재빨리 자로 재고 작전을 바꾼다. 심리전의 목적으로 온건하게 조금씩 길을 열어주며 접근한다. 강(強)과 강(強)이 부딪치면 부러진다.

지금은 마음을 조금 휘어서 상대방을 슬슬 구슬리며 알사탕 하나씩을 던져주며 조금씩 유인하는 달달한 유인책을 써야 한다. 명예롭게 퇴로를 열어주며 유인할 때다. 조금 전보다 아주 부드러운 목소리로 기세 싸움은 끝나고 다음 한 수를 둔다. 여보 당신들! 지금이라도 늦지 않소. 당신의 결심을 고쳐먹고 앞날의 살길을 생각해 보시오. 나와 같이 나갑시다. 조용한 곳에서 현재 벌어지고 있는 거사의 상황일지와 그 모든 일을 세세하게 말씀 올리리다. 상황을 알아야 우리를 구속할 것인지 죽일 것인지 결정이 날 것 아니오.

최 대령은 재치를 꺼내 들고 수사관과 그의 일행을 부대 뒤쪽에 있는 제사공장(製絲工場) 기계실로 유인한다. 여기서 잠깐만 기다려 주시지요. 서류를 가지고 오겠습니다, 곧바로 오겠습니다. 인천 앞바다에 함대 운집과 전군 거사라는 말에 순간적으로 흔들린 수사관과 일행을 남겨두고 최 대령은 유유히 만면의 웃음을 색칠하면서 기계실을 빠져나온다. 승리의 월계관을 쓴 거만한 행보. 이렇게 위기를 탈출시킨다. 야야! 다들 뭣들 하는 게야? 어서 기계실 문을 잠가라! 철문을 꽁꽁 봉쇄하라! 경비는 철통같이 해라. 어떤 놈이라도 문짝을 밀고 나오는 놈은 즉시 갈겨버려! 쿠데타는 목을 버리고 혁명은 꽃핀다.

자유는 숨을 거두고 강은 빙하의 묘지. 빵은 피를 부르지 않는 총알이다. 공산주의를 가두고 피어나는 무궁화 꽃이다. 동해 물과 백두산이 마르고 닳도록 대한 사람 대한으로 길이 보전하세. 노랫소리가 잔잔히 울려 퍼진다. 최 대령은 야호! 소리를 지르며 어린 아이처럼 펄쩍 뛰며 몸을 공중으로 날린다.

1961년 5월 16일 0시 0분.

드디어 윷가락은 던져졌다. 도 아니면 모다. 거사군 1대 공수단은 혼란이 우글거리며 사는 늪에 빠져 허우적거린다. 특전감은 명예를 걸고 가을 서릿발 같은 명령을 내린다. 나는 현미경 참모총장의 특명으로 명한다. 부대 출동을 하지 말라! 절대로 부대 출동은 금지다.

명령 불복종이면 어떤 결과가 초래될지 알고 있겠지? 특전감의 강경 발언의 위세에 눌려 기가 한풀 꺾인 박 대령은 몸 둘 바를 모른다.

그 사이 현미경의 전화는 다섯 번을 지나 여섯 번을 지나 계속 달려오면서 밤을 깨운다. 부대를 완전히 장악하라! 출동 금지 명심하라! 박 대령! 네가 설마 내 명령을 거역하진 않을 테지. 그때, 박 대령 사무실 밖에서는 지철민 등 젊은 중대장급 대위들이 탄약고를 부수고 실탄을 대원들에게 지급하고 있다. 거사군 2대인 김포 해병 1여 단에 비상소집을 발동한다.

1대대 2중대와 5중대는 완전무장하고 즉시 연병장에 집합하라. 귀신 잡는 대한민국 해병이 왜 이리 꾸물거리나? 무슨 놈의 군화 끈 매는 시간이 그토록 길어? 군화 끈 처음 매나? 정신 바짝 차려! 부사관들의 고함이 칠흑 같은 어둠을 찢는다. 여단장은 군목(軍牧)과 함께 집무실에 앉아서 장병들의 군홧발 소리를 듣는다. 거사군 3대인 부평의 33사단에도 비상이 걸린다. 비상! 비사앙! 지금 즉시 전 장병은 완전무장으로 연병장에 집합하라! 즉시 실시!

사단장 안영주가 헐레벌떡 긴장이 매달린 숨소리를 앞에 던지며 들어온다. 작전참모가 안 보인다. 무슨 비상소집인가? 오방달은 어디 있나? 귀 밝은 풀들이 새벽잠을 깬다. 봄비 온 뒤 수련 뿌리에서 헤엄치는 물고기들의 노래를 듣는 새들이 맛있는 먹잇감으로 바라보고 있다. 용도폐기하고 버린 시간을 받아먹은 개구리 떼가 와글와글 붉은 영산홍 같은 울음을 운다. 초목과 수련과 물고기와 새와 개구리는 모두 바람의 핏줄이다.

희대미문(稀代未聞)의 영웅

9

　자연은 먹이사슬의 순리를 따르며 살다가 갑자기 돌풍을 만나면 뿌리가 뽑히지만, 인간은 순리대로 살지 않고 욕심을 앞세우기에 태풍 전야의 정적이 날아다녀 한 치 앞을 예상할 수 없다. 이 대령과 박 대령은 부대를 장악했다고 사단장실에 앉아서 기쁨을 나누어 마시지만, 마냥 안심인 것은 아니다. 150고지를 피신한 이 대령은 뼛속까지 파고드는 냉기와 혹독한 두려움과 씨름하며 부대 안의 동정을 살피는 중이다.

　거사군 5대인 6군단 포병단은 군장 검열을 마치고 대기하던 수송 차량에 승차한다. **출발!** 헤드라이트를 끈 80여 대 차량의 길고 긴 대열이 꼬리에 꼬리를 물고 남진을 한다. 거사가 성공하면 혁명의 깃발을 펄럭일 것이고 거사가 실패하면 쿠데타 수의를 입고 핏빛 일기를 쓸 것이다. 역사의 죄인이 되느냐! 역사를 굴린 영웅이 되느냐! 그 갈림길의 시침은 길고도 짧고 멀고도 가깝다.

한편 안국동 골목에 있는 한 허름한 광명 인쇄소에는 고천명이 혁명 공약문을 들고 인쇄 작업에 들어간다. 문선공(文選工)들은 늘 하는 대로 원고를 보고 활자를 골라낸다. 그런데 그들의 눈에 들어온 것은 **혁명공약**이라는 어마어마한 정치적 변혁(變革)을 알리는 하늘과 땅을 갈아엎는 붉은 글씨다. 하루아침에 민주당이 역사 속으로 사라지고 그 자리를 군인들이 차지한다? 이 경천동지(驚天動地)할 사변에 문선공(文選工)들의 일손은 잠시 일을 멈춘다. 우리가 이 일에 가담하여 거사군 군부세력에 도움을 주었다는 사실, 그 사실 때문에 신분상 어떤 일이 불어 닥칠지 가늠이 안 된다.

문선공 팀장은 간이 오그라들어 찌글찌글한 말을 더듬더듬 입에서 꺼낸다. *서서서 서어언새앵님, 왜? 왜 그러나? 이 이이 이거, 우우우 우리는 모모모 못 합니다. 시시 시한폭탄 같은 포고문을 인쇄한다면 당장 영업 정지를 먹습니다. 뿐만 아니라 감방 가는 것도 시간문젭니다. 우리보다 더 법을 잘 아시는 분들 아닙니까? 그런 걸 왜 하필 우리 인쇄소로 오셔서…. 그렇지 않아요. 우리가 여기에 피해 줄 일을 왜 하겠소. 어떤 일이 있어도 여기 당신네 인쇄소에 피해 주는 일은 없도록 조치할 테니까 그런 쓸데없는 염려는 저 앞 남산 소나무에 꽁꽁 붙들어 매시고 인쇄해 주심 되겠소.*

고천명과 몇몇 그의 수행원들은 당혹감으로 안절부절못한다. 그렇지만 고천명은 그 특유의 뚝심과 배짱으로 인쇄소 주인을 간신히 설득시킨다. 안심을 둘둘 말아서 주인에게 안기자 주인은 드디어 작업 명령을 내린다. *우리 일이 성공하면 당신의 인쇄소는 국내 제일의 인쇄소가 될 것입니다.* 그렇게 귓속말로 약속을 묶어서 건넨다. 지뢰밭을 잘 빠져나온 느낌이 든다. 아울러 책임 소재도 분명히 밝혀둔다. 역시 군인답게 간단명료한 결과를 도출해 낸다.

주인장! 모든 책임은 우리가 집니다. 최악의 경우에는 불태워 버립시다. 그러면 되잖소, 사장님! 사장은 벌레 씹은 얼굴을 하고 난감을 얼굴에 깐다. *해도 되나? 해도 될까? 정말로 괜찮을까? 괜찮겠지? 괜찮을거야, 괜찮아야 해.* 난감을 투우투우 투레질하며 인쇄를 시작한다.

이념의 방아쇠

거사일 0시 15분.

야하! 고천명 단장이다. 김 대령이 창밖을 우연히 바라보다가 자신도 모르게 소리를 입에서 꺼내 던진다. 하루에도 열두 번은 천국과 지옥을 오가는 거사의 주인공들. 촌음을 아껴가며 동지들을 위로 격려차 6관구 사령부로 바퀴에 속도를 매달고 밤을 가르며 달려온 고천명이다. 김 대령은 어둠이 절정에 이른 시간을 어떻게 요리하여 정문을 통과한 것인지 궁금하다. 그도 그럴 것이 서령관

사령관이 6관구 사령부 참모장교 외에는 그 누구도 정문을 통과시
켜서는 안 된다는 엄명을 내린 바 있다. 그럼에도 불구하고 위기일
발의 순간을 어떻게 귀신처럼 따돌리고 들어왔는지 그 묘수 뒤에
숨은 궁금증이 넝쿨을 벋어나간다.

반가움 뒤에 궁금증이 함께 넝쿨져 나무를 타고 오른다. 참모장
인 김대령 집무실에 모여 있던 거사 장교들 얼굴에는 소생의 계절
에서 느끼는 봄날 따스한 기운이 파릇파릇 피어오른다. 갑자기 시
들기 직전에 물을 마신 새싹처럼 푸르름이 싱싱하게 얼굴을 타고
오른다. 생기가 돌자 저마다 아기가 어미를 본 듯이 좋아서 어깨춤
을 춘다. 고천명 단장님 이제 나타나시면 어쩌란 말입니까?

김 대령은 반가움 반 서운함 반을 섞어 수렁수렁한 목소리를 꺼
내서 고천명을 향해 던진다. 고천명은 말한다. 동지들 투지가 장하
오! 다들 편안하게 자리에 앉으시오 주력부대 현황은 어떻소? 문
제가 좀 생겼습니다. 30사단과 33사단은 출동이 어렵습니다. 거사
동원에 호응할 부대는 해병대와 공수단으로 알고 있습니다. 으으
음! 그래? 그렇단 말이지. 고천명 얼굴에 그늘이 파랗게 걸어 나와
깔린다. 거사 지도자로서 가볍게 표정을 바꿀 수도 없는 노릇이다.
평상심을 유지하고 있지만, 눈썹 위 이마에 깻잎 머리처럼 내린 푸
른 줄 그늘이 심각한 상황임을 대변하고 있다. 태풍에 매달린 나뭇
잎처럼 생존의 몸부림이 처절하다.

동지 여러분! 이제 우리는 모두 심장을 한 곳으로 모아 혁명의

횃불을 들었소. 개인의 생사 문제를 초월하는 각오로 여기까지 왔소. 무혈 혁명을 달성하기 위해 여러 가지 어려움을 무릅쓰며 가시밭길을 맨발로 걸어왔소. 그 어려운 길을 온 여러분들의 노고가 여기서 이제 더 이상 지체할 수가 없게 되었소. 다시는 기회가 오지 않을지도 모를 일이오.

이제 죽음을 각오하고 최후의 한 사람이라도 남아서 혁명을 성취시킵시다. 지금까지 잘 견디며 가시가 맨발에 박혀도 이를 꽉 물고 아픔을 참아왔듯이 이제 방해물은 가차 없이 제거하고 마지막 힘을 모두 긁어모아 진군합시다. 내가 선두에 서겠소. 나를 믿고 내 뒤를 따라 주시오. 결코, 헛된 일이 되지 않을 것을 우리는 믿어야 합니다. 그리고 각 동지는 지금 곧 책임부대로 출발하여 부대를 독려하도록 하시오. 공산주의를 걷어내고 자유민주주의를 지키는 게 우리의 천명이라 생각합시다. 고천명 등장에 모두 희망을 마신 듯 조금씩 시들어가던 마음이 파릇파릇 싱그럽게 고개를 든다.

거사일 0시 20분.

고천명 단장이 동지들에게 격려 말을 끝내고 김 대령 집무실 문밖을 나가려는 순간, 허겁지겁 숨찬 목소리가 전화기를 마구 흔들어댄다. 김 대령은 다급히 전화기를 든다. *나, 총장인데 거기 고천명 와 있나? 아, 네에 여보세요.* 난감함이 전화선을 타고 나온다. 손은 전화기를 귓구멍 가까이에 들이대고 머릿속에서는 와글좌글 머리를 굴린다. 있다고 해야 할지 없다고 해야 할지 오른손은 전화기를 오른쪽 귀에 대고 머리는 밖으로 나와 일 수습을 위해 절절맨다.

이 모습을 옆에서 바라본 고천명이 김 대령이 움켜쥔 수화기를 살무사가 개구리를 날름 입속에 통째로 삼켜버리듯이 잡아챈다. 모여 있는 동지들은 모두 동태로 얼어붙는다. 그 순간 팽팽한 긴장이 뛰어나와 마구 뛰어다니며 주위 사람들의 머릿속을 마구 헤집어놓는다. 팽팽한 긴장은 기어이 공기까지 팽팽 팽이가 돌듯 잡아돌린다. *네, 고천명입니다. 고천명, 당신 거기서 무슨 짓을 하고 있소? 총장님 죄송합니다. 거사계획에 대하여 상세한 말씀을 드리지 못해서 송구합니다. 그렇다고 소나무를 꺾어서 배를 채우는 송구는 아닙니다.*

현미경은 일말의 망설임도 없는 고속도로처럼 죽죽 속도를 내어 달리는 고천명의 답변과 그 당당함에 당혹이 밀물처럼 밀려든다. 당혹에 몸을 적신 현미경은 당혹감을 물리칠 감정을 겨우 불러들이자 그때야 절제가 걸어온다. 감정이 잠시 당혹을 물리치고 절제가 나타나자 절제를 앞세워 다시 말을 잇는다. *내가 하는 말 잘 들으시오. 고천명, 거듭 말하지만 여러 말 늘어놓을 상황이 아니오. 이미 거사계획은 탄로 나고 요소마다 헌병들이 경계하고 있소. 그런 까닭으로 당신이 주장하는 그 혁명이란 거 결코 성공할 수가 없단 말이오. 내 말 명심하시오.*

그러나 총장님 저희는 죽음을 각오한 지 오랩니다. 인제 와서 이 거사를 멈출 수 없습니다. 절대로. 이 혁명은 어떤 태풍이 불고 천둥·번개가 천지를 개벽한다고 해도 흔들리지 않을 겁니다. 강태풍이 불어오면 이 강태풍을 이용해 노를 저을 것이고 천둥 번개를 치면 천둥 번개를 이용해 열매를 익힐 것입니다. 천지가 개벽이 되면 천지개벽 된 땅에 새로운 신천지를 만들 각오가 되어 있습니다. 따라서 기필코 당연지사로 우리의 과업을 성취하겠습니다.

고천명, 내 말뜻을 그렇게도 알아들을 수 없소? 오늘은 거사계획을 일단 중단하고 내일 우리 둘이 만나 조용히 이야기합시다. 총장님! 두 대령과 이 대령을 그쪽으로 보냈습니다. 혹시, 심기가 불편하시더라도 그 사람들 푸대접하지 마시기 바랍니다. 총장께서는 그저 모른 척하시면서 우리 사업에 묵언으로 협조를 부탁드립니다. 묵언은 유죄도 그렇다고 무죄도 되지 않아 '도랑 치고 가재 잡고. 님도 보고 뽕도 따고' 모두 총장님께 이익이 가는 한 수가 아닙니까? 그러니 중립만 시키시면 됩니다.

아니, 그러지 말고 내일 만나 얘기하자고 그랬잖소? 아직도 이해가 안 돼요? 총장님 자세한 건 두대령과 이 대령이 만나서 말씀 드릴 겁니다. 허어어허 이것 봐요! 고천명 그러지 말고… 고천명은 말을 입에서 꺼내 던지고는 매정하게 전화를 끊는다. 막다른 골목이 고천명의 눈앞으로 마구 달려온다. 이상의 아이들 열세 골목에서 탈출구를 찾지 못한 어둠들이 공포에 질려 하얗게 탈색된 얼굴이 되어 마구마구 무리를 지어 달려오고 있다.

사람 목숨이 하루살이 목숨일 수도 있지만, 헤라클레스 신발 끈처럼 질기고 질기기도 한 게 목숨인 것이다. 질긴 목숨을 바라는 수밖에. 고천명은 현 총장과 아무 도움도 끌어내지 못하고 진전 없는 대화는 시간 낭비라는 비상벨을 울려서 중단한 것이다. 상급자에 대한 예의는 잠시 출장을 보내고 수화기를 먼저 내려놓은 것이다. 예의는 출장 갔던 예의가 돌아오면 다시 지켜도 늦지 않다고 판단한다. 부부싸움을 하다가 말이 통하지 않을 때는 더는 말을 해봐야 감정만 격해지는 것처럼 그때는 트렁크에 옷가지를 주섬주섬 챙겨 마구 쑤셔 넣고 뒷일은 뒤로 미루고 현재 일만 생각하며 밖으로 나오는 신혼 싸움 같은.

전선 길을 일단 막아둔다. 전선 길은 분명 새까맣게 타고 있다. 하급자에 당한 모멸감 때문에 제자리에 못 앉고 땅바닥에 패대기 쳐져서 뚜욱 뚜욱 뚜뚜뚜 긴 신음으로 울고 있을 것이다. 분노가 전깃줄을 타고 그의 몸속을 통과하였을 테니까. 분노를 대적할 대상 역시 전화기일 것이다. 피시시 웃음이 입에서 뛰어내려 어둠의 길을 내달린다. 고천명과 현미경의 말싸움에서 아니, 하극상에서 이미 미래에는 금이 그어지고 있다. 정답던 신혼부부가 혼란스러울 만큼 큰 갈등을 꽃피우고 있다.

갈등, 그렇다. 고천명의 속셈을 안 현미경이, 고천명의 속셈을 눈치챈 싸움은 갈등에서 빚어진 싸움인 것이다. 이미 정상적인 이성을 앞세워 싸움을 풀어나가기에는 서로가 너무 멀리 왔다. 대화가 불가능한 예측불허의 관계에까지 도달해서 감정 지수는 최고점을 달한다. 무례함에서 모든 것은 파괴된 것이다. 이제 이 두 사람에게는 서로가 더 키가 크다고 설정을 한다.

이쪽에서 보면 둥근 것이 저쪽에서 보면 세모가 될 수 있음을 두 사람을 통해 증명되고 있음을 알고도 남는다. 이들은 오직 현재만 괄호 속에 넣고 중요하게 여길 뿐 한 치 앞에 일은 괄호 밖으로 내놓아 버린다. 생과 사의 갈림길에서 인간은 시간의 압박을 받으면 맹수들의 근성이 다시 고개를 드는 것이다. 하나의 목숨이 숨을 버릴 때까지 서로 물어뜯는 본성이 기지개를 켠다.

현재가 미래를 다 삼키듯 서로를 삼키기 위해 혈안이 되어 날뛰는 것이다. 현미경과 고천명은 그렇게 서로가 등에다 총알을 쏘아야 할 사이가 되어버린다.

거사일 0시 25분.

고천명은 편지를 써서 백 소령에게 준다. 백 소령은 친서를 지참하고 총총걸음으로 영문을 빠져나간다. 우유부단은 부평에 주둔하고 있는 33사단으로 함께 출동할 동지들을 모은다. *이봐 고천명! 지금 말이야. 사단장이 부대를 완벽하게 장악하고 있을 게 뻔하잖아. 거기에 간다면 무엇을 할 수 있을까? 기다리고 있는 건 체포가 아니겠나? 그러지 말고 박 장군한테 협조하고 거사에 합류하라고 하면 어떨까? 김 대령과 옥 대령 유 대령이 한마디씩 권고 말*

을 입에서 꺼내 던진다.

고천명은 박 장군이란 말에 날을 세운다. 아냐, 그게 아니야! 이 마당에 박 장군한테 도움을 청했다가 오히려 위험해질지도 몰라. 여기까지 왔으니 우린 우리 힘으로 가야만 해. 우리마저 안 간다면 우리 전체가 위험해져. 지금 백 소령을 보내지 않으면 오 대령이 위험하단 말이야. 어쨌든 사단장 가량이라도 붙잡고 설득을 해 보는 거지. 33사단이 반혁명군으로 동원되는 것을 사전에 방지하는 임무도 큰일 중 하나야. 군내 풀풀 날리는 소리 말고 빨리 갈 준비 서두르라고.

거사일 0시 30분.

전화 바꿨습니다. 고천명입니다. 당신, 부관 인편으로 보낸 편지 잘 읽었소. 우리 이렇게 합시다. 장면 정부에 대하여 강력하게 경고하는 수준으로 하고…. 이쯤에서 멈추기로 합시다. 총장님! 나라가 망하는데 그냥 두고만 보란 말입니까? 청년 장교들이 궐기하여 백척간두에 선 나라를 구하고 질서와 법을 바로 세우겠다는 애국충정을 왜 자꾸만 막으려 하십니까? 지금 뭐라고 말했소? 나라가 망하다니? 그 무슨 개가 뜯어먹다 버린 뼈다귀 같은 망발이오? 당신이야말로 학생들이 민주 제단에 합법으로 세운 합법 정부를 무력으로 쓰러뜨리려는 속셈이 아니요? 그런 것이 아니라면 뭐요? 나라를 망치려는 자가 누구란 말이오?

총장님! 한 번만 더 숙고하여 주십시오. 당신 말을 나 더 들을
필요가 없소. 그러니 그쯤 알고 더는 여러 말 떠벌리지 마시오. 거
사에 동원된 부대는 출동을 못 하도록 조치 명령을 내려놓았소.
어서 원점으로 돌아가시오. 총장님! 동원부대는 이미 출동이 끝
났습니다. 다만 총장께서는 아무런 말씀을 하지 마시고 그저 보
고도 못 보셨고 못 보고도 못 보신 겁니다. 그냥 그렇게만 계시면
됩니다.

현미경은 난감에 젖어 할 말이 까맣게 지워진다. 현미경이 순간
에 까맣게 지워진 말을 다시 하얗게 만들어 다시 말을 던지려는
사이 고천명은 거사를 포기할 수 없다는 단호한 의지의 표현으로
또다시 일방적인 전화 끊기를 한다. 고천명의 말이 까치 독사 새끼
처럼 돌 틈으로 꼬리를 감추고 들어가 버리자 현미경은 기가 막혀
서 입술을 질근질근 씹으며 멍하니 전화기만 쳐다본다.

고천명은 죽음을 담보 잡고 전진할 계획을 잡는다. 담보 잡힌 죽
음이 통째로 남의 손에 넘어가더라도 전진만이 살길이다. 그 전진
만이 나라를 구하는 길임에 다짐을 반죽해 둔다. 거사에 자신이
앞장서는 것이 온당하다고 스스로 판단을 내리지만 이따금 눈동
자에 어른거리는 두 딸이 자꾸만 목에 매달려와 고뇌에게 시간을
빼앗긴 것도 사실이다.

그러나저러나 길은 하나, 오직 외길이다. 긍지를 지팡이로 삼아
외길을 간다. 고천명의 두 눈에 파란불이 반짝 켜진다. *자자, 출발*

합시다. 모두 이제 출발합시다. 나는 해병대와 공수단을 독려해야 하기에 김포로 가겠소. 힘차고 당찬 걸음을 내디딘다. 어떻게 저렇게 어마어마한 당참이 살고 있는지 혀가 내둘린다. 같은 시간 장 중령은 공수단에 도착한다. 신당동 고천명의 집을 떠날 때 미행차를 유인코자 한 시간을 길바닥에게 밥 말아 먹인다. 길에게 밥을 주다 보니 예정시간보다 늦은 시각에 6관구 사령부에 합류한 것이다. 헌병들이 6관구 사령부를 물샐틈없이 삼엄하게 포위한다. 일촉즉발. 전운이 긴장감을 안고 물레처럼 돌아간다. 몇몇 장교들이 정문을 통과하지 못한다.

부대 밖에서 이를 목격한 장 준장은 부대 안에 머물고 있는 고천명과 김 대령이 틀림없이 감금되었으리라는 짐작의 알림장을 펼친다. 장 준장 당신 이 부대에 무슨 업무로 왔소이까? 투전감은 우웬 일로 여기 왔소? 뭐. 혁명이라도…. 혁명이고 뭐고 그런 거 난 모르오. 나는 총장 명에 충실히 따를 뿐이오. 그렇다면 좋소이다. 내가 총장님께 전화하겠소.

거사일 0시 40분.

506방 첨부 대장실에는 긴장감들이 포로롱 포로롱 날아다닌다. 폭풍전야에는 늘 고요를 보내서 실사하는 법. 방첩대 수뇌부는 건드리면 스윽 살점 비계까지 베어버릴 만큼 신경이 날을 세우고 있다. 조금만 건드리면 무슨 사달이 벌어질지 예측할 수 없을 만큼

예민하다. 전선 없는 전선 갑호 비상령이 내려진 최전방을 방불케 한다. 여보시오! 장 준장! 당신 거기 공수단에서 뭘 하고 있소? 빨리 돌아가시오. 그리고 특전감 조 준장을 바꿔주시오. 전화 바꿨습니다. 특전감! 당신 지금 뭘 하고 있는 게요? 어서 장 준장을 돌려보내고 부대를 철저히 장악하시오. 당신은 내 지시만 받고 따르시오. 무슨 말인지 알아듣겠소? 거듭 말하지만 박 대령의 명에 따라서 부대를 움직이지 마시오. 단 하나의 길, 육군참모총장 지시에 따라서 병력을 지휘하란 말이오. 설마 대령의 말을 듣고 움직이는 어리석음은 범하지 않겠지만 내 말 명심하시오!

한편 현미경은 7 헌병중대장 석두수 대위와 통화를 한다. 대기병력 백 명을 완전무장시켜 별도지시가 있을 때까지 대기하라고 엄명을 내린다. 손가락은 부지런히 또 다른 곳으로 다이얼을 어지럽게 돌린다. 조 준장이오? 나, 총장이오. 네, 총장님. 6관구 사령부 일은 어떻게 되었소? 먼저 간 이 대령이 아무 소식이 없다는데… 연락도 되지 않고. 도대체 당신은 위급한 이 시기에 뭘 하고 있단 말이오? 직접 부대로 가서 해산을 설득하시오. 그래도 불응하면 거사에 참여한 자들을 모조리 체포하시오. 알겠습니다. 급박은 급박을 물고 사정없이 급물살을 타고 돌아간다.

거사일 01시.

김포 1해병여단 연병장에 거사 출동 병력이 집합한다. 군목(軍牧)

은 다른 때와는 달리 떨리는 음성으로 두 손을 하늘 향하여 높이 치켜들고 묵도를 시작한다. 어제 뜬 별이나 오늘 뜬 별이나 별의 영토는 아무런 다툼이 없다. 인간 세계에서 독선과 아집과 교만이 활개를 치고 세를 너무 많이 넓혀 영토를 점령하고 있다. 너는 안 되고 나는 되고 너의 말은 틀렸고 나의 말은 맞다. 거사에 찬동하여 축도하는 군목은 어떤 얼굴이고 거사에 불응하여 기도를 포기한 군목은 어떤 얼굴인가? 거사에 호응하는 목자도 거사에 불응하는 목자도 다 같이 하나님의 종으로서 하나님을 부르짖고 있지 않은가?

군목의 정의는 무엇일까? 부대 지휘자의 뜻에 좇아 정의에 가담하고 불의에 가담하느라 군목이 먼저가 아니고 군인이 먼저니까 상부 명령에 따라서 옳고 그름을 만들어 가야 하는 꼭두각시. 신은 어느 편에서 얼굴 붉히지 않는 선과 악을 구별하는가? 신은 무슨 기준으로 저리 절절한 기도에 응답할 것인가? 군목은 푸른 제복을 입고 복무하는 한 두 개의 양심을 지녀야 한다. 좌로나 우로나 치우치지 않는 양심을 유보하고 좌 쪽 양심 하나에 무게를 재고 우 쪽 양심 하나에 무게를 재야 하는 운명. 두 개의 심장을 가져야 유능한 군목의 길을 갈 수 있는가?

비극인가? 희극인가? 혁명이라고 깃발을 든 부대의 군목과 쿠데타라고 깃발을 내린 부대의 군목. 버릴 수 없는 어린양 꼴을 먹이는 목자에게 결코 하나님은 아무런 응답을 하지 않을 것이다. 판단을 유보하는 것이 하늘나라 백성들 다스림에 효험이 있기 때문이다. 묵언의 경전! 그 경전을 지극히 지혜롭게 마음으로 읽지 못한 사람들은 잘 되는 것은 내 탓이고 잘못되는 것은 하나님 탓으로 돌린다.

괴테는 말했다. '불운과 행운은 언제나 삶의 동반자로 존재한다.'라고. 누구에게나 완전한 불운 또는 완전한 행운은 오지 않는다. 불운도 행운도 끊임없이 밀물 썰물로 다가서고 밀려간다. 슬픔과 기쁨은 나그네 인생길을 그림자처럼 지워졌다 사라지며 영원히 동반하는 동반자인 것이다. 역사를 주관하시는 하나님 아버지시여! 높고 높은 보좌 위에 계셔서 허물 많고 나약한 불쌍한 인생들을 보호하여 주시고 이로써 사랑하여 주시는 하나님께 이 시간 간절히 기구하옵니다.

오늘, 역사의 물굽이를 돌릴 중차대한 시간이 칠흑 같은 어둠을 걷어내시고 오로지 나라를 바로 세우기 위한 우리 부대의 출동에 무운장구를 기원하옵니다. 헐벗고 굶주리고 눈물 마를 날이 없는 이 나라 백성들을 불쌍히 여기시고 이를 보호 구원하려는 용사들 앞날에 하나님의 무한 은총과 인도가 지금부터 영원토록 함께 하시기를 주 예수 그리스도 이름으로 축원하옵니다. 아멘! 아멘! 아 아멘!

군목의 축도가 끝나자마자 윤근중은 명령을 내린다. 전차 중대는 04시에 출동한다. 목표지점은 남대문. 부대 후미를 따라 전진,

전진, 앞으로 전진, 남대문에 도착한다. 다음 명령을 기다려라! 부대 출발! 오 대령은 메아리처럼 재창으로 명을 접수한다. 선두는 3중대. 다음은 1중대. 마지막 5중대. 김 대령의 지프는 부대 꽁무니를 따라 움직인다. 대대장 오 중령은 깃발처럼 용기를 휘날리며 1중대 앞에서 부대를 선두 지휘한다.

거사일 01시 30분.

506방 첨부 대장실 전화가 깊은 밤 적막의 어깨를 마구 흔들어 깨운다. 왁자지껄, 쉴 틈 없이 분주가 날아다니며 잠을 털어낸다. *총장님이십니까? 그렇소. 해병대가 김포에서 출발하여 양천을 지나고 지금 한강 쪽으로 진격 중이랍니다. 뭐라 했소? 아! 드디어 기어이, 그래 알겠소.* 현미경은 긴 한숨을 거미가 거미줄을 뽑듯 뽑아낸다. 수화기를 탕! 화가 끓어오르는 만큼 내려놓는다. 찬물 한 컵을 벌컥벌컥 목구멍으로 넘긴다. 밤하늘이 눈을 껌뻑이며 자신을 바라보고 있다. 달은 아무 일도 없다는 듯 둥그런 빛을 현미경에게로 비추고 별들은 다 어디로 몰려가 곤한 잠에 빠졌는지 코빼기도 보이지 않는다.

화풀이 대상으로 삼았던 전화기를 미안한 기색도 없이 다시 든다. 해병대에 전화를 건다. 배알도 없는 전화는 현미경의 의도대로 쪼르르 해병대로 대장 말에 복종하듯 명령 복종하며 달려가서 임무를 수행하는가 싶더니 되돌아와 반격을 시도한다. 동쪽에서 빰

맞고 서쪽에 화풀이하는 상관의 말을 어느 부하가 고분고분 따르겠는가? 전화기는 보기 좋게 무언으로 시위를 하며 복수한다.

총장님! 전화가 불통입니다. 모든 통신수단이 단절입니다. 끝내 내 지시를 무시하고 불복종을 한다? 괘씸한 놈들. 7 헌병중대장을 찾아봐! 총장님, 김 대윕니다. 김 대위는 지금 즉시 병력 50명과 군용트럭을 최대한 동원 한강교를 양쪽에서 차단하라. 해병대가 진입하지 못하도록 저지에 최선을 다하라. 미군이나 민간차량을 제외하고는 모든 국군 차량의 통행을 금하라. 저지선을 노량진 쪽으로 집중하라! 지금 빨리 임무 착수에 들어가라 시간이 없다. 예, 명령대로 실행하겠습니다, 총장님.

거사일 01시 50분.

부평 33사단에는 우유 대령, 옥 대령, 김 대령, 유 대령이 3개 연대를 방문하여 부대 출동을 독려한다. 박 대령은 사무실에서 구름과자 한 개비를 입술 사이에 심는다. 사단의 전 장병은 완전무장으로 연병장 집합이다. 수송 차량은 진격 명을 대기 중이다. 다 된 밥에 코를 푸는 격일까? 사단장집무실에서 나온 안무지는 우유부단과 정면에서 대변한다. 아니 너 누구냐? 네. 육군본부에 파견된 감독 장교입니다. 우유부단은 얼떨결에 큰소리로 대답하며 손을 펴서 귀 위에 가로로 눕힌다. 야! 꼼짝하지 말라! 내가 너를 모를 줄 아는가? 관등성명을 대라. 네. 육군본부 작전참모부 소속 중령 우유부단입니다.

안무지는 우유부단의 관등성명을 듣자마자 민첩하게 허리춤에서 권총을 들고 안전장치를 푼다. 여차하면 다리에다 총구멍이라도 내버릴 기세다. *아니, 왜 이러십니까? 사단장님. 꼼짝 마라!* 우유부단은 포로병처럼 두 손을 번쩍 치켜든다. 땀 구멍마다 벌벌벌벌 갯벌에 게 기어 나오듯이 땀이 동시다발로 기어 나와 옷을 적신다. *사단장님, 총을 거두어 주십시오. 천하가 바뀌고 있습니다. 지금 정말 중차대한 엄중한 시간입니다. 필요 없어. 개소리하지 마라! 너 같은 놈 죽어 버릴 거다.*

벼랑 끝에 매달린 동지의 위급함을 직감으로 감지한 옥 대령, 김 대령, 유 대령이 헐레벌떡 달려온다. 순간, 안무지의 얼굴 위로 안개가 자욱하게 밀려온다. 우유부단은 이때를 놓칠세라 두 손을 은근슬쩍 내리며 낮은 목소리를 입을 벌리고 내보낸다. *안무지 사단장님! 지금 거대한 역사의 물줄기를 거슬러 올라갈 수는 없습니다. 역사의 낙오자가 되지 않는 길은 아직도 남아 있습니다. 육군과 해병대가 우리들 거사에 동조하고 일어났다는 사실에 관심을 가져주시길 바랍니다. 이제 총을 거두어 주십시오.* 안무지는 우유부단 얼굴에 들이댄 총구를 거둔다. 성난 사자의 표정도 다시 제 집으로 집어넣는다. 한차례 돌풍이 지나가고 밤은 다시 제자리로 돌아가 어둠을 깔고 눕는다.

사단장님, 저희 동지들이 집무실에 들어가서 상세하게 말씀을

올리겠습니다. 좋다. 그렇지만 부대 출동은 보류다. 알겠어? 좋습니다. 일단 보류하겠습니다. 어서 들어가시지요. 4명의 거사 동지들은 사단장 안무지를 앞세우고 사단장실로 들어간다. 우유부단은 뒤따라오는 박 대령에게 손짓을 보낸다. *빨리 병력을 출동하라! 사단장은 내가 데리고 앉아 이런저런 거사 얘기를 나누면서 시간 벌기를 할 거야.* 우유부단은 말을 한 뒤 사단장실로 입실해서 생각에 잠긴다. 작금의 이 대한민국은, 물새가 사는 곳은 물이 아니라 물 바깥이듯 공산주의는 공산주의를 떠나 자유민주주의에서 살아가려는 심산(心算)이다. 한겨울 자전거가 눈 위를 지나가면 뱀 자국이 남듯이 자유민주주의로 가는 최후의 배열에는 아무도 모르는 하얀 고통에 파랗게 질릴 것을 예감해야 한다는 생각을 먹물로 그리다가 어지러운 생각을 날카로운 면도날로 깨끗이 면도를 한다. 면도한 자리에 푸르스름 희망이 차오른다.

희대미문(稀代未聞)의 영웅

10

거사일 02시.

공산주의라는 체제의 허울을 세워 가장 높은 위도에 자신을 세워놓고 나머지 국민들은 바깥에 진을 치게 하고 활공하려는 이기심, 거기에 놀아나는 꼭두각시들. 그러나 비밀을 높이 쌓을수록 한번 추락하면 처참한 몰골로 죽는다는 걸 생각 못 하는 공산주의자들. 자신의 생을 자신도 모르는 곳을 향해 달려가는 사람들의 한 생을 보람있게 요약할 미궁은 어디서 찾을 수 있을까? 해병대와 공수단 병력은 서울 접수를 위해 접근한다.

영등포 6관구 사령부에는 헌병감 조 준장과 사령관 서령관이 들어선다. 김 대령의 위기관리 순발력이 발휘된다. 김 대령 손에는 여차하면 상대방을 거꾸러뜨릴 안전장치를 풀어놓은 권총이 들려 있다. *사령관님, 거사에 동원되는 부대 출동을 헌병으로는 막을*

"

수 없게 됐습니다. 부하로서 이 김 대령이 마지막 간곡한 충언을 드립니다. 우리 거사에 가담하여 주십시오. 여기서 거부하신다면 사령관님의 신변이 위태로워집니다. 사령관님이 말 한마디 잘못하셔서 소중한 생명을 황천길로 보낼 수는 없잖습니까? 부디 정신의 집인 몸을 보호하소서. 몸이 없어지면 정신이 기거할 집도 사라지고 집이 사라지면 사령관님은 모든 것이 물거품처럼 꺼져버리게 되는 겁니다. 다시 한번 생각해 봐 주십시오.

김 대령의 말에는 대답도 없이 조 준장을 보며 말한다. 조 장군 한강교 발포를 중지시키시오. 김 대령은 말을 가로채어 교전 중임을 힘주어 말한다. 지금 교전 중이랍니다. 위급한 와중에선 교전이라는 별전 상황을 제대로 파악하기가 쉽지 않음을 심리전으로 압박하여 굴복시키는 것이다. 김 대령 손에 들린 권총 때문에 헌병감 조 장군 입술이 파래처럼 새파래진다. 그때 현미경을 설득하러 갔던 윤 대령, 송 대령, 이 대령이 돌아온다.

돌아온 그들은 김 대령과 합세하여 서령관과 조 준장을 거사에 협조해 달라고 당부와 협박으로 어르고 달래며 설득전을 펼친다. 참모총장도 표면상으로는 저희 거사를 막는 것 같으나 실제적으로는 우리를 지원하고 있습니다. 총장 위치에서 딱 부러지게 표현할 수 없어 느슨하게 방어하는 것뿐입니다. 그렇지 않다면 우리가 어찌 무슨 용뼈는 재주가 있어서 여기까지 살아서 돌아올 수 있겠습니까? 지금 참모총장은 직위 때문에 막는 척할 뿐입니다.

서령관과 조 준장은 긴가민가하면서 온건으로 돌아선다. 절반 이상은 거사 협조로 기울어진 것이나 다름없다. 눈금이 있는 저울로 달아보면 아마도 거사로 무게가 가라앉을 것 같다. 위기는 기회를 낳는다. 김 대령은 내친김에 한술 더 뜬다. *좋습니다. 장군님과 사령관님 앞에서 저희 결기를 보여 드리겠습니다.* 김 대령은 거침없이 506방 첨부대로 다이얼을 돌린다. *총장님 저 김 대령입니다. 동원부대들이 일제히 출동했습니다. 6관구 병력도 출동 완료임을 보고 드립니다.* 6관구 병력은 사령관 서령관과 조 장군도 모르게 몇십 분 전 출동한 바 있다.

전화 내용을 들은 서령관과 조 장군은 조용히 자리에 주저앉는다. 김 대령은 계속 통화를 한다. *저희 거사 동지들은 총장님을 비상 정국의 국가 최고 지도자로 모시고자 의견을 모았습니다.* 현미경은 위험한 줄타기를 하고 있음에 불안하기만 하다. 현미경은 선화 줄 사이로 목소리를 분수처럼 품어낸다. *그게 당신들 반란군 뜻대로 될 줄 알아?* 소리를 지르면서도 머리로는 생각한다. 저들 말대로 혁명이 성공하여도 반대로 실패로 돌아간다 해도 군부 최고 책임자로서 한순간에 무너질 수 있다.

김 대령은 현미경의 모호한 답변이 다른 사람들에게 들리지 않도록 수화기를 더욱 귓가에다 밀착시킨다, 현미경은 김 대령의 말을 끊고 수화기를 내려놓는다. 그러나 김 대령은 계속 통화하는 것처럼 수화기를 든 채 자기가 하고 싶은 말을 폭설처럼 하얗게 쏟아

낸다. *네네, 총장님. 명심 또 명심하겠습니다. 유혈만은 피하도록
최선을 다해 심혈을 기울이겠습니다.* 김 대령의 위장 통화 전술에
방어 전선에 선 용의자들은 속수무책이다. 아무도 김 대령이 위장
전술로 전화기를 이용한 걸 눈치채지 못한다. 김 대령은 전화기를
내려놓는다. 개선장군이나 되는 듯 목청에 푸릇푸릇 결기를 세워
서령관에게 말 타래를 던진다.

*사령관님 옆에서 들으셨지요? 아직도 때는 늦지 않았으니 부대
를 출동시키십시오. 30사단 이상국 소장이 총장님의 병력 대기 명
을 받고 움직이지 않고 있습니다. 전화로 이 장군을 설득하여 주십
시오.* 현 총장 입장으로선 한번 내린 명령을 자기 입으로 취소시
킨다는 것이 모양새도 이상하고 육군 최고 책임자로서 체통도 생
각했을 겁니다. 거사에 가담이냐, 불응이냐를 놓고 고심을 거듭하
던 6관구 사령부. 그러나 하늘은 서령관과 조 준장과 연금 중이던
이만회 준장 등이 출동에 가담하여 혁명의 지휘1부로 자리매김하
여 반전의 기회를 맞게 만든다.

한편, 김 대령과 통화한 현미경은 기세가 한풀 꺾이며 쫓기는 입
장이 되어버린다. 현미경은 자신을 밀어준 은인인 장면을 생각하
면 인간적인 도리로 그럴 수 없다. 거사에 가담한 군인들을 피 흘
림 없이 원위치로 돌려놓아야 할 일이다. 국무총리 장면은 너무나
신사적이다. 현재까지도 육군참모총장 현미경을 신뢰한다. 이런
인간관계를 누구보다 잘 아는 현직 총장이 정부를 갈아엎는 쿠데

타군에 동조나 묵인한다는 것에 고뇌가 깊지 않을 수 없다. 현미경은 어떤 수를 써서라도 장면의 목숨만을 살려야 한다는 데 동그라미를 붉게 긋는다. 장면을 살려야 해! 장면이 다치지 않도록 해야 해.

총리 각하십니까? 30사단 말입니다. 고삐 풀린 망아지처럼 날뛰는 동원부대를 막았습니다. 또한, 해병대와 공수단의 서울 진입도 한강교에서 통제하고 있습니다. 쿠데타에 가담한 군부의 동태에 큰 염려는 마시고 그러나 일부 동요가 있는 것도 사실입니다. 누워서 느긋하게 전화를 받던 장면은 잠자리에서 벌떡 용수철처럼 튀어 올라 전화기를 귀 가까이에 들이댄다. 내가 일주일 전에 말한 그 사건 아닌가! 네, 각하. 별것이 아니니까 염려 놓으시고 모든 걸 저에게 맡겨놓으십시오. 총장 이 사람아, 염려 말라는 말만 되풀이하지 말고 바로 이리 와! 그리고 매그루더 사령관에게 올리는 보고는 어떻게 되었나? 네. 보고 드렸습니다. 그럼 빨리 이리로 오도록. 네, 곧 방문하겠습니다.

전화기는 용무를 끝낸 사람들의 기분에 따라 쪼옥! 한 번씩 키스도 받고 패대기쳐지기도 하는 자신의 기분 따위는 완전 개무시 당하는 운명이 억울하다는 생각을 하며 조용히 제 자리에 앉는다.

거사일 02시 30분.
문대령의 포병단 병력은 이십 리 대행렬로 덕정리를 통과하여 예

정대로 의정부 경계선으로 진입한다. *정지! 무슨 부대입니까?* 검문소 헌병이 선두 앞에서 속도를 가로막는다. *어떤 놈이 우리 부대 행군을 방해하나?* 대대장이 나선다. 금방 무엇이든 베어버릴 듯한 날 선 목소리로 헌병 앞에 선다. *무슨 부대냐고 물었을 뿐입니다. 야 인마! 6군단 작전이동이다. 비밀작전 임무를 헌병인 너에게까지 보고하고 통과해야 하냐? 빨리 비켜! 안 됩니다. 상부로부터 아무 연락도 받지 않았습니다. 이런 대이동 작전이면 반드시 사전 연락이 옵니다. 야 인마! 네놈이 근무 태만이야. 요지의 검문소 근무를 그따위로 해. 앞으로 조심해!*

한편 7 헌병중대장 석두수 대위는 한강교에다 바리케이드를 이중 삼중으로 치고 저지선을 구축하기 위해 비지땀을 쏟고 있다. 군용화물차(GMC) 5대를 한강 파출소 방향 다리 위 앞쪽 2대 뒤쪽에 3대로 배치해 둔다. 그 뒤로는 병력 35명을 2열 횡대로 배치한다. 배치 병력 50명 전원에게 실탄 1,800발을 지급한다. 30사단장 실로 전화가 달려온다. 현미경의 목소리가 전화를 잡아타고 날아온다.

전화를 받고 똥 마려운 강아지처럼 안절부절못하던 이상국 소장이 벌떡 일어난다. *이 소장입니다. 나 서령관이오. 참으로 수고가 많소. 사령관님, 지금 사태가 어떻게 돌아가고 있습니까? 일이 커지고 있습니다. 총장으로부터 병력 동원령을 받았다면서? 예, 그렇습니다. 소수정에 병력으로 기동타격대를 결성해 놓고 대기 중에 있는 상태입니다. 이 소장 당신의 직속 상관은 누구이지요? 그거*

야, 열 번 물어도 사령관님이시지요. 그렇다면 내 명령을 따라 주시오.

사태가 어렵습니다. 어렵고도 복잡합니다. 이 소장이 병력을 출동시키면 유혈은 뻔하오. 한 나라 한 민족 군인끼리 충돌하여 피를 흘려서는 안 될 일이오. 다시 말하지만, 사령관인 내 말을 들어 주시오. 절대로 병력출동을 해서는 안 됩니다. 병력출동은 시키지 마시오. 그러나 총장께서 명령을 내린 바 있어…. 그건, 나도 잘 알고 있소. 이쪽저쪽 감정이 끓어올라 이성으로는 통제가 되기는 어렵게 되었소. 제삼자로서 내가 총대를 메겠소. 예, 알기는 합니다만…

서령관은 사태를 좀 더 관망하자면서 또 연락 주겠노라는 말만 전화기에 매달아 놓고 일방적으로 전화를 끊는다. *젠장! 뭐가 뭔지 도통 도대체 하나도 모르겠네. 어느 쪽이 옳은 것인지 도무지 어느 쪽이 옳지 않은 것인지 길을 종잡을 수 없네.* 중얼중얼 전화기를 바라보며 하소연한다.

거사일 02시 40분.

33사단 사단장실로 오 대령이 가쁜 숨을 뿜어대며 들어온다. 그는 우유부단에게 한눈을 껌벅이며 사단장에게 취할 행동을 주문한다. *사단장 들으시오. 대세는 결판났소. 부대는 출동하고…. 자, 이제 어쩔 셈이오?* 안무지 사단장은 계급과 직위에 어울리지 않게 민망스러울 만큼 몸을 떤다. *알겠소. 여러분의 뜻에 동참하겠소.* *좋습니다. 갑시다.* 거사대열의 출현으로 경인가도는 밤을 잊은 채 젊은 사기로 고공의 조정석에 앉아 확실한 궤도파악도 되지 않은 공중을 비행한다.

그 비행은 예측도 측량도 할 수 없는 한 번도 보지도 듣지도 못 했던 계기판을 믿으며 비행하다가 어느 무인도에 추락할 수도 있 고 예수가 찬란한 죽음을 맞은 골고다 언덕에 착륙할 수도 있고 운 좋게 새로운 신대륙에 착륙할 수도 있다. 그 답은 하늘만이 알 고 있다.

거사 03시.

한이 차곡차곡 쌓여서 고개를 만든, 설움이 하도 많아 고개를 못 드는 미아리 눈물고개. 눈물 한 방울 없이 바짝 마른 고개를 넘으면 서울이 보인다. 미아리는 서울을 지키고 있는 북쪽의 수문 장이다. 6군단 포병단 병력 선두가 역발산기개세(力拔山氣蓋世)로 혁 명의 깃발을 펄럭이며 출발한다. 물귀신보다 더 용맹스러운 해병 대 병력은 6·25 한국전쟁 때 허리가 잘려 버린 한강교에 다가선다. 죽느냐 사느냐 시시각각 목줄을 조여 오는 수도 서울의 젖줄 한강 은 군홧발 소리에 눈길 한 번 주지 않고 유유히 흘러간다.

내전이 일어날지도 모를 위급함에도 한 줄기의 위급함도 두려움 도 없이 적당한 속도를 유지하며 자신이 갈 길만 묵묵히 흐르는 저 만용. 결사대 선두에서 오 대령은 생목이 오른다. 어리둥절 어리뻥뻥 피에로처럼 웃어야 할지? 아직도 속에서는 원인을 알 수 없는 불이 타고 있다. 불길은 속을 까맣게 태워 목까지 위협을 하며 바싹바싹 말린다. 허리춤에 차고 있던 위스키를 꺼내서 펑! 소리를 공중에 날려 보내고 물 마시듯 벌컥벌컥 들이킨다.

술기운을 빌려서라도 거사를 성공하게 할 수 있다면야 근무 중 음주는 죄가 아니라 상이 될 것이다. 6관구 사령부 선두 병력이 발도 보이지 않게 화살처럼 날쌔게 날아 공수단과 합류한다. 거센 산더미 같은 파도가 아가리에 흰 거품을 물고 미아리 한강에서 서울의 심장으로 달려온다.

한편, 한강교 담당 석두수와 방자명이 지휘봉을 들고 헌병 50명으로 최후의 방어망을 친다. 여기에 구멍이 생기면 서울 한복판이 물에 잠기는 건 시간문제다. 시간 내로 물속에 잠겨버려 아수라장이 될 것이다. 육탄 방어와 총알로 수도 중심을 사수하는 헌병들의 얼굴에 수심을 알 수 없는 태평양 바다보다 깊은 수심이 밀려든다. 30사단 소대 병력은 수색을 한걸음에 빠져나와 서대문 사거리로 진입한다.

이상국 소장의 지휘 아래 한 무리 헌병들이 남산의 중앙방송국 지키기 위해 경비 임무를 양손에 움켜쥐고 달려간다. 쫓는 자와 쫓기는 자. 머리가 지시하는 명령을 손발이 척척 맞아 기를 키우는 쪽의 승리가 예상되는 만큼 두 싸움은 치열하다. 불과 몇 시간

뒤면 승자와 패자로 결판이 갈라질 것이다. 웃는 쪽과 우는 쪽이 흑백으로 갈라져 백기를 들고 무릎 꿇고 목숨을 구걸하는 쪽과 거만스러움을 깃발에 달아 펄럭이며 무릎 꿇고 목숨을 구걸하는 자를 승자의 눈으로 내려다보며 웃음을 공중전파로 쏘아 올리며 거드름을 하늘 가득 퍼져나가게 할 쪽.

혁명의 옷을 입고 공산주의자들을 척결할 거사 부대는 애당초 목숨을 베어서 무덤 속에 묻어 두고 시작한 싸움이다. 비상시국의 세를 불리며 갈기를 세웠다. 정국을 주도하며 훗날을 기약하는 결기 하나로 차돌보다 더 단단하게 뭉친 단결! 방어에 나선 합법 정부 수호부대는 설마설마 설마가 정말로 사람을 잡는다는 사실을 설마로 일관하고 설마를 가볍게 취급하면서 소극적인 태도로 대응하다가 설마에 당하고 말 위기에 처한 것이다.

그런데 설마(雪魔), 정말로 눈 마귀가 있었다는 걸 잊었나 보다. 불가에서는 적군을 괴멸시키는 기상이변 즉, 사명대사의 도력으로 해석하기도 한다. 사명대사를 죽이려고 일본이 불에 벌겋게 달군 솥에 넣고 불을 지피고 솥뚜껑을 열면 *어이 시원하다!* 고 고드름이 줄줄 달린 수염을 쓰다듬으며 너무 추워 못 살겠다 좀 더 따뜻하게 불을 더 넣어줄 것을 주문했다는 도력.

임진왜란 그즈음에도 기상이변으로 한반도에는 엄청난 폭설이 내려 사람의 키보다 더 높이 쌓여 마을과 거리가 떨어진 군대는 보급로가 차단되어 기아와 추위로 거의 전멸을 했다는 전설 같은, 설마 설마가 사람 잡는다는 말이 걸어 나오는 순간이다. 설마가 공산주의자들을 종식하는 결정적인 역할을 할 수 있을까? 엄청난 사상자를 내고 정확한 원인을 찾지 못한 일본군은 공포에 휩싸여 철군을 결정하도록 하늘이 우리나라를 도와 설마를 보냈듯 설마, 잘못 발을 디뎠다가 온전한 군인의 삶을 살 수 있을까?

물음표를 개 꼬리처럼 말아 올리며 생각을 이리저리 굴린다. 거사 부대는 해병대 1천 3백여 명 공수단 1천여 명. 6관구 1천 7백여 명. 모두 4천여 명이 하나 되어 야밤의 중심 가지를 휘어잡고 서울 찬가를 부른다. 거사 저지부대는 한강교 언저리에 배치된 헌병 50명. 방송국 경비에 50명 모두 1백 명으로 거대집단을 방어하는 형국이 되어 버린다. 인해전술로 보아도 거사 부대의 승리는 불 보듯 환하게 예정된 것이 다 보인다. 4천 대 1백! 대결은 싸우기도 전에 기 싸움에서 상황 끝을 맺는 형국이다.

역사는 숨 고르기에 들어가고 옳고 그름의 시시비비는 휴업을 잠복하고 만다. 약삭빠른 역사는 일단은 승리자의 편으로 달려가서 줄을 선다. 승리자의 울타리에는 사람들이 북적거린다. 먹이가 많은 곳으로 새는 모여들기 마련인 것이다. 패배자의 울타리에는 거미와 쥐들만 북적거린다. 공정거래위원회도 새들의 노랫소리를 듣고자 몰려들지 쥐들이 북적거리는 곳에 가기는 꺼린다. 그러나 바람은 변함없이 그늘을 흔들어대고 구름도 빈 자두나무 가지에 걸려서 쉬어간다. 햇살도 변함없이 드나들며 빛을 쬐어주지만, 인간은 아무도 그곳에 발길을 두지 않는다.

　현미경이 거사 하루 전날 밤. 22시 30분부터 거사 당일 새벽 03시까지 4~5시간 펼쳐놓은 전술지도는 허술하다. 4천 대 1백이라는 머릿수 싸움은 대학생과 국민 학생의 싸움에 불과하다. 과연, 왜 소수로 방어의 벽을 고수했을까? 고도의 지혜로운 길이 숨어있을까? 현미경의 지휘력에 의심의 눈초리를 거두지 않고 있는 거사 부대는 그의 진의를 탐색하는 데 노력을 파견해서 집중하고 있다.

비정상이

　정상을 이긴다.

　　늘,

　　　이긴 것은 정상이 되고

　　　진 것은 비정상이 된다.

　　　　정상과 비정상의

　　　　　속성인 것이다.

거사일 03시 25분.

　공격과 방어가 악수한다. 분명코 적군이 아니다. 우리 아군에서 신사도를 지키는 악수다. 두 손을 잡은 악수. 악수(握手)가 악수(惡手)가 될 수도 묘수가 될 수도 있다. 두 젊은 사나이는 얼굴을 안개

속에 묻은 채 눈싸움을 한다. 해병중대장 이준섭 대위다. 헌병중대장 석두수 대위가 비장한 각오를 몸에다 스프레이처럼 뿌리고 각오를 바른 몸짓으로 공격과 방어라는 담장을 두고 한강교에서 대치한다. 나는 육군참모총장의 경비명령을 받고 여기를 방어 중입니다. 시내 중심방면으로는 한 발 짝도 떼어놓을 수 없습니다. 우리는 해병대 사령관의 명령에 따라 움직이는 부대이니 어서 장애물을 철거하시오. 절대로 안 됩니다. 부대를 돌려 돌아가십시오. 허허, 이 사람 왜 이러나!

두 대위의 공격과 방어라는 밀당을 지켜보던 오대령이 손가락 4개를 있는 힘을 다해 엄지손가락 밑으로 밀어 넣으며 날렵히 나선다. 우리는 연천으로 야간기동훈련을 나가는 중이다. 어서 길을 열어라! 그럴 수 없소. 참모총장 명령이오. 그때, 순리적으로는 저 지선을 통과하기가 불가능함을 감지한다. 순발력을 동원한 혁명군들이 달려와 사생결단을 촉구한다. 방어선을 밀어버리고 전진합시다. 밀어버려! 어디선가, 갑자기 한 발의 총성이 어두운 적막의 심장을 쏘더니 하늘에 구멍을 낸다. 힘을 잃은 적막은 그대로 고꾸라지고 만다. 싸움의 신호탄이 전갈을 날라 온 것이다. 해병대 선두에 선 이준섭 대위가 총탄을 맞아 쓰러진다. 해병들은 비처럼 퍼붓는 탄우 속을 뚫고 앞으로 앞으로 걸음을 내민다.

한강교 교각을 장애물로 의지하며 낮은 포복으로 전진한다. 최후의 저지선을 사수하고 있는 군용화물차(GMC) 헤드라이트가 대낮처럼 환하게 불을 밝히고 해병들을 겨눈다. 헤드라이트 불빛은 빛을 마구 반사시킨다. 전진은 죽음으로 가는 길이 된다. 분대 병력의 부상자가 뜨거운 젊음의 피를 몸속에서 꺼내고 있다. 쿠데타건 혁명이건 상관없이 나라에 바치는 국방의무의 젊은 피들이 일제히 몸을 버리고 쏟아져 나오자 전염이라도 된 듯 또 다른 젊은 피도 몸을 버리고 마구 쏟아져 나온다. 피를 본 젊은 혈기들은 또 다른 피를 불러내며 끝 모를 미궁 속으로 피를 꺼내 길바닥에 뿌려댄다.

바리케이드는 레커를 사용하여 쳐부숴라! 조명을 깨부수고 빛을 파괴하라! 헤드라이트를 향하여 집중사격! 따다다다 따다다… 소리 질러대며 목숨을 따는 데 최선을 다하는 총알들. *목숨을 따, 다다다 따, 다다다다 빵야빵야빵야 탕탕탕… 모두 탕을 만들어 마셔버려!* 밤중에 밤 굽는 소리도 콩 튀기는 소리도 아닌 사람 목숨 굽는 소리가 천지를 뒤흔든다. 난데없는 총소리에 봄날 서울 밤은 감겨 있는 눈꺼풀을 흔들어 깨워서 일으킨다.

선잠을 깬 잠들은 아직도 꿈속인지 현실인지 분간하기 어려워 어리둥절하다. 사막에서 불어오는 모래바람으로 시민들 눈으로 마구 들어간 모래들은 시민들을 떨리게 하면서 모래바람의 진원지를 궁금하게 만든다. 한편 6군단은 03시 50분. 육군본부를 무혈로 점령한다. 서울 도심부 입성 제1호다. 포병단 차들이 중앙청 앞을 지나가면서 땅을 울리는 소리와 더불어 총소리에 잠을 버리고 화들짝 일어난다.

검은 구두 소리 소리가 순식간에 잠을 포위해 버린다. 어리둥절 놀란 대통령 윤보선은 참모총장 현미경의 전화를 받는다.

각하, 큰일이 쳐들어왔습니다. 뭐라구요? 지금 군부 쿠데타가 쳐들어왔습니다. 헌병을 동원하여 한강교에서 막아 보았지만 얼마 안 가서 저지선이 쓰러져 버렸습니다. 쿠데타 부대가 장안으로 들어왔는데 진압이 힘에 밀리고 있습니다. 현미경은 우회적 표현으로 윤보선의 피신을 권고한 것이다. 윤보선은 착잡한 심정이 우르르 달려와 멍하니 수화기를 제자리에 앉힌다. 생각이 머릿속을 마구 헤집으며 요동을 치고 다닌다. 웅크리고 자고 있다가 악몽을 꾸고 있는 것은 아닌지 어긋난 일일수록 아귀를 맞춰보기가 어려운 법, 기관총 소음 같은 소리가 무성하게 귓속으로 마구 파고들어 모든 생각이 일시에 구덩이에 파묻히고 만다.

피신? 그건 안 될 일이다. 귓속에서는 총성이 울리고 어디선가 비명들이 쓰러지며 달려들고 더 멀리는 포탄이 마구 돌격해 오고 울음들이 창문을 두드리며 달려든다. 심장은 누구를 두들겨 패는지 혼자 마구 방망이질을 하면서 불안을 창궐시킨다. 민주당 깃발이 비 맞은 종이처럼 찢어지고 쿠데타 깃발이 바람을 흔들어대며 나붓거린다. 윤보선의 눈 속으로 비애가 줄을 지어 천수만 철새 떼처럼 모여들고 있다. 갑작스러운 포탄에 건물은 흔들려 금이 가고 혼은 어디론가 빠져나가서 들어올 생각도 안 한다.

윤보선은 모든 감각마저도 녹슨 쇳덩이가 되어 한 손으로 턱을 괴고 눈꺼풀에 풀도 바르지 않은 채 붙이고 떨어질 줄 모른다.

거사일 04시.

반도호텔 808호실. 장면은 거사 군부의 움직임을 군과 경찰로부터 보고받고 있다. 03시에 발생한 총소리에 놀라 경호차로 달리던 중 차내의 무전으로 정보를 입수한다. *한강에서 교전 중!* 장면에게 직보다. 내각 책임제의 국무총리는 실질적인 권력서열의 일인자인 것이다. 대통령의 자리는 권력을 휘두를 수 없다. 국가 원수로서의 상징적 인물인 것이다. 거사 군부의 첫 번째 축출대상은 장면이지 윤보선이 아니다.

국방부 장관, 검찰 총장, 비서관 등이 허겁지겁 식겁, 기겁, 비겁까지 겁을 잔뜩 집어먹는다. 남은 겁은 눈에다 넣고 몸에도 뿌린 다음 속속 반도호텔로 들어간다. *총리 각하! 시간이 없습니다. 어서 빨리 퍼뜩 날래 몸을 숨기십시오. 현 총장! 거기가 어디오? 반도호텔 현관입니다. 사태가 위험에 싸였습니다. 현 총장! 그럼 내 방으로 올라와 보고하시오. 알겠습니다, 각하.* 현미경은 장면과 통화를 끝내고 506 방첩부대를 나온다. 얼떨결에 거짓말한 것이다. 장면에게 반도호텔 현관에서 전화한다고 말하였으나 실은 506호 방첩 부대장실에서 통화한 것이다. 현미경은 반도호텔 발걸음을 거둔다. 방첩 부대장 이철희와 함께 총장 전용 세단에 몸을 싣는

다. 긴장과 피곤이 그의 온몸에서 쿠데타를 일으켜 봄볕을 뚫고 나오다 얼어 죽은 풀처럼 풀죽은 몸을 싣고 육군본부로 달린다.

이런 젠장 쿠데타 천국이구먼! 이 시점에서 피곤이고 긴장이고 왜 지랄들하고 내 몸에서 쿠데타를 일으켜 사람을 맥 못 추게 만들어. 중얼굴중얼굴 중얼거리며 육군본부에 도착하니 육군본무는 벌써 포병단이 점령한다.

거사일 04시 20분.

총리 각하! 일단 이곳을 빠져나가 저희 집으로 가십시다. 한숨 돌리고 나서 피신처를 물색하는 것이 어떠실는지요? 현미경 총장은 믿을 수가 없습니다. 도저히 이해하려야 이해가 되지 않습니다. 말이 안 됩니다. 어떻게 그럴 수 있습니까? 호텔 현관에 있다는 사람이 20분이 지나도록 여기 와서 얼굴을 보여주지 않는 걸 보면 속이 다 보입니다. 검찰 총장은 장면에게 진지한 표정으로 충심을 입혀서 피신을 권유한다. 그럴 수는 없소. 내가 무엇을 잘못했다고 피신한단 말이오. 여기서 사태를 두고 보면서 상황을 판단해야겠소. 국무총리 장면은 단호함을 하얗게 입술 밖으로 쏟아내며 얼음보다 냉철한 어조로 피신을 거부한다. 물론입니다. 각하가 잘못한 것이 없다는 건 분명합니다만 여기 계시다가 무슨 봉변이라도 당할까 봐 염려돼서 그렇습니다. 물불 안 가리는 저들 반란군은 눈에 이미 백태가 끼었기 때문에 막무가내로 보이는 것도 없이 무례를 저지를 수 있습니다. 그러니까 1단은 몸을 피하시고 2단은 생각을 넓게 펼쳐놓고 대책을 세우고 3단은 행동으로 저자들에게 대응하자는 겁니다.

옆에서 김기영과 박영기가 검찰 총장이 미리 기초를 닦아놓은 말 위에 거듭거듭 같은 말을 같은 어조로 돌담처럼 쌓아 올리자 못 이기는 척 다들 그런 생각이라면 좋소이다. 일단 피하고 봅시다. 똥이 무서워서 피합니까? 더러워서 피한다는… 장면은 물 한 컵에다가 울분과 분노와 노여움과 배신, 황당함까지 골고루 섞어 목구멍으로 꿀꺽꿀깍 넘긴다. 부인을 데리고 반도호텔 동쪽 문으로 빠져나가 김기영 경감이 몰고 왔던 지프에 오르기 전 주위를 한 바퀴 돌아본다. 눈이 돌아와 신호하자 곧바로 날랜 동작으로 좌석에 엉덩이를 맡긴다.

경호 차량은 동아일보 앞을 지나 광화문 방향으로 속도를 마구 굴린다. 혁명이란 단어에는 시간 따위는 흐르지 않는다. 세상 물정 모르고 사는 국민들을 공산주의란 구덩이에서 구출하기 위해 전진만 가능하다. 우리가 달리는 길은 붕괴도 낙상도 없다. 도돌이표가 붙은 노래 따위는 부르지 않는다. 혁명이란 악보에서 가장 먼저 떨어진 저 첫 번째 먹은 일편단심이란 노래만 천 개의 빛보다 더 환하게 빛을 발할 것이다. 피아노 건반의 내장은 음표보다 아름답고 노래보다 눈부신 그 무엇을 위해 자신을 멈추지 않고 닳아가는 것처럼 어두워서 안 보이는 것투성이고 안 들리는 것투성이인 황무지 같은 이 나라를 개간하는 일이 그렇게 쉽지만은 않다는 걸 아는 이들은 목숨을 걸고 혁명을 하는 군인, 그들뿐이었다.

지금, 억울하게 능멸당했다고 생각했던 시간도 먼 미래로 사라질 일이다. 역사의 물길은 그렇게 굽실굽실 흘러 강건한 나라에 도착하는 것이다. 자유민주주의로 가는 길에는 진흙 같은 다리를 지나고 악령 같은 바람을 들이마시고 숨을 쉬어야만 한다. 6·25 전쟁에 죽은 자들의 몇천 년을 지나도 썩지 못할 원한을 같은 혈통의 공산주의자들에게로 실려 보내야만 하는 기형의 시대. 이번 혁명으로 곪아 터진 부위(공산주의)를 도려내고 영원한 자유민주주의가 되었으면 좋겠다는 것이 혁명 동지들의 생각이다.

희대미문(稀代未聞)의 영웅

11

거사일 04시 35분.

수색 30사단 사단장 차와 일부 병력이 부대를 썰물처럼 빠져나간다. 이백일은 150고지에서 이를 확인하고 상황실로 숨어든다. 포섭한 동지들을 신속하게 불러 모은다. 내 말 잘 들으시오. 사단장이 거사 저지를 위해 출타한 것으로 보입니다. 다른 부대는 모두 출동한 것이 틀림없소. 더 늦기 전에 출동합시다. 이번 기회를 놓치면 천추의 한이 될지도 모르오. 이젠 모 아니면 도! 둘 중의 하나를 선택해야 할 중차대한 시간임을 잊지 마시오. 비상! 비상소집!

이백일 대령의 비상소집에 누운 눈썹을 일으켜 세워 휘날리며 무악재를 타고 넘어 서울 한가운데로 바람처럼 달려간다. 시청 앞에서는 공수단원들이 중장비를 가설하고 포진하고 있다. 한편, 국무총리실에는 박 소령과 차 대위가 방문을 구두코로 걸어차고 들어선다. 총리 어디 계십니까? 당신들은 누구시오? 무슨 일인지는 모르겠지만, 아무리 급한 일이라도 그렇지, 한 나라의 국무총리 방을 이리 무례와 거만을 앞세우며 쳐들어와도 되는 거요?

우리는 혁명군이오. 당신은 누구시오? 나는 국무총리 비서관이오. 그럼 저희와 같이 갑시다. 가기는 밑도 끝도 없이 어디로 가자는 겁니까? 나는 국무총리 비서관으로 이 방을 지켜야 하는 임무를 짊어지고 있는 사람이오. 잔말 말고 가자면 갑시다. 국무총리 비서란 자가 아직도 상황 판단이 안 되시나? 이리 아둔해서야 원 나라 꼴이! 잔말 자꾸 내뱉지 말고 굵은 말 따르란 말이오. 조가 열 바퀴 굴러봐야 콩이 한 바퀴 구르는 것만도 못한 걸 아직 모르시나!

그들의 당차고 기세가 시퍼렇게 날 선 모습을 본 국무총리 비서관은 서리맞은 풀이 되어 입을 다물어버린다. 그리고 비 맞은 생쥐처럼 떨고 있다. 거짓말 같은 현실을 여분의 시간도 없이 태풍은 어느 사막을 달려왔는지 먼지투성이로 들이닥쳐 비서관은 아무것도 보이지 않았다.

거사일 04시 40분.

남산 중앙방송국은 거사 부대의 입으로 전락한다. 해병대 병력과 공수단 병력으로 급조된 혼성팀. 1개의 소대가 중앙방송국을 점령한다. 중앙방송국 스튜디오로 무장군인들이 들이닥친다. 권총마저 선임 장교 손으로 가서 힘을 보태고 있다. 밤 근무하고 있던 아나운서 얼굴이 양잿물에 삶아 빤 옥양목처럼 하얗게 변한다. 시간이 흐름에 따라 락스에 담근 것처럼 점점 더 하얗게 탈색된 얼굴로 40도 열에 떨듯이 부들부들 부들도 없이 부들거리며 떤다. *당신 이름은?*

오 대위는 속사포 쏘듯이 위협을 섞어서 묻는다. *저 이름은 박종세입니다. 자 떨지 말고 목소리를 가다듬어 이 원고를 보고 또박또박 읽으시오. 혁명이 일어났소.* 오 대위가 미리 써서 간 혁명 원고를 박종세 앞에다 덥석 들이민다. 박종세는 갑자기 찾아온 어둠 때문에 앞이 캄캄해 글씨가 보이지 않는다. 모든 사물이 황토색으로 보인다. 정신을 가다듬고 겨우 글씨가 흐릿하게 눈 속으로 들어온다. 그렇지만 그 원고를 읽는다는 건 도무지 할 수 없다는 생각이 든다.

장교님 저로서는 이 원고를 도저히 읽을 수 없습니다. 자, 잘 보이지가 않습니다. 야, 이 개새끼야. 개소리하지 마! 너 뒤지고 싶어? 읽으라면 읽어. 무슨 말이 그리 많아… 박종세의 귀에는 개새끼라고 개소리하지 말라고 마구 번개처럼 짖어대는 소리가 개소리로 들린다. *이봐, 말조심해!* 오 대위 옆에 있던 김 대령은 막말하는 오 대위를 나무란 뒤에 박종세에게 온건히 따뜻한 말 한 오라기를 던진다. 혁명의 당위성을 꺼내서 차분하게 설득한다.

여보시오, 박 아나운서. 당신의 원고 읽기 거부를 충분히 이해합니다. 그러나 지금은 천하가 바뀌었단 말이오. 나중에 후회하지 말고 지금 읽는 것이 당신한테 의로울 것이요. 무슨 말인지 알아듣겠소. 모든 것은 때가 있는 법이오. 지금 당신은 이 원고를 읽어야 당신의 목숨뿐 아니라, 당신 가족의 안녕과 나라를 위해서도 애국하는 길이란 걸 알아주길 바라오. 김대령이 박종세를 설득하는 동안 거사의 실력자들이 한둘씩 모여든다.

거사일 05시 15분.

1961년 5월 16일 새벽 서울의 공기는 비장하게 가라앉아 있었다. 동이 트기 전 군인들의 발걸음이 도로 위를 울렸다. 3겹 차와 트럭이 줄지어 행진했고 손끝은 새벽 공기를 가리켰다. 고천명은 속으로 외쳤다. 오늘 우리가 나서지 않으면 내일 이 나라는 존재하지 않을 것이다. 공산당의 아가리에 와작와작 씹히기 전에 우리가 공산당의 아가리를 틀어막아야만 한다.

군인들은 경무대를 향해 전진했다. 세종로에 있는 국회의사당은 순식간에 병력으로 둘러싸였고 라디오 방송국에서는 장교의 목소리가 흘러나오기 직전이다. 군사혁명위원회는 국가의 혼란을 수습하기 위해 오늘 새벽 행동에 돌입했습니다. 친애하는 애국 동포 여러분! 은인자중하던 군부는 드디어 오늘 새벽 미명을 기해서 일제히 행동을 개시하여 국가의 행정 입법 사법 삼권을 완전히 장악하고 이어 군사혁명위원회를 조직하였습니다………….

박종세는 평정심을 잃고 떨리는 목소리로 원고를 읽어나간다. 박정희(朴正熙)를 박정열(朴正烈)로 잘못 읽기도 하였지만, 위기의 순간을 간신히 넘긴다. 고천명은 상기된 표정으로 뉴스 방송을 마치고 나오는 박종세를 만나 악수를 청한다. **훗날 다시 한번 당신을 만나서 위로하고 싶소.** 순간 전국은 얼어붙은 듯 고요해졌다. 국민은 충격에 빠졌지만 피 한 방울 흘리지 않고 권력은 바뀌었다.

그날을 두고 고천명은 속으로 다짐했다. 우리는 권력을 탐한 것이 아니다. 우리는 공산주의에 의해 무너져가는 나라를 다시 세우기 위해 칼을 든 것이다. 그렇게 혁명의 깃발을 펄럭였고 혁명 직후 국민은 불안과 기대 속에서 새로운 아침을 맞았다. 시장은 조용했지만, 사람들의 눈빛에는 묘한 변화가 있었다. 이제 나라가 달라지는 걸까? 다시 무너지는 건 아니겠지?

박종세는 등줄기가 풀쐐기에 쏘인 듯이 화끈거린다. 화끈거림을 가라앉히기란 불가능한 일이고 이 위기를 어찌 잘 넘길까 생각 넝쿨을 벋는다. 풀쐐기는 떼를 지어 등줄기를 기어오른다. 몇몇 별꼴이 반쪽인 별과 몇몇 계엄령을 선포한 혁명군인들이 위세를 있는 대로 모두 꺼내 손과 온몸에 장식하고 강제를 코앞에 들이밀어 어쩔 수 없이 코앞에 들이닥친 강제를 못 이기고 마이크 앞에 끌려 나온 것이었다. 황당해하는 박종세를 눈여겨보던 고천명은 **당신의 오늘 행위를 꼭 눈 속에 담아두어 기억하겠소. 잘해 보시오.** 툭툭 먼지 털듯이 박종세의 어깨를 두드렸지만, 박종세는 방송이 끝나고도 아무 생각이 나지 않았다.

한편, 이게 뭐꼬? 군사혁명이라꼬 캤산나? 그캤구나. 새벽에 난리를 치던 총소리가 혁명의 출전가라꼬…? 서울의 아침은 해가 중천에 떴는데도 밤인지 낮인지를 모르고 허우적거린다. 하늘은 회색빛으로 화장을 하고 우중충한 기분을 내보이고 있다. 이대령이 지휘하는 L-19 다섯 대가 편대를 이루어 저공비행으로 10만 장 **혁명 전단**을 허공에 뿌린다. 눈을 어지럽게 하는 5월은 생뚱맞은 초록을 흔들어대기만 할 뿐 말이 없다.

이 땅의 봄을 갈아엎는데도 자신의 초록만 무성무성 키워대는 5월 5늘의 운세 5늘의 별자리 5늘의 날씨 5이 씨 같은 5월은 신라 김유신 장군의 여동생 문희 편인가? 김유신 장군 동생 보희의 오줌 꿈을 빼앗은 문희가 왕을 낳았다. 언니 보희의 오줌 꿈을 비단 치마 하나로 산 동생 문희는 김춘추와 결혼을 해서 오줌 꿈을 산 덕으로 아들 문무왕을 낳았고 그 문무왕은 삼국통일까지 이루는 큰 업적을 낳지 않았는가? 그런데 이 5월은 또다시 신라 때로 돌아가는 원시반본(原始反本)을 지향하고 있는 것인가?

오! 오! 오판, 이판사판 공사판이여! 결국, 5월은 오줌 꿈을 산 문희 편을 들어주고 만다. 혁명이란 이름을 주고 산 꿈이 이루어지도록 하늘도 도와주고 있는 것이다. 4·19혁명 뒤 또 하나의 혁명이 태어난다. 사회주의자들은 이 역사를 쿠데타로 기술한다. 거사에 참여한 군인이나 거사에 불응한 군인이나 모두 우리 국민이다. 이 대한민국의 피는 자유민주주의의 피다. 공산주의를 원한다면 공산주의로 가서 살면 되지만, 욕심 많게도 이 남한을 공산주의로 만들려다가 목숨 걸고 나라를 지킨 혁명군들의 손을 들어주었다.

그렇게 하늘은 *동해물과 백두산이 마르고 닳도록 대한 사람 대한으로 길이 보전하라고* 정의를 잡은 정군들의 5.16혁명 손을 들어준다. 그들의 야심 찬 꿈이 이루어지도록 도와준 것이다. 다시 말해 대한민국이 공산주의자들에게 침몰되는 배를 건져내는 순간이다. 이제 구악일소(舊惡 一掃)를 해야 깨끗한 정부를 만들 수 있어. 이제부터 이 나라를 전복시키기 위해 날뛰던 공산주의자들을 발본색원해서 군사재판에 부치고 일명 살기 좋은 자유민주주의의 깨끗한 정부 만들기에 들어가야 한다.

어떤 사람이든 마음만 먹으면 못할 일이 없고 산에 묻힌 돌도 땅에서 캐내어 갈고 닦으면 최고의 빛을 내는 다이아몬드가 되어 빛을 발할 것이다. 그러나 그렇게 소중한 보석도 개에겐 다이아몬드가 돌에 불과한 아무런 그러니까 밥알 한 톨 만큼의 대우도 받지 못하고 사라지는 것이 세상 이치다. 인생은 시소게임이다. 한쪽이 땅을 향해 바닥을 치면 반드시 상대 쪽은 하늘을 향해 뛰어오르는.

이에 장준하는 사상계 6월호에서 *과거의 방종 무질서 타성 편의주의의 낡은 껍질에서 탈피하여 일체의 구악을 뿌리 뽑고 새로운 민족적 활로를 개척할 계기를 마련한 것이다.* 고 군사 혁명을 지지하기에 이른다. 한편 일제 저항기 당시 제암리 학살사건을 폭로한 프랭크 스코필드 박사는 1961년 6월 14일 *코리언 리퍼블릭*지에서 '*5·16쿠데타에 대한 나의 견해*'라는 글을 발표한다. 그 글의 첫머리에는 *5·16쿠데타는 필요하고도 불가피한 것을 알게 될 것*이라고 민주당 정권 부정의 무능을 말하며 *한국에는 아직 진정한 민주주의가 시험 된 적이 없다.* 고 주장한다.

군사 혁명이 승리로 돌아가자 군사 혁명 위원회를 설치한다. 그리고 현미경이 의장이 되고 박정희를 부의장으로 추대한다. 그러나 박정희는 추대에 응하지 않았다. 결국, 고천명은 현미경 의장을 추대한 뒤 국민 앞에 서서 선언했다. *우리는 이 나라를 공산주의에서 건져내어 강한 나라 부강한 조국을 만들겠다. 1961년 5월에 새벽 총성과 군화 발소리는 역사를 흔드는 신호탄이 되었다. 단순한 권력 교체가 아니라 산업화의 길로 나아가는 첫걸음이 될 것이다. 우리는 목숨 걸고 공산주의를 무찌를 것이다. 국민의 손에는 자유민주주의가 펄럭일 것이다. 대한민국의 새로운 역사가 바로 그 순간 다시 환골탈태하는 시간이 되었다. 1961년 5.16 군사 혁명 이후 국민 앞에 서서 무거운 책임을 짊어졌다.*

정군들은 고천명 몰래 박정희 장군을 납치해오기에 이른다. *무례함을 용서해 주십시오. 이 나라는 장군이 아니면 희망이 없습니다. 아직은 제가 나설 때가 아닙니다. 현미경과 모든 걸 상의하는 게 좋을 듯합니다. 현미경이 이 나라를 짊어질 인재라면 군이 저희*

가 왜 이렇게 박 장군을 납치까지 했겠습니까? 부디 나라를 위해 나서주십시오. 박정희는 묵묵하게 있다가 한마디한다. 내게 1주일 동안 생각할 여유를 주십시오. 예 그렇게 하시지요. 그럼 일주일 후를 기다리겠습니다. 부디 나라를 위하는 결정을 내려주시길 부탁드립니다.

그렇게 박정희를 납치했던 정군들은 다시 박정희를 모셔다드리고 일주일을 기다리기로 했다. 박정희는 이승만 대통령에게 편지를 썼다. 그리고 배 중령을 통해 미국으로 보냈다. 배 중령은 이승만 대통령을 찾아 미국으로 날아갔다. 이승만은 배 중령을 보자 손을 잡고 눈물을 흘렸다. 조국이 어떻게 되어 가나? 예 안 그래도 그 문제 때문에 박정희 장군의 심부름으로 왔습니다. 어서 말해보게. 여기 편지를 가지고 왔습니다.

이승만은 편지봉투를 북 찢어버리고 편지를 읽기 시작한다. 다 읽고 난 이승만은 다급한 마음에 배중령에게 잠깐 기다리게. 하고는 편지를 쓰기 시작한다

박 장군 기회가 왔구먼.

현미경은 기회주의자야, 공산주의가 자기에게 이익이 있으면 공산주의에

나라를 팔아먹을 사람이야, 절대로 안 되네.

그리고 고천명의 욕심도 하늘을 찌르는 욕심이야.

고천명은 머리도 명석하고 추진력도 있고 다 갖추었지만 가장 중요한 외교를

다스릴 능력, 그러니까 미국과의 관계 개선엔 절대로 내세울 인물이 못 되네.

고천명은 자네를 택하지 않고 우유부단을 이용해 현미경을 임시 거사용으로 쓰고 결국은 자신이 대통령 자리에 오르려는 속셈일세.

그러나 고천명은 지도자로서의 그릇으로는 아니 되네.

그렇게 이번 기회를 고천명이 하는 대로 두고 본다면 나라를 공산주의자들에게 다시 넘기게 될지도 몰라.

이번에 빼앗기면 나라는 공산주의로 가고 말 것이네.

내 말 명심하고 지금 나서게.

기회가 지금이야.

이 기회를 놓치면 이 나라는 또 남침을 당하거나 싸우지도 못하고 무너지고 말 것이네.

배 중령의 편지를 받는 즉시 자네가 나서게.

후일에 공산주의자들은 쿠데타라는 말에 자네가 주동자라고 밀어붙이겠지만 그까짓 누명이 무서워 나라를 빼앗길 수는 없네.

자네는 누명 정도는 눈도 깜빡 안 하고 남로당 총책도 맡은 사람 아닌가!

그 정도는 되어야 나라를 지켜낼 수 있어.

공산당들은 너무나 악랄하고 교묘한 수를 쓰기 때문에 자네가 아니면 누구도 그들을 이길 수 없네.

지금이 가장 중요한 때야.

목숨을 두려워 말고 나서게.

자네는 나라를 위해 이미 사형을 당한 사람 아닌가.

남로당 총책을 맡아 호랑이 아가리에서도 싸운 자네가 아닌가!

나서게, 나서서 공산주의 세력을 이 나라에서 몰아내고 탄탄한 나라를 세우게.

그렇게 싸우다가 나처럼 쫓겨나더라도 후회하지 말고 나라를 위해 나서주길 부탁하네.

궁즉통 극즉반(窮則通 極則反) 이라 했네.

궁하면 통하고 극에 달하면 반전하게 된다고 했으니 머지않아 반전의 기회가 오리라 믿었는데 생각보다 공산주의를 물리치고 자유민주주의를 찾을 기회가 빨리 와서 불행 중 다행으로 생각하네.

시간이 좀 더 흘러버렸으면 어쩌면 영원히 공산주의가 될 뻔했어.

가슴이 서늘해지고 조마조마했었는데 하늘이 우리나라를 버리지 않았구먼.

하늘이 기회를 주었으니 기회를 잡아서 나라를 지키게.

내 나라를 위해 박 장군 자네를 위해 매일 기도해 주겠네.

힘내게, 건투를 비네.

이승만 씀

박정희는 이승만 대통령의 편지를 받아들고 생각한다. 이대로 나라가 공산주의가 되어 버린다면 멸종된 공룡만큼이나 의견만 분분하고 나라는 흔적 없이 사라지고 말겠지. 분명한 것은 이승만 대통령께서 앞을 내다보는 안목이 다른 사람의 천배 만배가 된다는 걸 알기에 박정희는 외부의 적이 누구인지 내부의 적이 누구인지 알 수 없다는 점이 답답하기만 하다. 긍정적으로 생각하자. 대개 망한 나라는 태평성대를 누리다가 시련이 닥쳐 갑자기 사라져 망한 것이다. 반대로 가혹한 시련을 이겨낸 민족은 더 강하게 일어선다. 우리 선조들은 그래도 나라는 악착같이 지켰다.

그러나 세계에서 가장 혹독한 수난을 받은 유대 민족은 이천 년 동안 나라 없이 세계를 떠돌며 멸시를 받는다. 그들은 기독교 토대였던 중세 유럽에서 예수를 죽인 민족이라 하여 가혹한 핍박을 받았다. 유대인들은 제2차 세계대전 기간에는 히틀러에게 600만 명이 학살당했다. 그렇지만 유대인들은 제1·2차 세계대전 후 굴하지 않고 미국으로 가서 월가를 중심으로 금융업을 일궜고 현재는 실질적으로 미국을 움직이고 있다.

그처럼 가혹한 시련을 이겨냈기에 그들은 세계 인구의 0.3%에 불과하지만, 노벨상 수상자의 30%를 배출할 수 있었다. 노벨 경제학상만 보면 60%가 유대인인데 끊임없는 도전과 굴하지 않는 강한 정신 덕분이다. 전국시대의 혼란을 평정한 진나라 시황은 북방 유목민족인 흉노족이 초원에 먹을 것이 부족해지면 어김없이 농경 사회를 침략했기 때문에 눈엣가시로 여겼다. 이러한 불안의 씨앗을 없애기 위해 진시황은 고민에 고민하던 끝에 만리장성을 쌓았다.

그러나 진나라는 진시황이 천하를 통일한 지 15년, 진시황 사후

4년을 넘기지 못하고 무너져 내렸다. 외적을 막으려고 무리하게 만리장성을 쌓은 것이 내부의 적을 만들어 낸 꼴이 되고 말았다. 양쯔강을 건너 안전한 곳으로 수도를 옮기고 나서 중국의 진나라와 송나라는 천하를 잃었다.

그렇다면 우리나라 역사를 돌아보면 어떨까? 우리나라도 수도를 북쪽에 두고 북방 민족들과 대치할 때 고구려는 강성했었다. 그러나 방어가 튼튼한 압록강 이남으로 수도를 옮겨온 다음에 나라를 잃고 말았다. 방호선이 경고하면 심리적으로 안정을 찾는다. 심리적 안정은 회의한 생각을 하기에 무장이 해제된다. 그리고 무사안일에 빠지게 된다.

백제 역시 한강 이남으로 수도를 옮기고는 나라를 잃었다. 제1차 세계대전이 끝나자 프랑스는 독일 국경 사이에 거대한 시멘트 방벽을 쌓자고 결의해서 길이 750㎞에 달하는 거대한 콘크리트 요새를 쌓았다. 서울에서 부산 거리의 2배가 넘는 엄청난 규모의 현대판 만리장성이었다. 그리고는 대포를 촘촘히 설치했다. 이렇게 방어선을 구축해 놓으니 프랑스는 독일군의 어떤 공격에도 안심할 수 있다는 분위기가 대세였다.

독일의 히틀러가 등장하여 전운이 감돌았지만, 프랑스는 여유로웠다. 한술 더 떠서 병력을 예비군으로 돌릴 정도였다. 울타리의 힘을 철석같이 믿고 자만심에 빠져 의기양양했다. 그러나 막상 제2차 세계대전이 발발하자 독일군은 벨기에를 가로질러 프랑스를 침공했다. 그리고는 그들의 뒤통수에다 기관총을 겨눴다. 방벽만 믿고 무방비로 있다가 프랑스는 총 한 번 제대로 쏘아보지 못하고 무너지고 말았다.

마지노선은 독일공군에 의해 철저하게 파괴되면서 마지노선의 법칙이 생겨났다. 방어선만 견고하고 심리적 무장해제를 하는 것은 위험천만한 것을 깨닫게 하는 예다. 곰곰 여러 나라의 과거를 소환하면서 박정희는 어찌해야 할지 판단이 서지 않아 서성거리고 있었다. 박정희가 답답하여 거리를 서성이며 구름과자를 피우고 있을 때 길가에 앉아서 사주 풀이를 하는 노인이 보였다. 심심풀이 삼아 그쪽으로 발길을 돌렸다.

그러나 사주를 볼 돈이 없어 망설이고 있는데 사주를 보는 노인이 말했다. *젊은 양반, 사주를 보려 하오?* 했다. 박정희는 *아닙니다. 궁금하기는 하지만 제게는 돈이 없습니다.* 하자 노인은 *손님도 없고 심심하던 차에 돈 달라고 안 할 테니 그냥 보시오. 내 특별히 봐 주리다.* 했다. 박정희는 호기심에 가까이 가서 *그럼 제가 이다음에 꼭 갚을 테니 한 번 봐주십시오!* 하고 생년월일시를 말했다.

숙달된 필체로 사주를 뽑아놓고 한참을 들여다보던 노인은 갑자기 길바닥에 넙죽 꿇어앉았다. 박정희는 얼른 노인을 일으키며 *왜 이러시오. 어르신!* 하자 노인은 *귀한 분을 몰라뵙고 이 늙은이가 실례했습니다. 장차 나라의 아버지가 될 귀한 사주입니다. 40살 전에는 어려움도 많겠지만 반드시 나라의 아버지로 이 나라를 일으*

킬 귀한 사주입니다. 했다. 박정희는 노인을 일으켜 앉히며 고맙습
니다. 건강 조심하시고 내 어르신 말씀이 맞으면 이다음에 찾아
사례를 해야 하니 함자라도 알려 주십시오. 했다. 노인은 고개를
절레절레 흔들며 나는 이 사주를 가진 젊은이를 만나기 위해 길거
리에서 찾고 있던 터였소. 이제 내 임무를 완성했으니 내 이름 따
위는 없소. 하고는 보따리를 싸서 길을 떠났다.

박정희는 무슨 일이람, 분명 꿈은 아닌데. 하고는 다시 집으로
들어갔다. 집에 들어서 앉기도 전에 정군들은 또다시 박정희를
찾아와 부의장에 취임해 달라고 부탁하러 왔다. 한두 명도 아니
고 20여 명이 협박이라도 하듯 찾아왔다. 박정희는 만감이 교차
했다. 내가 나서서 자칫 잘못하면 혁명을 주도한 정군들에게 실
망을 줄 수도 있다. 고 말하자 정군들은 입술을 모두 가지런히
맞춰서 말한다.

장군님, 제발 이렇게 힘들게 혁명한 것이 헛되지 않게 해 주십시
오. 지금 이 나라는 장군님께서 나서지 않으면 저희가 죽을힘을
다해 목숨을 담보로 이룬 이 공이 다시 공산주의에 넘어갈지도 모
릅니다. 부디 저희를 위해 나서주십시오. 간절한 소망을 들으며 박
정희는 눈물이 났다. 여러분! 내가 무어라고 여러분이 이렇게까지
애원을 한단 말이오! 하고 꿇어앉아 있는 그들의 손을 하나하나
일일이 잡아서 일으켰다. 그리고 말했다.

내 그대들의 용감한 행동을 봐서라도 부의장을 맡으리다. 여러

분 장하오! 그리고 고맙소! 그렇게 부의장을 맡기로 승낙했다. 부의장을 승낙하고 취임한 지 3일이 지난 후 **국가재건최고회의**로 개칭한다. 6월 10일에는 **중앙정보부**를 발족시킨다. 중앙정보부의 임무는 비밀첩보 기관인 동시에 국민 감시기관이다. 그 후 군부 내의 공산주의 세력을 모두 숙청하기 위해 칼을 빼 든다.

모두가 서슬 푸른 면도날에 걸려들까 벌벌 떨며 숨을 죽이지만 일어날 일은 기어이 일어나고 만다. 7월 3일 현미경은 예외 없이 의장직을 박탈당한다. 현미경은 박정희를 따돌리고 공산주의 세력과 모든 것을 상의하기에 이른다. 일거수일투족을 예의주시하던 정군은 현미경의 의장직을 바로 박탈시킨다. 고천명은 정군들이 박정희를 의장으로 추대하자 그림자처럼 정군들을 지켜봐야만 했다. 고천명의 가슴은 쓰렸지만, 정군들이 만장일치로 박정희를 의장에 추대하기에 아무 말도 할 수 없는 상황이 되고 말았다.

그렇게 정군들의 추대로 박정희는 실제로 국가재건최고회의 의장이 되었다. 박정희는 어지러운 이 나라를 무엇부터 어떻게 해야 할지를 면밀하게 조사하게 시켰다. *일이란 먼저 해야 할 일이 있고 급히 해야 할 일이 있는 법이야. 그걸 잘 구분해서 올려. 책상에 앉아서 하지 말고 발로 뛰어서 해. 지금 가장 시급한 일과 먼저 해야 할 일을 분류해서 올리도록 해.*

1961년 12월 대통령 권한대행이 된 이후 박정희는 인재 등용을 시작해야만 했다. 워낙 질서도 잡히지 않았고 특히 공산주의 배척은 아직 손도 못 댄 단계여서 믿을 수 있는 인재 등용이 가장 급한 임무이며 나라를 튼튼하게 일으켜 세울 일이기 때문이다. 쌀과 미를 가려낼 줄 아는 인재를 등용해서 공산주의를 척결(剔抉)하고 내가 죽더라도 나라는 일으켜놓고 죽어야 한다는 결심을 굳힌 박정희는 믿을 수 있는 전두환을 불렀다.

전두환 소령, 군에서 나와 나를 좀 도와주시오. 박정희의 단도직입적(單刀直入的)인 말에 전두환은 말씀은 고맙지만 저는 군에 그냥 남고 싶습니다. 군에 남기보다 곁에서 나를 좀 도와 달라고 간청하는 것이오. 하자 전두환은 말씀은 고맙지만, 각하 군대에도 충성스러운 부하가 남아 있어야 하지 않겠습니까? 하고 단호하게 거절했다. 박정희는 꼭 그리해야겠소? 아쉬워하며 간절한 눈빛으로 쳐다보자 전두환은 말했다. 옆에서 보좌해 드리는 것도 좋지만 군대에 남아서 도와 드리는 것 역시 중요하다고 생각합니다. 하자 박정희는 이미 마음을 군대에 남기로 못 박았구료. 그럼 어쩔 수 없지. 군에 남아서 많이 좀 도와주시오. 예, 각하 그리하겠습니다.

박정희는 흔들림 없이 꿋꿋한 전두환 소령의 말도 일리가 있다고 생각하고 말을 접었다. 씁쓸한 맛이지만 그 속에는 몸에 좋은 단맛도 섞여 있음을 느꼈기에 더 이상 권유하지 않았다.

1961년 배고픈 사람들이 거리로 뛰어나와 거리를 메웠다. 농사를 짓다 보면 다른 소득이 없는 농민들은 사채를 쓰지 않을 수 없었다. 그러나 농사가 잘되지 않은 농가에서 그 사채 이자를 어떻게 감당할지 걱정에 하늘이 무너지고 땅이 꺼졌다. 은행이자도 내기 어려울 때 농가에서는 궁여지책(窮餘之策)으로 사채까지 쓰게 되었다.

그러나 박정희 대통령은 폭리를 취해도 그 어려움을 견딜 수밖에 없는 국민이 안쓰러웠다. 서울 역시 사정은 비슷했다. 날마다 끼니를 잊지 못하는 사람들이 거리에 넘쳐났다. 종일 구세군 급식소 앞에서 단 한 줌의 쌀을 얻으려는 사람들로 장사진을 쳤다. 이처럼 식량 문제로 큰 홍역을 앓고 있던 때 북한은 뜻밖의 제안을 해왔다. 남한에 쌀을 제공하겠다는 것이었다. 이 일은 남한에 큰 파문을 일으키기 위한 술수였다. 이 술수를 희소식으로 안 시민들이 들고일어났다.

쌀을 요구하는 시위는 걷잡을 수 없었다. 박정희 대통령은 이런 국민들이 안타까웠지만, 거짓 선동이 더 잘 먹히는 법인지라 국민들은 북한이 원하는 대로 혼란을 길가에 마구 뿌려댔다. 박정희 대통령은 말했다. *급히 외국에서 싸라기를 수입해서라도 성난 민심부터 잠재우게 하라.* 그렇게 허둥지둥 겨우 민심을 잠재울 수 있었다. 도정하는 과정에서 생기는 부스러진 쌀알마저도 없어서 놋먹을 정도이니 박정희 대통령은 피눈물이 흘렀다.

전쟁 후라 먹고 살기가 너무 힘들었기 때문에 싸라기라도 배불리 먹기를 원하는 국민을 보니 어떻게든 식량부터 해결해 국민의 배부터 채워야겠다고 다짐했다. 하지만 식량 사정은 좀처럼 나아질 줄 몰랐다. 그 와중에 계속된 흉년으로 식량난은 더욱 악화됐다. 봄부터 여름까지 푸르름만 자랑하던 농작물은 모든 알곡을 털어내고 빈 날짜만 자랑하고 있었다. 가을바람에 우수수 쭉정이 날짜 떨어지는 소리에 국민들 가슴에는 황량한 근심이 불어왔다.

희대미문(稀代未聞)의 영웅

12

쌀은 품귀 현상으로 돈이 있어도 쌀 가게에서 쌀을 구할 수 없는 지경이 되었다. *쌀밥 한번 배불리 먹어 보면 소원이 없겠네. 쌀밥은커녕 죽이라도 배불리 먹었으면 좋겠구먼!* 하는 사람들의 탄식이 길거리를 가득 메웠다. 굶는 날이 많아 입에서는 단내가 날 지경이었다. 사람들은 콩잎을 넣고 콩죽을 끓이고 봄이면 들판에 풀이라도 뜯어서 연명했지만, 겨울에는 그야말로 배에서 뱃구레 우는 소리가 꼬로록 꼬로록 한여름 매미울음처럼 무성했다.

콩죽이래도 많기만 하면 좋겠지만 그것마저도 기근이 들어 먹기 어려웠다. 심지어 조상님께 올리는 제사상에도 쌀밥은커녕 콩죽도 못 올릴 정도였다. 며느리는 시어머니께 말한다. *어머님 제사를 어떻게 지내야 하나요?* 하자 시어머니는 *보리밥이라도 해서 공기에 담고 그 위에 쌀밥을 살짝 얹어서 지내야제, 우째겠노? 어머님 그*

러면 귀신을 속이라는 말이네요? 귀신도 속일 수백에 살아있는 입에도 거미줄을 치는데 조상도 측은하게 생각하겠제 괘씸하게 생각하지는 않을 것이다. 맞아요, 어머님 조상들도 쌀밥을 얻어 드시려면 귀신같이 비라도 좀 내려 줘야지 어찌 이리 무심할 수 있는지 원망스럽네요. 그런 소리 말그라. 조상인들 자손에게 농사를 망치게 하고 싶겠나? 다 무슨 곡절이 있는 게지.

동네마다 이런 탄식이 쏟아지고 설날, 추석날, 또 생일날에나 쌀을 구경할 정도였다. 제사상에 올릴 쌀밥이 없다 보니 제사를 지내는 사람들은 귀신도 속일 지혜가 생길 정도였다. 아니 다른 방법을 생각할 겨를조차 없었다. 쌀값은 천정부지로 뛰었지만, 쌀은 구경할 수도 없어 농촌은 너나 할 것 없이 모두 막다른 삶으로 내몰리고 있었다.

쌀을 생산하는 농촌이 도시보다 쌀이 일찍 떨어지는 신기한 일까지 생겼다. 가을이 되면 얼릉 타작을 해서 팔아서 애들 학비도 내야 하고 농사짓는데 들어간 자재비도 내야 하고 꾼 돈도 갚아야 하는데 암만 농사를 지도 허리 필 날이 없으니 이게 먼 조홧속인지 모르겠네. 하는 푸념이 농촌마다 장맛비처럼 쏟아졌다. 쌀이 바로 돈이었기 때문에 농촌에서는 가을에 수확해서 바로 시장에 팔아 그동안 농사짓는 데 들어간 영농 자재비라든지 학생들 학비라든지 빌린 돈 다 갚고 나면 먹을 양식마저 없는 것이었다.

풍년이 바짝 마르고 있었다. 우물이 마르듯 풍년이 마르는 자리에 가난이 장맛비처럼 지루하게 내렸다. 비에 실려 온 가난은 비를 받아먹고 더욱 싱싱하게 자라고 있다. 갓 태어난 나라에 자꾸만 어둡게 그림자를 드리웠다. 유령처럼 가난은 실체를 숨기고 주민 등록 수를 자꾸만 늘려갔다. *가난! 가난! 가난!* 이란 문자들이 대통령의 머릿속을 어지럽히며 박테리아처럼 떠다녔다.

박정희 대통령은 육영수 여사에게 임자 국민이 풀뿌리와 나무껍질을 비롯해 먹을 수 있는 것이라면 닥치는 대로 구해다가 허기진 배를 달래고 산나물을 뜯어다 연명해 학교에 쌀밥을 싸 오는 학생은 거의 없으니 어찌해야 하오? 개울가에 가재도 잡아먹고 물고기도 개구리까지 잡아먹고 배가 고픈 아이들은 하굣길에 보리나 밀을 따가지고 불에다가 구워서 손으로 비벼서 먹다가 주인한테 잡혀서 죽도를 얻어맞았거나 쫓겨나는 일이 다반사이니 이 일을 어찌하면 좋겠소? 하자 육영수 여사는 먹을 것이 귀할수록 인심도 야박해지는 것이 인지상정이잖아요. 쌀값 안정을 위해 특별 조치들을 취해 나가는 것이 우선입니다.

날마다 쌀 판매량 재고량 등을 담당 경찰서에 신고하도록 하고 사재기를 못 하도록 사재기를 하다가 발각되면 엄하게 벌해야 할 것 같아요. 농가에서 가을철에는 한꺼번에 경쟁적으로 시장에 쌀을 팔다 보니 쌀값이 생산비 이하로 폭락하는 것 같아요. 그 폭락하는 것을 약삭빠른 자본가들은 가을철에 모두 사 놓았다가 봄철에 비쌀 적에 두 배, 세 배 받고 폭리를 취하고 있으니 이것을 엄격하게 단속하도록 해야 할 것 같아요.

그리고 집집이 절미 항아리를 만들어 각 가정에서 하루에 한 숟가락의 쌀이라도 아끼게 하고 여러 가지 방법을 다 써봐야 하지 않겠어요? 박정희 대통령은 아내의 말에 임자가 어찌 그런 생각을 다 하오? 그거 좋은 생각이오. 답하고 육영수 여사의 말을 실천하며 동시에 전국의 관공서와 학교 공공단체에서도 절미운동을 대대적으로 벌였다.

육영수 여사는 여보, 쌀로는 떡과 과자를 만들거나 쌀로 술을 빚는 것도 자제하고 쌀밥만 먹지 말고 잡곡밥과 밀가루를 섞어 먹으며 자진해서 식생활을 개선해서 다 같이 한마음으로 식량난 해결에 협력해야 좋을 것 같아요. 박정희 대통령은 그거 좋은 생각이오. 임자 내가 일본 해군에서 각기병이 유행한 것이 떠오르는구려. 그 병은 오로지 쌀밥만 먹고 다른 건 일절 안 먹으면 걸린다고 했소.

그 각기병이 유행했었는데 밀가루나 잡곡밥을 먹을 땐 안 걸리던 병이 신기하게도 쌀밥만 먹으면 걸려서 다리에 힘이 빠져 걷지도 못하는 것을 일본 육사에서 공부할 때 보았소. 그러니 성장기 아이들이 각기병에 걸리게 해서는 안 된다는 생각이 드는구려. 식량난도 있지만, 더욱 중요한 건 나라의 미래들이 튼튼하게 자라야 한다는 생각이오.

그러려면 혼분식을 하도록 장려를 해야겠구려. 그러면 식생활 개선을 해야겠네요. 잡곡과 밀가루를 섞어 먹게 하는 운동을 전국으로 실시하면 어떻겠습니까? 했다. 박정희 대통령은 아내의 말이 옳다는 생각으로 국민에게 보리나 밀가루 등을 권장했다. 그러나 처음에 국민들은 아무 신경도 쓰지 않고 관심도 두지 않았다. 밀가루를 많이 먹으면은 키가 커진다고 해도 믿지 않자 밀가루 먹으면 코가 커진다고 미국 사람처럼 코가 커진다고도 했다.

그래도 별 효과가 없자 분식을 하면 칼슘이 많아 힘이 소처럼 세진다고도 알렸고 그뿐 아니라 혼분식 운동을 장려하기 위해 이른바 혼분식의 노래도 만들어 보급했다.

꽁당보리밥

꼬꼬댁 꼬꼬 먼동이 튼다

복남이네 집에서 아침을 먹네

옹기종기 모여앉아 꽁당보리밥

꿀보다도 더 맛좋은 꽁당보리밥

보리밥 먹은 사람 신체 건강해

혼분식의 노래가 유행했다. 전국 학교에서는 보리밥을 먹자는 주제를 담은 혼분식 노래가 울려 퍼졌다. 도시락은 반드시 보리나 다른 잡곡하고 섞은 밥을 싸도록 하고 검사를 했다.

한편 식당에서는 선생님들의 쌀밥 판매 금지령으로 문을 닫은 음식점들도 많았다. 혼분식 날을 정해서 재건 국민운동본부 산하인 식생활개선추진위원회에서는 혼분식 장려운동을 권장하여 식생활을 개선하고 영양 수준을 향상시키기 위해 애썼다.

1962년 11월부터 본격적으로 시작했으나 오랫동안 유지된 식습관이 하루아침에 바뀌기는 어려웠다. 육영수 여사는 *식생활을 바꾸기 위해서 다양한 활동을 활발하게 전개해야 해요. 밀가루 음식과 잡곡밥으로 식생활을 개선하자는 캠페인을 주부들이 대대적으로 벌이면 효과가 있을 것 같아요.* 했다. 박정희 대통령은 분식을 권하기 위한 주부 궐기대회를 전국에서 열어 대회에 참석한 주부들은 혼분식을 하지 않는 음식점에서는 음식을 사 먹지 않겠다는 결의도 했다.

영화를 시작하기 전 극장에서는 분식을 장려하는 대한 뉴스가 방영됐다. 각 언론사는 분식을 유도하는 기사들을 냈다. 식생활센터에 분식 상담소를 설치한 재건 국민운동본부에서는 분식에 대해 강습을 했다. 분식 활성화를 위한 각종 상담을 아침 10시부터 저녁 4시까지 적극적으로 했다. 보리 혼식 및 분식장려를 위한 작문 포스터를 개최해 당선자에게 상장을 주기도 했다. 식생활 개선

을 위한 특별 요리 강습을 개최하며 농수산부는 혼분식의 날을 매
주 수요일과 토요일로 정했다.

무미일(無米日)을 정해서 쌀을 먹지 않는 날을 정해 쌀로 만든 음
식을 오전 11시부터 오후 5시까지 팔지 못하도록 했다. 모든 음식
점에서는 25% 이상의 보리쌀이나 면류를 섞어서 팔아야 했다. 곰
탕이나 설렁탕에는 국수나 당면을 넣어 팔게 했다. 그렇게 강력하
게 하자 한식을 파는 음식점들은 **도대체 장사가 돼야 먹고살지. 보
리, 좁쌀, 콩 등의 잡곡을 섞어 지은 밥에 불평을 늘어놓다가 이제
는 아주 오지를 않으니 원, 어떻게 먹고 살란 말인가!** 원망하다가
손님이 줄어 장사가 잘 안 되자 쌀밥만 팔다가 들켜서 정지 처분
을 당하기도 하고 문을 닫는 곳도 있었다.

한편, 쥐잡기 운동을 전국적으로 전개해 나갔다. 정부에서는 쥐
약을 놓아 쥐 잡기 운동을 전개했다. 방이나 광에 보관한 나락 가
마니를 쥐들이 뚫고 들어가서 먹는 것을 방지하기 위해 전국적으
로 일제히 쥐약을 놓았다. 쥐약을 먹고 죽은 쥐는 한곳에 모아 묻
고 학교에서는 쥐를 잡아서 쥐꼬리를 잘라오게 했다. 그러자 바닷
가 학생들은 오징어 다리에 재를 묻히거나 까맣게 태워서 쥐꼬리
로 속여서 학교에 가져가고 산골에서는 자른 칡 줄기에 진흙을 묻
혀서 쥐꼬리라고 학교에 가져갔다가 혼나기도 하는 기이 현상까지
일어났다.

그러나 이 모든 방법을 다 동원해도 식량난을 해결하기에는 역부

족이었다. 인간의 힘으로 노력을 하는 일은 한계가 있었다. 아무리 발버둥을 쳐보아야 하늘이 도와주지 않으면 절대로 불가능했다. 이러한 노력을 비웃기라도 하듯 하늘은 계속 흉작을 만들었고 쌀값 파동은 멈추지 않았다. 엎친 데 덮친 격으로 밀가룻값까지 덩달아 춤을 추었다. 하늘 높은 줄 모르고 뛰는 밀가루 가격으로 밀가루조차 살 수 없다는 목소리가 넝쿨 졌다. 허기를 채우기 위해 훔치는 생계형 절도까지 여기저기서 우후죽순(雨後竹筍) 돋아났다.

쌀값을 떼먹고 달아나는 일이 많아 쌀가게 또한 고충이 심했다. *쌀을 산 뒤 집에 돈을 놓고 왔으니 지금 집에 가서 바로 가지고 올 테니 잠깐 기다리시오.* 하고는 감감소식이고 심지어 주인이 화장실 간 틈에 쌀을 훔쳐 가는 사람까지 생겨났고 밤에 가게 문을 따고 들어와 훔쳐 가는 일도 있을 정도였다. 하루 한 끼 먹기가 어려워 밥 굶기를 밥 먹듯이 했다. 서민들은 굶주림으로 보릿고개를 넘겨야 했고 삶은 점점 막다른 길로 내몰리고 있었다.

전국을 돌아다니며 식량 문제를 직접 지켜본 박정희 대통령은 두 주먹을 불끈 쥐며 다짐했다. 그리고 수첩 첫 페이지에 이렇게 적었다. *식량 문제를 해결하지 않고서는 아무것도 할 수 없겠구나. 어떤 방법으로든 배불리 먹을 수 있는 방법을 찾아야겠다. 지금은 굶주림과 싸우지만 앞으로 반드시 쌀이 남아돌도록 하겠다.*

쌀을 항아리에 넣어서 신주처럼 모시고 *키질 잘못해 쌀알이 날아가면 남편이 바람난다*는 이야기가 전설처럼 떠돌아다녔다. 농가

에서 곡식 외엔 돈을 줄 수가 없는 시절인데 쌀마저 부족하니 박정
희 대통령은 답답했다. 무슨 수를 써서라도 국민이 배고픔에 굶주
리게 해서는 안 된다고 다시 한번 다짐한다.

생각 끝에 박정희 대통령은 1957년 농사원(현 농촌진흥청) 시험국
과 서울대학교 농과 대학교수로 근무하며 벼 품종개발에 노력을
기울이고 있는 허문회 교수를 찾아갔다. 그리고 *허 교수님 제발,
우리 국민이 굶주리지 않게 연구에 박차를 가해 주시오. 내 모든
걸 지원해 주겠소.* 부탁하자 허 교수는 *예, 각하. 최선을 다해 보
겠습니다. 그렇지만 쉬운 일은 아닙니다.* 허문회 교수의 말에 박정
희 대통령은 *허 교수님은 충분히 해낼 겁니다. 어서 연구를 서둘
러 주시오. 예, 각하 최선을 다하겠습니다.* 그렇게 허문회 교수는
서울대학교 교수를 그만두고 국제미작연구소에서 연구원으로 근
무하며 더 많은 질소 비료 투입에도 버틸 수 있는 키 작은 품종인
기적의 벼 개발에 참여했다. 허문회 교수는 한국 환경에 맞는 벼
품종개발을 목적으로 아열대 품종인 인디카와 한국에서 잘 자라
는 온대 품종인 자포니카의 교잡을 시작했다. 허 교수는 오직 연
구에만 매달렸다.

그렇게 노력한 끝에 유전적 단점을 보완하기 위해 제3종을 다시
교배하여 연구해 IR667이라는 품종을 얻게 되었다. 허 교수는 품
종을 얻게 되는 날 한숨도 자지 못했다. 기뻤다. 그렇게 잠을 반납
하고 연구해서 개발한 품종에 **통일**이란 이름을 붙였다. 인디카(열

대성 벼)와 자포니카(온대성 벼)를 교배해 개발했으니 두 계통을 하나로 통합했다는 의미에서 *통일벼(統一稻)*라는 이름을 붙였다. 즉, *벼의 두 주요 계통을 통일한 벼라는 뜻이기도 하고 또 하나는 국가 이념적 의도도 함께 담았다.*

박정희 대통령은 통일벼의 대성공이 조국의 통일로 이어지길 바란다. *통일벼의 성공은 조국의 통일과 경제적 자립의 첫걸음이다. 통일벼는 단순한 실용적인 명칭이 아니라 국민에게 희망과 기대를 안겨주는 이름이다. 통일은 민족의 숙원이고 미래의 약속이며 벼라는 뜻은 생명의 근본 국민의 목숨이다.* 라고 흥분된 목소리로 말했다. 그렇게 통일벼의 개발은 우리나라의 식량자급률을 높이는 데 이바지했다.

이후에도 허 박사는 지속적인 개량을 위한 연구를 계속했다. 국제미작연구소 인디카종은 재래종보다 줄기가 두껍고 훨씬 강했다. 교잡을 통해 키는 작아졌지만, 이는 작물의 50%가 쌀이 될 수 있었기에 허 교수는 만족했다. 인도네시아 재래종 페타는 약 30% 정도가 쌀이 되고 그보다 이삭이 더 열리면 넘어지는 약점이 있었다. 이삭을 지지해주는 작물이 더 길고 가늘기 때문이었다.

허 교수는 이 벼에 확신하였지만 넘어야 할 난관은 바로 추위에 약하다는 것이었다. 이 난관을 극복할 뭔가 다른 돌파구를 모색했다. 고민 끝에 그는 한국 재래종 자포니카종과 생산성이 높은 인디카종을 교잡하기로 결심해 성공한 것이었다. 허문회 교수가 처음에 필리핀에서 인디카와 자포니카 벼의 잡종을 만든다고 했을 때 같이 있던 일본 학자들이 대부분 그것은 말도 안 된다. 절대로 안 될 거다. 인디카와 자포니카를 구별한 것 자체가 일본 사람들이 1920년대에 이것들은 서로 차이가 크기 때문에 교배가 안 된다, 또는 거의 안 된다고 결론이 났는데 왜 허 교수는 저리 무모한 짓을 하는지 모르겠다. 고 말했다.

허문회 교수는 안 된다고 결론을 내리는 자들에겐 안 되겠지만 된다고 생각하는 내게는 시간은 걸리겠지만 길이 열릴 것이다. 라며 모두가 불가능하다고 할 때 가능을 향해 도전했다. 그러나 쉽지는 않아 이삭이 모두 쭉정이였다. 그렇다고 포기할 수는 없었다. 자포니카와 인디카를 교접할 때는 잡종 불임의 문제가 많으므로 생산성 있는 작물을 얻지 못한다고 했던 말이 생각이 났다. 더 나은 품종을 위해 자포니카와 인디카의 모든 좋은 특성을 교합하지 못한다. 잡종 불임이라는 문제뿐만 아니라 다른 품종을 교잡해서 높은 생산성을 가진 작물을 만들거나 우수한 품종을 만드는 데 있어 일반적인 어려움이 있을 뿐 아니라 불가능하다. 라고 잘라 말했었다.

하지만 허문회 교수는 나는 포기할 수 없다. 내 손에 국민의 목숨이 달려있다고 말하며 계속해서 인디카와 자포니카를 교잡시켜 나갔다. 그리고 수 대에 걸친 실험 끝에 기적과도 같은 결과를 얻은 것이었다. 로버트 지글러 국제 미작연구소 소장은 다행히 교잡하는 방법을 밝혀서 다른 특성을 교환하는 작업이 쉬워졌다고 말했다.

1967년 출생지 필리핀 혈통에 동남아, 북해도, 대만 출신 등 3중 혼혈을 비행기 편으로 대한민국으로 입양했다. 입양 당시 사람들은 *저런 벼는 처음 본다. 저게 무슨 벼냐?* 고개를 갸웃거리며 말했다. 그러나 사람들의 기우를 완전히 뒤엎었다. 수많은 연구와 실패 끝에 통일벼의 성공으로 굶주리던 국민을 완전히 탈바꿈시킨 벼가 되었다. 호강에 요강을 타기 시작한 벼는 수매가 너무 많아서 오히려 걱정할 정도였다. 일대 식량 혁명이 일어난 것이었다.

입양 후 5년 만에 호적에 등재되었다. 입양명 **통일벼**, 기적의 법씨 녹색 혁명이 일어난 것이었다. 고개를 갸웃거리던 사람들도 **한 민족 역사에서 가장 넉넉하게 먹을 수 있게 된 것**이라며 모두가 환호성을 질렀다. 남북의 통일을 염원하며 남북이 공산주의가 아닌 자유민주주의 나라로 하나로 통일하려는 염원을 담아 **통일벼**는 그렇게 태어났다.

분식장려운동으로 1963년 9월 15일 우리나라에 처음으로 라면이 등장했다. 라면이 처음 나왔을 때 국민들의 반응은 썩 좋지 않았다. **라면으로 한 끼 식사를 대신할 수 있다**는 라면 회사의 선전 문구를 국민들은 신뢰하지 않았다. 그리고 가격 또한 비쌌기에 더욱 반감을 보였는지도 모른다. 그러나 운동이 계속될수록 밀가루로 만든 라면, 빵, 과자 등의 분식 수요도 늘어나기 시작해 1965년

연간 1인당 13.8kg에 불과했던 밀가루 소비량은 분식장려 운동으로 계속 증가했다. 박정희 대통령은 다방면으로 대책을 세우고 노력하는 한편 쌀을 더 생산하기 위한 노력을 했기에 육종학자들에 의해 생산량이 높은 통일벼가 성공하면서 쌀 생산이 급증했다.

한편으로는 보리와 밀 품종개발을 시도하여 1962년에 성공한다. 그렇게 진통에 진통을 겪은 끝에 태어난 **통일벼**는 이 땅에 녹색 혁명을 가져올 수 있었다. 통일벼가 이 땅에 심어진 지 5년만인 1977년 사상 최대의 수확량과 함께 (1977년 쌀 660만 톤) 녹색 혁명의 쾌거를 이룬다. 헥타르당 4.94톤 수확으로 세계 최고 기록을 이루었다. 연이어 하늘도 고생했다며 기후를 잘 맞춰주어 풍년은 농촌 풍경을 바꾸었다. 나락이 나락으로 나라나라 내려 풍년가를 불렀다. 바람은 소문을 부지런히 퍼 날라 전국에서 통일벼 종자를 달라고 아우성쳤다.

이렇게 농촌에는 요술 방망이처럼 쌀이 쏟아졌다. 오히려 너무 많아서 걱정할 정도였다. 수매 장소에 가면 산더미처럼 벼가 쌓여 있어서 검사 공무원들이 애를 먹을 정도가 되었다. 통일벼는 한국 식량에 엄청난 효자 노릇을 했고 근심을 걷어냈다. 박정희 대통령은 흥분된 목소리로 말했다. 이제 보릿고개를 단숨에 뛰어넘고 식량 자립국으로 탈바꿈시킨 통일벼는 풍요로움을 뛰어넘어 경제 발전에 토대가 될 것이다. 쌀 막걸리 제조 허가를 허락하고 가공 원료로 쌀을 이용하게 허락하고 쌀을 이용한 식품들이 만들어지게 허락을 할 것이다. 쌀이란 하얗게 예쁜 이름이 더욱 빛나게 할 것이다.

그렇게 세월은 빛보다 빨리 흘러 1974년 농촌 가구의 월 소득이 도시 가구를 앞지르게 할 만큼 쌀은 금덩이가 되었다. 통일벼 재배를 해서 금싸라기가 마구 쏟아지자 농촌에서는 집집마다 텔레비전을 사서 보며 나라가 어떻게 돌아가는지에 조금씩 관심을 가지기 시작했다. 오직 배고픔을 채우기 위해 이리저리 흔들리며 살던 삶에서 한숨 돌리고 나서 함께라는 생각을 하게 된 계기를 만들었다. 금싸라기 통일벼를 심은 사람 중 텔레비전을 안 산 사람은 없을 정도로 효자 노릇을 톡톡하게 했다. 라디오는 개인별로 하나씩 사서 허리에다 차고 일할 정도로 수요가 늘게 되었다.

국민들은 농사를 지어서 단순하게 허기를 채우는 것이 아니라 팔 수 있게 되었다는 희망에 들떠 신바람이 나서 밤낮도 모르고 농사를 지었다. 돈을 벌 수 있다는 희망에 부풀어 논에서 살았다. 박정희 대통령은 다음 단계를 생각했다. 그리고 관료들을 모아놓고 말했다. 이제 이 굶주림은 해결되었으니 우리나라 농업이 상업농으로 바뀌도록 노력해야 할 것이오. 통일벼 재배가 농기계와 비닐하우스를 비롯한 영농 기술 산업을 불러오도록 노력하시오. 그렇게 되면 비닐은 또다시 우리나라의 백색 혁명이 될 것이오. 모두 조금 더 힘을 내고 뛰어 국민이 잘살도록 노력합시다.

박정희 대통령의 말에 관료들은 아니 도대체 우리도 사람인데 잠시도 쉴 틈을 안 주시는구먼! 하면서 불평을 늘어놓기도 했다. 돌아서서 나가면서 관료들이 하는 말을 들은 박정희 대통령은 다시 들어와 앉게 하고는 말을 이었다. 여러분은 국민이 주는 녹을 먹고 사는 사람들이오. 그런데 쉴 시간이 어디 있단 말이오? 이 일은 단순히 농업 생산량이 늘어난 것뿐만 아니라 한국 농촌의 모습과 농민이 영농하는 방식을 바꿔놓을 것이오. 그런 면에서 한국 농업을 바꾸는 하나의 계기와 시발점이 될 것임을 명심하고 일하시오.

이제 우리나라는 자급자족을 벗어나서 먹거리 시장 그다음 의학 분야에까지 쌀의 효능을 확장 시켜야 할 것이오. 화장품 등 여러 분야로 뻗어 나가야 하고 더 나아가 종자은행에 우리 벼 종자를 기부하는 국가가 되게 해야 할 것이오. 그래서 세계 기아를 없애는 데 일익을 담당하고 또 다른 종자 교배에도 좋은 모가 될 것이며 글로벌 수출 전략의 나라로 거듭나고 그래야 녹색 한류의 나라가 될 것이니 잠시도 쉴 틈을 생각하려거든 국민의 녹을 먹고 살 생각을 버리고 국민의 녹을 먹고 살려거든 뛰어다니면서 발이 붓어 트도록 일하시오.

박정희 대통령은 이 많은 일을 이룰 생각을 하니 가슴이 뛰어 심장을 부여잡아야 했다. 관료들은 더는 투덜거리지 못했고 열심히 할 수밖에 없었다. 결국, 1977년에는 역사상 처음으로 쌀 자급자족을 할 수 있어 오랜 세월 쌀밥을 굶주리던 국민이 쌀밥으로 배를 채우기에 이르렀다. 마침내 식량 자급에 성공했고 강압적인 혼분식 장려운동은 역사 속으로 사라졌다. 사람들의 입맛은 밀가루와 잡곡밥으로 친숙해져 건강도 챙기게 된 어느 날 밤 박정희 대통령은 말했다.

이제야 국민이 굶주림에서 헤어나게 되었소. 우리도 이제는 쌀밥 한번 먹어 봅시다. 육영수 여사는 말했다. 국민 한 사람도 쌀이 없어서 굶는 일이 없을 때 우리가 쌀밥을 먹어야 하지 않겠어요. 박정희 대통령은 말했다. 이제는 쌀밥을 먹을 수 있는데도 어쩔 수 없이 먹는 것이 아니라 밀가루와 혼식을 즐겨 먹는 것 같소만. 나도 쌀밥 한번 먹어 봅시다. 국민도 모두 먹으니 나도 먹을 자격이 되지 않소? 육영수 여사는 산목련 향기가 풀풀 나는 말로 답했다. 알겠습니다. 그럼 내일 아침 쌀밥을 고봉으로 지어 올리리다. 그 말에 박정희 대통령은 무궁화처럼 활짝 웃으며 말했다. 고맙소, 국민이 어렵다고 아이들에게까지 먹는 것을 절제시키고 분식을 시킨 거 내 잘 아오. 임자의 그 정성에 하늘이 통일벼를 우리에게 선물해 주신 것 같소. 이제 국민이 배고파 굶주리는 일은 해결했으니 헐벗지 않게 입힐 준비를 해야지요.

나를 잠시도 못 쉬게 회초리 쳐주고 아이들도 절약 정신에 신발이 떨어졌다 우는 아이들에게 손수 천을 덧대어 기워준 것 내가 다 알고 있었소. 참으로 고맙구려. 지만이가 당신에게 청와대는 이렇게 먹을 것도 없이 배고프게 살아야 하는 곳이에요? 라고 물을 때 임자가 하던 말이 생각나는구려. 우리가 배불리 먹으면 국민 한 사람이 배가 고파야 하니 참고 살다 보면 앞으로 배 불리 먹을 날이 있으니 참으라고. 그때 근혜가 자기 밥을 절반 덜어서 지만이에게 주는 걸 보고 임자는 눈에 티가 들어가 씻어야 한다면서 식탁을 뜨던 그날 나는 명심했소. 반드시 국민에게 쌀밥을 배부르게 먹여서 임자의 눈에 들어간 티를 하루빨리 꺼내야겠다고 명심보감을 읽듯 명심했소. 고맙소, 임자!

그날 청와대에는 모처럼 산목련 꽃과 무궁화가 하늘에서 내리는 단비를 마시고 활짝 피었다. 청와대에서 대통령의 아들딸들이 맘 놓고 웃으며 쌀밥을 먹는 날이었다. 울음으로 한 시대를 사는 사람들이 있고 울음으로 무성한 계절을 말리는 사람이 있다. 국민의 울음이 다 빠져나간 거리가 왜 이리 더 무거워지는지 대통령은 또 다른 울음에 날개를 달아 날려 보낼 계획을 머릿속 가득 적고 있었다. 울음을 말리는 일이란 어쩌면 가장 어렵고 무서운 일인지도 모른다. 아무리 슬픈 울음이라도 그치게 하리라는 다짐을 이기지는 못할 것이다.

온몸이 다 녹아 없어지더라도 국민의 울음을 말리겠다는 다짐에 대한민국의 땅이 흥건하게 젖었다. 수출 진흥정책을 수립하고 난 박정희 대통령은 나라가 이만큼 살게 된 것은 모두 나라를 위해 목숨을 버린 애국선열들 덕분이라는 생각에 가슴이 아팠다. 서둘러서 애국지사인 이육사 김구 안중근 이승훈 안창호 김좌진 한용운 최익현 조만식 윤봉길 신익희 이시영 강우규 민영환 등 독립운동가 285명에게 건국훈장을 비롯한 독립 공로 훈장을 추서했다.

또한, 1961년 장면 정권 때 만들어진 구 황실 재산법 제4조 시행에 관한 건을 개정 확대하여 대한제국 황족의 범위를 축소시키기에 이른다. 그리고 일본 마츠사카 정신병원에 갇혀서 희망도 절망도 생각지 못하는 덕혜옹주를 귀국시킨다. 박정희 대통령은 대한제국 황실 후예인 옛 황족들에게 꾸준한 생활비와 치료비를 지급하고 순종의 계후이고 대한제국의 처음이자 마지막 황후이며 마지막 왕비인 순정효황후 해평윤씨와 영친왕 이방자 부부와 덕혜옹주의 국적 회복 및 귀국을 도와주었다.

박정희 대통령은 일본에서 수십 년 만에 귀국한 동서 이방자 여사와 시누이 덕혜옹주가 낙선재에서 생활하도록 해주었다. 순정효황후는 슬하에 자녀가 없어 시동생 영친왕을 아끼며 하루빨리 환국하기를 바랐지만 정작 영친왕은 1962년 9월 26일에는 뇌출혈로 쓰러져 의식불명 상태로 누워서 귀국하고 다시 병원에 입원한 다음이었다.

결국, 황후는 영친왕이 입원한 명동 성모병원과 지척인 창덕궁에 머물면서도 세상을 떠날 때까지 그리워하다가 상봉을 못 하고 영영 헤어졌다. 순정효황후는 창덕궁 낙선재의 석복헌에서 71세에 심장마비로 세상을 떴고 순정효황후(純貞孝皇后, 1894~1966)는 시호를 받았다. 그리고 남편이 잠든 유릉(裕陵)에 합장되었다.

홍릉과 더불어 황릉으로 분류된 유일한 능으로 드물게 한 봉분에 세 사람(순종효황제, 순명효황후 민씨, 순종효황후 윤씨)을 같이 모신 것이 특징이다. 박정희 대통령은 눈코 뜰 새 없이 오직 나라를 위해 뛰었다. 그러나 문제는 늘 생각지 못한 곳에서 생긴다. 이번에는 미국이었다. 미국은 *군사정부 박정희를 승인하지 않는다. 정권교체를 하라*며 박정희 정권을 불신하기 시작했다.

제5대 대통령 선거에서 윤보선을 이기고 대통령에 당선되었지만, 미국은 여전히 얼음장처럼 차가운 시선으로 박정희 군사정부에 시베리아 벌판 같은 바람을 날려 보낸다. 박정희 대통령은 이것마저도 자신이 해결해야 할 숙제인 것으로 생각하지만 지금 시급한 것은 나라를 살리는 일이라 생각하고 눈도 깜빡 않고 오직 나라만 생각하고 뛰고 달리고 걸어 다녀 신발이 너덜너덜했다.

신발이 입을 벌리고 배고프다고 하면 접착제로 입을 붙이고 구두 뒤창이 허기에 닳아 물이 새면 뒤창을 다시 바꿔가며 뛰었다. 어느 날 국무총리가 보다 못해 신발 한 켤레를 선물하자 벼락같이 호통을 쳤다. *이보시오, 지금 내가 새 신발을 신을 때가 아니오, 다시 밑창을 갈아 신으면 아직 몇 년은 더 신을 수 있으니 그 신발은 당신이나 신으시오!* 하고 돌려보냈다.

희대미문(稀代未聞)의 영웅

13

비에뜨남 일기

　박정희 대통령은 어떤 질책도 신경쓰지 않고 나라 경제 살리기에만 정신없이 뛰어다녔다. 박정희 대통령은 미국이 문제가 아니라 전쟁 때문에 온 땅이 폐허가 되어 버린 나라가 당장 걱정이었다. 국민이 버는 돈은 1년에 겨우 80달러 정도였고 너무 가난해서 *차라리 죽는 게 낫다*는 국민 아우성에 대통령은 어디서부터 수습을 해야 할지 몰랐다. 빙하를 녹여 따뜻한 봄을 당겨 얼음이 녹아 졸졸 봄빛이 흐르기를 기대하며 밤낮 뛰어다니며 고심한다.

　한편 이승만 대통령은 미국에서 뛰어다니며 박정희 대통령을 인정해 달라고 호소한다. 미국의 빙하를 녹이기 위해 노력하던 끝에 지성이면 감천이라고 했던가! 드디어 마침내 기어이 박정권을 인정하는 계기를 만든다. 1964년 베트남 전쟁 지원을 약속하는 것이었다. 박정희 대통령은 6·25 전쟁 때가 생각났다. 그리고 그때 그 생각을 하며 목으로 넘어오는 뜨거움을 섞어 울먹이며 6·25 노래를 불러 보았다.

6·25의 노래 (작사 박두진 / 작곡 김동진)

1.

아 아 잊으랴 어찌 우리 이 날을

조국을 원수들이 짓밟아 오던 날을

맨 주먹 붉은 피로 원수를 막아내어

발을 굴러 땅을 치며 의분에 떤 날을

이제야 갚으리 그날의 원수를

쫓기는 적의 무리 쫓고 또 쫓아

원수의 하나까지 쳐서 무찔러

이제야 빛내리 이 나라 이 겨레

2.

아아 잊으랴 어찌 우리 이날을

불의의 역도들을 멧도적 오랑캐를

하늘의 힘을 빌어 모조리 쳐부수어

흘려온 값진 피의 원한을 풀으리

이제야 갚으리 그날의 원수를

쫓기는 적의 무리 쫓고 또 쫓아

원수의 하나까지 쳐서 무찔러

이제야 빛내리 이 나라 이 겨레

3.

아아 잊으랴 어찌 우리 이날을

정의는 이기는 것 이기고야 마는 것

자유를 위하여서 싸우고 또 싸워 다시는

이런 날이 오지 않게 하리

이제야 갚으리 그날의 원수를

쫓기는 적의 무리 쫓고 또 쫓아

원수의 하나까지 쳐서 무찔러

이제야 빛내리 이 나라 이 겨레

급기야 울음이 터져 울음 반 눈물 반이던 것이 3절을 부르자 흐
느낌으로 바뀌었다. 울음을 목 안으로 집어놓고 나니 그 절박할
때 세계 나라들의 도움이 없었으면 어찌 되었을까? 아찔했다. 나

라를 부강하게 만들 토대가 되기도 하겠지만 이웃 나라에 진 빚도 갚아야 한다는 생각을 하고 허락했다. 미국은 미국에 협조한 것으로 생각하고 향후 10년간 대한민국을 지지하겠다며 정권교체 의사를 보류하기에 이른다. 야당은 베트남 전쟁 참전을 반대했다. 박정희 대통령은 일기에 이렇게 적었다.

지금 가난하고 힘없는 이 나라를 빨리 쳐부수기 위해 아직도 자리를 잡고 있는 공산주의자들을 반드시 물리쳐야 한다. 전쟁에서 공산화를 이루지 못하자 또다시 이 나라 곳곳에 간첩들이 진을 치고 있어 정신 바짝 차리지 않으면 나라가 다시 공산당의 아가리로 들어가 버릴 수도 있다. 베트남 참가를 반대하는 것은 북한이 이웃 나라 때문에 달성하지 못한 공산화 야욕을 위한 반대이니 철저하게 밀어붙여야 한다.

지금 공산주의 너희들은 남한을 얕잡아 보지만 두고 보라. 반드시 우리가 자유민주주의를 만들어 세계 강국이 되는 날이 올 것이다. 그때까지는 너희들에게서 잠시도 눈을 떼서는 안 된다. 세상은 눈을 감을 때 더욱 선명해지는 법이다. 그래 지금은 잠시 눈을 감을 것이다. 조국의 자유민주주의를 지키기 위해서. 조국의 가난을 굴리고 또 굴려 북한이 쳐다도 못 볼 강국을 반드시 만들고 북한도 자유민주주의로 통일할 것이다.

지금은 북한보다 비록 가난하지만, 가난은 바로 그 밑천임을 너희 북한이 어찌 아랴? 반드시 어둠이 빛을 이기는 기적을 만들고 말 것이다. 그런데 문제는 6·25 때 쳐내려온 공산주의자들에게 그렇게 부모 형제를 잃는 설움과 나라가 잿더미 되는 고통을 당하고도 공산주의자들의 달콤한 선전과 몇 푼의 돈에 공산주의를 지지하는 세력이 남한에 판을 치도록 하는 국민이다. 저들을 어떻게 교육시켜야 다시 6·25 같은 비극을 맞게 하지 않을까?

박정희 대통령은 일기를 쓰고 두 주먹을 불끈 쥐었다. 그러나 야당의 반대에 걸림돌을 넘느라 또 시간이 걸렸다. 1964년 8월 백마부대 제1동 외과병원(130명)과 태권도 교관단(10명) 파월을 시작으로 비둘기부대 방공포병대대(호크 유도탄부대)를 창설하고 맹호부대 해병 청룡부대 등 한국군을 베트남으로 파견하기에 이른다. 박정희 대통령은 8월 18일 중부 전선의 백마부대를 방문했다. 그리고 본전에 파병을 결정하고 있는 용사들에게 일일이 악수를 하고 등을 두드리며 격려했다. 대통령의 격려에 힘입어 험준한 계곡에 모인 병사들은 우렁찬 기백과 용맹이 메아리치는 노래를 불렀다.

대통령은 아무도 모르게 눈물을 찍어내며 손을 흔들어 다시 찬사를 보내며 *무적의 사나이 상승의 사나이 정의의 십자군으로 월남에 가서 반드시 이기고 돌아오라*고 말했다. 그리고 8월 23일 대통령은 백마부대 대장을 비롯한 지휘관들을 청와대로 초청해 만찬을 함께 하며 *여러분은 나라를 위해 싸우러 나가는 것이오! 최선을 다해 싸워 반드시 모두 살아서 돌아오길 바라오! 무운(武運)을 비오!* 했다. 목이 메었다. 월남 파병에 대한 노래를 지어 희망과 용기를 섞어 노래를 불러주어 그들에게 용기를 주도록 격려했다.

소백산맥 ⓮

달려라 백마 (작사 김석야 / 작곡 김강섭)

1.

아느냐 그 이름 무적의 사나이

세운 공도 찬란한 백마고지 용사들

정의의 십자군 깃발을 높이 들고

백마가 가는 곳에 정의가 있다

달려간다 백마는 월남 땅으로

이기고 돌아오라 대한의 용사들

2.

아느냐 그 이름 역전의 사나이

그 이름도 찬란한 백마고지 용사들

자유의 십자군 깃발을 높이 들고

백마가 가는 곳에 자유가 있다

달려간다 백마는 월남 땅으로

이기고 돌아오라 대한의 용사들

3.

아느냐 그 이름 상승의 사나이

청사에 찬란한 백마고지 용사들

평화의 십자군 깃발을 높이 들고

백마가 가는 곳에 평화가 있다

달려간다 백마는 월남 땅으로

이기고 돌아오라 대한의 용사들

박정희 대통령은 *전쟁터로 향하는 우리 국인들을 위해 위무가 (威武歌)를 짓도록 하시오. 힘과 용기를 주는 씩씩하고 자존감을 느낄 수 있게 짓도록 하시오.* 하고 지시를 내렸다. 그 지시에 따라 노래는 지어졌다. '달려라 백마'는 1966년 공보부가 제정한 파월 백마부대를 위한 노래다. 백마부대는 육군 제9 보병사단의 별칭이다. 1966년 8월 27일, 서울 중앙청 동광장에서 월남으로 파병되는 백마부대 환송 국민대회를 열었다. 파월 백마부대 제1진 환송대회였다.

이날 불린 이 노래는, 전쟁터로 향하는 병사들이 위세 당당하게 부르고, 그들을 성원하는 국민이 용기와 사기를 부추겨준 *국민가요이자 전쟁가요이기도 하고 군가이기도 했고, 시대가요(時代歌謠)였다.* 전쟁터로 남편을 떠나보내는 가족들은 모두 이 노래를 부르고 울면서 위안을 얻는 애창곡이 되었다. 국민 모두 가슴을 손바닥으로 쓸어내리며 *제발 무사하게 잘 싸우고 돌아오기*를 기다리는 기도문이 되었다.

환송 행사를 끝낸 장병들은 시가지 행진을 거쳐 서울운동장(동대문운동장)에서 가족 친지들과 만남의 시간을 가진 후 부산으로 향했다. 8월 30일 부산항을 떠나 월남으로 향하는 발걸음엔 희망과 슬픔이 환송대열에는 간곡한 승리가 새끼줄처럼 잘 꼬아졌다. 환송대열에는 정부 각료와 성직자, 학생, 연예인과 일반 국민이 모두 모여 *이기고 돌아오라*는 염원의 열기가 하늘 가득 울려 퍼져 여름 불볕더위보다 더 활활 타올랐다. 그리고 백마는 달려갔다, 월남 땅으로.

이기로 돌아오라 대한의 용사들! 그렇게 하늘도 땅도 사람도 한마음으로 하는 기도를 둘러메고 병사들은 월남으로 떠났다. 한국군의 베트남전 참전 역사(1964~1973)는 국가가 얻은 경제적 이익과 파병 대가로 막대한 외화를 벌어 산업화의 기틀을 닦았지만, 그 그림자 속에는 수많은 트라우마, 아픔, 그리고 가족들의 눈물은 상상하지 못할 정도였다. 박정희 대통령은 일기에 적었다.

후손들이 우리가 당하는 설움과 압박을 받지 않게 하려면 이 정도 희생과 고통 없이는 불가능하다, 하지만 나라의 대통령인 내 가슴은 칼로 난도질을 해놓고 소금을 뿌린 듯 쓰라리고 따갑고 아프다. 훗날 아무 걱정 없이 평화롭고 호화롭게 잘살게 되면 후손들이 지금 선조들의 목숨을 담보로 전쟁에 참여한 피의 대가였음을 잊지 않았으면 좋겠다.

그러나 인간사 한 치 앞도 모른다. 그래도 역사를 잊은 민족은 미래가 없다는 걸 배우기에 오늘의 이 뼈가 맷돌에 갈리는 듯한 고통을 조금이라도 기억해 주겠지. 그래야 내가 이 파병 군사들에게 조금이라도 덜 아프고 덜 쓰라리고 덜 따가울 것 같다. 라고 일기에 적었다.

달러의 강

품을 팔아서 근근이 먹고살던 나일당은 하루하루가 그날 같아 삶을 포기하고 싶을 만큼 힘들게 살고 있었다. 늙은 어머니와 단칸방에 살며 아내와 함께 생활하는 일은 그에게 너무나 힘들고 고통스러웠다. 신혼인 아내에게도 늘 미안한 마음이었고 희망도 보이지 않아 괴로워하던 차에 파병 신청서를 접한다. *베트남 파병 시 월 8천 원 지급, 국가에 봉사, 가족수당 지급.* 그 종이에 도장을 찍으며 나일당의 아내는 물었다. *이 돈이면 우리도 어머님과 다른 방을 쓸 수 있겠지요?* 나일당은 아무 대답을 하지 못했다. 그의 마음속엔 조국을 떠나서 살아갈 자신이 없어서다. 그러나 아내의 강요에 떠밀려 신청을 했고 전쟁이 한창인 베트남에 가야만 했고 기어이 갔다.

베트남 투호아 부근에서 작전이 계속되었다. 하루하루 오직 가난을 벗어나기 위한 몸부림이었다. 그렇게 일하던 중 미국이 베트남 전역, 특히 한국군 작전 지역인 광나이, 퀴뇬, 투호아 등에 고엽제를 집중적으로 살포했다. 여기에 근무하던 한국인들이 피해를 보았다. 그 어려움을 이기고 있을 때 지휘관은 *우리는 조국의 근대화를 위한 일꾼*이라고 말했다. 마을 하나를 정리할 때마다 작전 수당이 적립되었다. 사람들은 목숨을 담보로 공산주의와 싸웠지만, 나일당은 가난과 싸웠다. 그렇게 가난과 싸운 대가는 그 시간을 보람되게 하기에 충분했다.

1970년, 나일당의 가족 계좌에 미화 2,000달러가 입금되었다. 나일당은 하늘을 날듯 기뻤다. 달러는 바로 *한국은행을 거쳐, 산업은행 자금으로 포항제철, 경부고속도로, 울산공단 건설 자금의 일부*가 되기도 하고 병사나 노동자들에게는 원화로 환산된 급여가 나왔다. 전액은 아니었다. 신문에는 *파월 용사들의 헌신으로 조국 근대화 이룩!* 이라는 제목으로 대서 특필되어 실린다. 정부가 외화 일부분을 *국가 발전 기금*으로 전환했고 나일당의 통장에는 원화로 환산된 급여 일부를 제외한 돈이 입금되었다.

나일당은 말했다. 목숨 걸고 *공산당과 싸우고 가난과 싸운 피의 대가* 일부가 고속도로를 깔고 조국의 발전을 위해 쓰였으니 얼마나 자랑스러운 일인가? 그러나 같이 갔던 친구는 내 피로 만든 돈으로 고속도로를 깔았단 말이지. 투덜거렸다. 나일당은 그 친구에게 말했다. 여보게, 그건 국가가 아니라 자네 아들딸들을 위해 적금을 들어둔 거로 생각하게. 이렇게 가난한 나라에서 미래 아이들을 위해 우리가 지급한 돈이 아깝다고 생각한다면 그 아이들도 우리처럼 가난에 허덕이며 살아야 한다는 걸 모르겠나?

친구는 답했다. 그게 그렇게 되는 건가? 나는 또 당장 내가 번 돈이 내 통장에 전액 들어오지 않고 국가 발전 기금으로 쓰였다고 해서 내가 고생하고 번 돈을 국가에 준 돈이라고 생각했지, 내 아들딸들을 위한 적금이란 생각은 못 했네. 나일당 자네 말을 듣고 보니 내 생각이 부끄럽구먼. 그렇게 두 사람은 다시 일자리를 찾아 울산으로 갔다. 거기엔 새로 세워진 정유공장, 조선소, 철강소가 있었다. 건물마다 *근대화, 수출, 자립경제*라는 구호가 붙어 있었다. 공장 굴뚝에서 오르는 연기는 그들이 베트남에서 보던 불길의 색과 비슷했다. 그들은 말했다.

우리가 베트남에 가서 고생한 대가로 조국이 이렇게 발전했다니 내 월급을 다 주었다고 해도 손해 보는 장사는 아닐세! 그렇네, 그렇구먼! 두 사람은 부둥켜안고 눈물을 흘렸다. 영웅이 된 것처럼 뿌듯했다. 며칠 뒤 국가에서는 국가유공자 훈장을 수여했다. 나일당은 노무자로 파견되었지만, 도로공사 기술반 반장을 맡았던 지난 시절이 생각났다. 부산에 도착했을 때 비리고 짠 소금 냄새가 정거웠다. 그때 함께 갔던 친구의 말이 생각났다. 야, 나일당 이제 우리가 고생한 대가로 가정과 나라가 조금이라도 나아질까 몰라?

멀리서 군복 입은 청년들이 국기를 흔들며 지나갈 때 나일당은 눈물이 났었다. 그들이 지나가는 도로를 까는 데 일조했다고 생각하니 가슴에 뜨거운 무언가가 치밀어 올랐다.

고향 마을에는 봄비가 내리고 있었고 기차역에 내렸을 때, 기다리는 사람은 아무도 없었다. 그는 조용히 가방을 내려놓았다. 그 안에는 *흙 묻은 작업화* 한 켤레가 있었다. 집 안에는 이 세상에서 다시는 볼 수 없는 어머니의 흑백사진이 걸려 있었다. 그는 사진 앞에 앉아 속삭였다. *엄마, 나 무사히 다녀 왔어요. 총은 안 들었지만, 늘 죽음 가까이에서 일했어요.* 나일당은 어머니를 쳐다보며 눈물 한줄기를 주르르 흘렸다. 통곡도 나오지 않았다. 어머니 사진 속에는 베트남 흙냄새가 스며 있었다.

그렇게 시간은 흐르고 훈장이 돌아오던 날 5월 14일, 시청 강당. 푸른 플라스틱 의자들이 줄지어 있었고, 마이크 소리에 베트남 먼지가 가득 묻은 말이 흘러나왔다. 벽에는 *산업포장 수여식*이라는 현수막이 걸려 있었다. 시청 공무원의 칼칼하고 맛깔나는 목소리가 울려 퍼졌다. *베트남 건설 근로 유공자 나일당님, 앞으로 나오십시오.* 나일당은 푸른색 낡은 셔츠 소매를 만지며 천천히 걸어 단상 위로 올라갔다. 여기저기서 플래시가 터졌다. 포장증을 건네받았을 때, 나일당은 심하게 떨렸다.

바로 옆에서는 한 여인이 남편 대신 훈장을 받았다. 그녀의 손에는 남편의 이름이 적힌 명패가 있었다. 여인의 눈에서는 눈물이 흘러 포장증 위에 떨어졌다. 유가족 가부상 여인이 남편 대신 표창을 받으러 온 것이었다. 가부상은 수상 소감을 이렇게 말했다. *그이는… 아직도 그 나라 흙 속에 있어요. 그런데 훈장을 주신다니, 남편이 흙 속에서도 기뻐하겠네요.* 나일당은 그녀를 바라보다가 시선을 떨구며 훈장을 쥔 손을 주머니 속으로 넣었다. 그 금빛이 이상하게 무거웠다.

그날 밤, 나일당은 방 안에 홀로 앉아 있었다. 전등 불빛 아래, 훈장이 번쩍였다. 그러나 금빛보다는 녹빛에 가까웠다. 어머니가 계셨으면 얼마나 기뻐하셨을까? 어머니를 편히 모시기 위해 방을 따로 마련해 드리기 위해 땀 흘려 일했을 뿐이다. 누군가의 생명을 구한 것도 아니고, 총을 쏜 것도 아니었다. 어머니가 안 계시는 훈장은 아무 의미가 없다는 생각을 하며 훈장을 벽에 걸지 않았다. 대신 낡은 작업화 옆에 조용히 두었다. 그게 더 어울린다고 생각했다. 이건 나라의 영광이 아니라, 내 청춘과 어머니의 목숨의 대가다.

더이상 아무 생각도 하기 싫어 불을 *끄고* 누웠다. 어둠 속에서, 메콩강의 바람이 다시 귓가를 스쳤다. 그 바람은, 아직도 *귀국하지 못한 영혼들의 숨결* 같았다. 신문에는 대기업의 성장 기사들이 연일 실렸다. *한강의 기적! 조국의 비약적 도약!* 하지만 나일당은 밤마다 아직도 총알 파편이 남아 통증을 줄 때마다 가슴이 떨렸다. 내 고통이 국가의 빛으로 바뀌었으니 다행이지만 어머니는, 다시 볼 수 없는 어머니는 어디 가야 만날 수 있단 말인가? 그렇게 세월은 어머니가 없어도 흘렀고 베트남에서 벌어온 돈으로 아들은 대학에서 경제학을 공부했다.

어느 날 아들이 갑자기 묻는다. *아버지, 그때 베트남에서 아버지들이 벌어온 달러가 없었으면 한국이 지금처럼 발전하지 못했대요. 자랑스러우시죠? 베트남 파병으로 10억 달러 이상이 유입되어 산업화의 초석이 되었다니 놀라워요. 아버지 아들인 것이 자랑스럽고 고맙습니다.* 나일당은 대답 대신 주머니 속 낡은 어머니 사진을 꺼내 보여준다. *이게 달러와 맞바꾼 것이다.* 세월은 그렇게 쉬지 않고 흘러 나일당은 노년이 되었다.

나일당은 울산 외황강 둑을 걸으며, 공단의 불빛을 바라본다. 그 불빛은 마치 메콩의 밤하늘 같았다. 아름답지만, 그 속에는 수많은 죽음의 숨결 같았다 발아래로 흐르는 은빛 강물이 슬프도록 찬란했다. 나일당은 조용히 과거 속으로 걸어 들어간다. 김포공항 활주로에 발을 딛는 순간, 눈앞에는 붉은 현수막이 펄럭였다. *조국의 산업일꾼들이 돌아왔다!* 군악대가 울리고, 카메라 플래시가 터졌다. 누군가의 손에 들린 태극기가 그의 어깨를 쳤다. 그러나 환영의 함성 속에서도 그는 함께 했던 동료 기단식의 이름을 떠올렸다.

기단식은 메콩강 강가에서 실종되었고, 그의 이름은 명단에서 사라졌다. *잘 다녀왔습니다!* 나일당은 관공서 직원 앞에서 거수경례했지만, 가슴에는 죽은 동료 앞에 잘 다녀왔다는 말이 미안해서

시야가 어지러웠다. 머릿속에서 불타던 마을과 아이들의 울음소리
가 겹쳐 들렸다. 신문에서는 *파월 용사 외화 수입, 국가 경제의 보
배*라는 기사가 실렸다. 그 돈은 한국은행 외화보유고로 들어가, 포
항제철, 경부고속도로, 울산공단의 자금으로 사용되었다.

　그러나 나일당은 베트남 공사판에서 일하며 자신이 쏟은 피의
흔적이 쇳물 속에 스며드는 것을 보면서 우리가 흘린 피가 철로 굳
고, 그 철이 나라를 세우는 거라는 생각에 기뻤다. 울산은 어느덧
낯선 나라가 되어가고 있었다. 산업도로엔 트럭이 쉴 새 없이 오갔
고, 하늘엔 굴뚝이 안개처럼 연기를 내뿜었다. 나일당은 공장 근처
하숙집에 들어가 일했다. 아이들 학비를 위해서였다.

　그때 현장 소장은 나일당을 *베트남 다녀온 사람*이라 부르며 반
겼다. 그리고 말했다. *그때 여러분이 목숨 걸고 벌어온 돈 덕분에
우리가 이렇게 공장을 세운 거라오. 그러니 영웅이지, 아니 영웅도
아주 큰 영웅 맞지, 큰 영웅.* 그 말에 나일당은 웃었지만, 그 웃음
은 목 안으로 집어넣었다. 공장의 굴뚝을 올려다볼 때마다 그는
불타던 메콩의 하늘이 보였고 어머니 얼굴이 보였다. 텔레비전에서
는 *근대화 5개년 계획*을 홍보했다. *철강, 조선, 고속도로, 수출. 한
강의 기적*이라는 말이 들리기 시작했다. 신문 기자가 찾아와 인터
뷰를 요청했다.

　참전 경험이 있으시죠? 조국 근대화에 자부심이 크시겠어요. 나
일당은 잠시 침묵했다. *그때 우리가 벌어온 돈으로 나라가 컸다지*

만, 우린 당연히 우리가 먹고살기 위해 했지 국가에 도움이 되리라는 생각은 못 했기에 모든 것이 부끄럽기만 합니다. 기자는 잠시 머뭇거리더니, 그다음 날 신문에 이렇게 머리말을 썼다. 베트남 현장에서 죽음을 무릅쓴 나일당 씨, 조국의 발전을 위해 헌신했다! 그 문장을 읽으며 나일당은 속으로 중얼거렸다. 헌신이 아니라 생존이었는데! 그렇지만 밤이면 나일당은 잠을 이루지 못했다.

눈을 감으면, 작전 중 불타던 초가집과 총을 들고 울던 소년의 얼굴이 떠올랐다. 그 소년의 손에는 나뭇잎으로 접은 작은 새 한 마리가 있었다. 삼촌, 이건 평화 새예요. 그때 총성이 울리고, 새가 하늘로 흩어졌다. 나일당은 울산의 공단에서 그 장면을 매일 밤 되풀이해서 보면서 공장의 굴뚝 불빛이 창문에 비칠 때마다 그 새를 기다렸지만, 평화의 새는 어디로 갔는지 다시는 나타나지 않았다. 박정희 대통령이 포항제철 준공식에서 한 연설이 잊히지 않고 머리에 맴돌았다.

우리의 젊음은 조국 근대화의 피가 되었다! 텔레비전 화면 속 군복 차림의 젊은이들이 손뼉을 쳤다. 나일당은 식당 구석에서 그 장면을 보았다. 식당 벽에는 달러의 영웅들이라 쓰인 포스터가 붙어 있었다. 나일당은 소리 없이 웃으며 중얼거렸다. 우린 달러의 영웅이 아니라, 달러의 그림자였지. 그러나 달러의 영웅이든 달러의 그림자든 그로 인해 세계에서 가장 가난하던 나라가 이만큼 컸다는 건 사실이다. 그것이 설령 내 삶이 작아지고 목숨의 대가였다고 해도 내 피가 국가의 자본이 되었고, 내 살이 경제 통계의 숫자 하나로 바뀌었다면 나는 만족하리라.

　베트남에서 겪은 고통과 어머니 임종을 보지 못한 아픔을 누구에게도 말하지 않았다. 아내에게도, 아이에게도 말하지 않았다. 나일당은 공장이 완공되고, 나라가 번쩍이는 도시가 되었다는 것 그보다 큰 보람은 없다고 생각했다. 울산공단 밑의 천변 촌에는 파병 용사들이 모여 살았다. 전쟁 꿈을 꾸는 노인들, 술에 기대는 청년들. 그들은 *국가의 영웅*이라 불리는 것이 자랑스러워 술잔을 들어 올리며 말했다. *우리의 달러가 만든 이 도시, 우리의 이름 위에 우리 자식들의 이름이 반짝이네!* 그 말에 모두 잔을 들어 건배했다.

　공단의 사이렌 소리가 멀리서 울렸다. 월남행은 유행처럼 흘러 다녔다. 삶이 막막했던 그 시절도 지나고 나니 모두 추억이 되어 걸어왔다. *이 세상에서 그늘로 살다가 그늘이 뜨거워 울다가 그늘이 무거워 울다가 그늘이 흔들린다고 울다가 그늘이 마른다고 울다가 문득, 그때 피어나는 꽃송이가 되었다 지고 마는 것이 생인 것을. 울퉁불퉁한 그림자나 능선을 덮은 그림자나 모퉁이를 기웃거리는 그림자나 바닷가를 거니는 그림자나 흥분하다 슬프다 아프다 빛이 안내하는 곳으로 사라지고 마는 것이 생인 것을. 여전히 매일 일당을 받아 살다가 이렇게 빛을 따라가는 것이 삶인 것을* 하고 중얼거리며 나일당은 일당의 시간을 모두 다 써버리고 숨을 거두었다.

아무것도 변하지 않는 것은 없고 멈추어 있는 것도 없었다. 안방 아버지 영정 위에 소중하게 걸어놓은 메달을 나일당의 손녀가 목에 걸고 아빠에게 말한다. *아빠 내 목걸이 이쁘지? 이거 내가 가져도 돼, 응?* 나일당의 아들은 울지도 웃지도 못하고 멍하니 아버지의 사진을 쳐다본다. 아버지가 환하게 웃으며 말한다. *이 메달은 내 손녀 것이니 내 손녀 가인이에게 주거라. 그리고 가인이가 더 크면 할애비가 베트남에 가서 일한 이야기를 해주어라. 오늘 이만큼이라도 살게 된 것은 할애비들의 땀과 피로 일구었다는 것을. 그래야 그들도 더 자랑스럽게 생각하고 애국심도 생길 것이야. 이 할애비는 시대를 잘 못 만나서 못 배우고 못 살았지만, 너희들은 시대를 잘 만났으니 열심히 공부해서 이 나라를 더욱 발전시켜야 한다.*

갓 태어난 손녀에게 메달을 가져와서 했던 말이다. 나일당의 아들 나경제 교수는 딸 나가인과 함께 아버지 영정 사진 앞에 꿇어앉아서 통곡했다. 어린 나가인은 아버지가 울자 *아빠, 이 메달 아빠 줄게. 울지 마! 응? 다시는 내가 가진다고 하지 않을게! 아빠 가져, 그리고 아빠 울지마!* 하고는 목에 걸린 메달을 아빠인 나경제의 목에 걸어준다. 나일당은 흐뭇하게 웃으며 아들과 손녀를 바라보고 있었다. 그때 밖에서 벼락같은 소리가 방문을 열고 들어온다. *염해야 합니다. 아이는 밖으로 내 보내 주시지요.* 하는 소리와 함께 염장이 할아버지가 말을 앞세워 방으로 들어왔다.

희대미문(稀代未聞)의 영웅

14

가난해의 꿈

영주 들녘의 흙냄새와 바람과 햇살의 합작으로 태어난 가난해는 아버지도 흙만 파다가 가난을 못 면하고 죽었고, 자신도 아이들도 모두 그 길을 걷는 줄 알았다. 희망이란 한 조각도 보이지 않던 어느 날, 읍내 게시판에 붙은 종이 한 장이 인생을 뒤집을 만큼 눈에 불이 튀게 비쳤다.

월남 파견 근로자 모집

월 30,000환, 숙식 제공.

가난해는 쌀을 살 돈도 없었고, 희망도 없었다. 아이들 도시락엔 보리쌀 대신 고구마를 싸줘야 했다. 그 종이를 가져다 아내에게 내밀자 아내는 야멸차게 종이를 구겨 버렸다. *나무 나라 전쟁터에 가서 돈 벌어오믄, 그게 돈이 될지 무덤이 될지도 모르는데 우째 갈라고 그래니껴?* 아내의 말이 틀린 말은 아니었다. 그렇지만 가난해는 가난을 벗어나려면 틀린 말을 이겨야 옳은 길이 트인다는 생각을 하고 아내에게 다시 말했다. *여보. 내가 죽을 운명이라믄 여기에 있어도 죽고, 살 운명이라믄 베트남에 가도 살아올 것이니 지발 가난을 탈출할 기회를 내게서 빼앗아 갈 생각하지 마오.* 아내는 무응답으로 답을 대신했다. 가난해는 군복이 아닌 작업복을 입고 전선인 월남으로 갔다. 삽과 곡괭이가 총처럼 느껴지던 시절이었다.

사이공으로 가는 비행기 안에서 가난해는 창밖을 보았다. 구름 밑으로 바다가 보였고, 그 아래에는 자신이 모르는 세상이 기다리고 있었다. 모르는 나라이고 처음 나가보는 외국이라 불안하기도 했지만 속으로 *거긴 공사판이지, 전쟁터가 아니다.* 스스로 그렇게 되뇌었다, 그러나 이상하게 가슴이 떨렸다. 설렘이 아니라, 무언가를 버리고 가는 두려움이었다.

메콩의 흙먼지

처음 본 베트남의 햇빛은, 불처럼 뜨거운 입김으로 살을 태웠다. 다낭 근처 공사현장은 폭격 소리로 아침을 깨웠다. 미군 트럭이 오가고, 현대건설의 마크가 찍힌 포대가 쌓여 있었다. 가난해는 그 옆에서 흙을 떠서 도로를 깔았다. 모래와 땀, 피, 그리고 누군가의 이름이 섞여 있었다. 가난해는 이 흙길이 언젠가 서울의 아스팔트로 이어질 거라는 생각이 들었다. 그 생각을 깨면서 반장 노청수가 말했다.

무슨 생각해? 여기서는 한국에서처럼 일하면 안 돼. 잠시도 긴장을 풀어서는 안 된다는 말 잊었나! 정신을 얼른 거둬들이자 총소리 대신 굴착기 소리가 울려 퍼지는 것이 천만다행이란 생각이 들었다. 가난 때문에 타국에 왔지만, 생각보다 힘들지는 않았다. 가난해는 밤마다 손톱 밑의 흙을 파내며 생각했다. 이 흙이 내 고향 논의 흙이었더라면 얼마나 좋을까? 하지만 그 흙은 누군가의 무덤 위에 깔린 도로의 흙이었다.

가난해가 짓는 길로 탱크가 지나가고, 그 뒤를 따라 철모르는 아이들이 맨발로 뛰어왔다. 그들의 웃음소리는 총성보다 더 아프게 가슴을 도려내는 듯 들렸다. 갑자기 두고 온 아이들이 몹시도 보고 싶었다.

시안과 만남

시안을 처음 본 날, 그는 숙소 앞에서 커피를 내리고 있었다. 말이 통하지 않아도 눈빛은 따뜻했다. 시안은 서툰 한국말로 *당신 여기 왜 왔어요?* 하고 물었다. 가난해는 서슴없이 말했다. *돈 벌러 왔니더. 아 들 키우고 핵교 보낼라고요.* 시안은 고개를 끄덕이며 말했다. *우리도 전에는 학교에 다녔어요. 그런데 학교가 다 불탔어요.* 시안의 말이 가난해의 가슴에 돌처럼 무겁게 걸렸다. 전쟁이 얼마나 무서운지 학교가 불탔다는 말에서 말해주고 있었다.

그날 밤, 시안은 가난해 얼굴을 노트 한 장에 그려 주었다. 삽을 든 남자 얼굴엔 그늘, 눈빛엔 먼지 옷에는 온통 흙색으로 칠했다. 시안은 *당신은 군인은 아니지만, 전쟁을 하는 중이에요.* 가난해는 시안의 그림을 보며 아무 말도 할 수 없었다. 시안이 그려 준 그림은 서랍에 소중하게 간직했다. 가끔 아이들 생각이 나서 꺼내 보면 종이에서 메콩강 냄새와 전쟁 냄새가 배어 있어 흙먼지처럼 떨어지지 않았다.

귀국

비행기 창문 밖으로 한반도의 산맥이 보였다. 바다와 구름 사이로 솟은 그 능선이 그렇게 낯선 줄은 몰랐다. 머나먼 타향에서 지내던 설움이 한꺼번에 울컥, 넘어왔다, 자신이 살던 나라 같지 않게 낯설게 느껴졌다. 서울역 앞에는 현수막이 걸려 온몸으로 펄럭이며 조국에 돌아온 걸 환영하고 있었다. *잘살아 보세! 새마을을 이룩하자!* 사람들은 모두 어디론가 달리고 있다는 생각이 들었다. 달리는 이유를 묻는 사람은 아무도 없었다.

가난해는 군수용 트럭에서 내리던 그 습관대로, 고개를 숙이고 발부터 내렸다. 발걸음은 부지런히 집을 찾아갔다. 집에 도착하자 아내가 품에 안겨 울었다. *당신 살아 돌아온 게 기적이씨더, 살아 와 줘서 고맙니더.* 아내는 울었고 가난해는 웃었다. *인제 흙 파지 않아도 아 들 공부 시킬 수 있어, 내가 없는 동안 아 들 잘 돌봐줘서 고맙네.* 아내는 남편의 손을 잡았다. 남편의 손엔 아직도 메콩의 흙냄새가 남아 있었다. 가난해는 밤마다 꿈을 꿨다.

트럭이 폭격에 휘말리던 장면, 시안의 얼굴에 겹치는 아이들의 얼굴과 아내의 얼굴 그리고 메콩강에 반사되던 달빛에 거닐다가 눈을 뜨면 고향의 아침이었다. 공사장 굴착기 소리가 포격음처럼 들렸다. 내일을 담보하지 못하지만, 아이들과 아내를 생각하면 힘이 솟았다, 고향에 돌아와서도 밤마다 베트남으로 가서 생활하고 일하고 있었다.

산업화의 그림자

그렇게 가난해는 아들을 꿈도 꾸지 못했던 대학에 보낼 수 있었다. 가난해는 젊은 시절 일기를 보며 눈물을 글썽거렸다. 만약 베트남에 가지 않고 한국에 있었다면 아이들 대학은 꿈도 못 꾸었다. 아들 가부자는 일류 대학을 나와 새마을운동 간부가 되었다. 정부에서 지지하는 새마을을 만들기 위한 차를 타고 마을을 돌았다. 흐뭇하게 아들을 바라보자 아들 가부자는 아버지, 이젠 농촌도 바뀌었어요. 기계로 논 갈고, 새 비료로 수확도 늘리고, 예전에는 상상도 못 할 일들이 현실이 되었어요. 모두 아버지 세대들이 베트남에 가서서 목숨을 담보로 고생한 보람으로 우리 세대를 잘 살게 하신 거예요. 아버지 존경합니다. 고맙습니다.

가난해는 그 말이 자랑스러우면서도 낯설었다. 그리고 괜히 자꾸 눈물이 났다. 가난해는 울먹이면서 말했다. 그래, 고맙구나. 우리가 죽음을 담보로 베트남 전쟁터에 가서 벌어들인 돈으로 너희들이 이렇게 배불리 먹고 공부하고 했으이 우리가 흘린 피와 땀이 진짜로 너희에게 다 전해지지 않더래도 알아주는 것만으로도 고맙구나. 아버지, 정말 대학에 다닐 때 하루도 아버지 세대를 잊은 적이 없어요. 항상 고마웠어요.

동네 사람들은 아버지를 월남 다녀온 가난해라 부를 때 아버지가 월남 다녀온 저는 대학 진학을 하는데 다녀오지 않은 친구들은 모두 돈이 없어 대학을 못 간다고 애통해하는 친구들이 많았어요. 그때 월남 다녀온 가난해라는 말이 부러움이란 걸 알았어요. 그리고 우리가 아버지가 벌어온 돈으로 기와집을 올릴 때 초가지붕 밑에 사는 친구들은 저를 부러워했어요.

아들의 말에 가난해는 밤마다 손톱에 초승달이 뜨듯 외로워하던 지난날을 생각하며 손바닥에 굳은살을 본다. 아직도 굳어 있는 삽을 쥐던 손, 밤이면 쓰라리던 그 메콩의 기억이 다시 떠올랐다. 메콩의 시간은 가난해의 몸속 어딘가에서 곰팡이처럼 살아가고 있었다.

논둑길을 걷는 달빛

가난해는 이제 굽은 허리로 굽은 논둑길을 걷는 노인이 되었다. 아이들은 자랑스럽게도 모두 대학을 마치고 도시로 떠나고, 가난해는 여전히 흙길을 걷는다. 암담하기만 하던 논둑길에서 가끔 밤하늘을 쳐다보면, 별빛 사이로 메콩강이 비친다. 저 별들은 메콩강에서 가난해의 젊은 날을 함께했던 불빛이다. 삽을 들고 강둑을 다지던 그 밤, 시안이 내게 말했다.

아저씨는 전쟁 끝나면 뭘 할 거예요? 가난해는 그때 아무 대답도 하지 못했다. 그렇게 그립던 조국 논둑을 달빛의 손을 잡고 거

닐면서 지금도 그 대답을 찾지 못한다. 가난해는 조국에 대해 이렇게 생각하고 있었다. 베트남 전쟁은 끝났지만, 삶의 전쟁은 아직 끝나지 않았다고. 한때는 그 먼 곳까지 가서 얻은 게 뭐였냐고 생각할 여유조차 없이 아이들 대학 보내는 일에 행복했고, 옆집보다 더 여유롭게 기와집을 짓고 사는 삶에 잠깐 행복에 취했었다.

그러나 그 모든 만족이 끝난 지금, 다행스럽다는 생각 외엔 아무 생각도 나지 않는다. 조용히 베트남의 바람과 달빛이 다가와 손을 잡고 조국의 논둑을 걷고 있다는 것을 축복이라도 하듯 별빛이 물결처럼 흔들린다. 그때 베트남의 도로, 그때 베트남의 흙, 그 위로 지나간 수많은 발자국이 지금의 이 나라를 가난에서 벗어나게 했다면 그래, 그걸로 됐다. 가난해는 기침하면서 하늘을 본다.

별 하나가 길게 떨어진다. 오래전에 메콩의 물결 위에서 봤던 그 별이다. 손 위에 떨어진 흙 한 줌, 그 속에 있던 그 별빛이 바람을 타고 가슴속으로 들어오고 있었다. *베트남 파병으로 인한 외화 획득이 한국 근대화의 초석이 되었다.* 신문에서 그 문장을 읽는 순간, 심장이 떨렸다. 구름과자에 불을 붙인다. 피어오르는 연기 속에서 메콩의 별빛이 겹쳐 보였다. 총소리가 별처럼 터졌고, 별빛은 피냄새를 덮어 주었다. 이제 그곳의 별빛의 잔향을 안고, 산업화의 도시 속으로 돌아왔는데 오히려 그곳이 그립다니 가난해는 자신이 우습다는 생각을 한다.

가난해는 술집에서 월남에서 함께 했던 친구들과 마주 앉았다.

술잔을 부딪칠 때마다 유리 빌딩에 반사된 불빛이 강물 위로 번져 갔다. 가난해는 나라를 위해서가 아니라 가난을 버리고 살아남기 위해 지원을 했지만, 애국이 되었다는 말에 술을 연거푸 마셔서 술이 가난해를 점령하고 말았다. 라디오에선 *근면, 자조,* **협동**이 울려 퍼진다. 그와 함께했던 23살 청년 박효성은 전라남도 해남에서 어머니의 수술비를 위해 지원했고, 27살 최전방은 내 땅 갖는 것이 소원이라 지원했고, 35살 김장사는 자식들 공부를 시키기 위해 지원했고, 42살 천한철은 병든 아버지의 병원비 마련을 위해 지원했고, 51살 이종자는 농사 품팔이를 벗어나기 위해 지원했다. 각자의 지원 이유도 나이도 달랐던 그들이 조국을 떠난 이유를 말하며 퀭한 얼굴로 모여앉아 있던 기억이 달려왔다.

그렇게 각자의 이런저런 사연으로 비에뜨남 일기에 기록되었고, 대한민국의 기반을 닦는 역군이 되었음에 기뻤지만, 타향에서 전투하다 죽어간 사람들을 접하면서 가슴을 쓸어내리고 있었다.

새도 함께 참가한 전쟁

베트남 전쟁에는 새도 함께 참여해 대한민국 장병들의 목숨을 지키기 위해 싸웠다. 새들이 장군들에게 말했다. *우리가 내려앉지 않는 곳엔 적군들이 매복을 하고 있는 곳이야. 우리가 공중에서*

날아다니며 적군이 잠복한 곳을 알려 줄 테니 당신들 장군들은 내 말 잘 듣고 장병들이 다치지 않게 싸우라!

새는 출석을 불렀다. 채명신(蔡命新) 장군! 예. 당신은 초대 주월 한국군 사령관(1965~1969)인 만큼 베트남의 전설적인 사령관으로 불리도록 최선을 다해야 할 것이다. 전투도 중요하지만, 민심을 강조해서, 한국군의 작전뿐 아니라 민사 작전(학교·병원 건설, 의료지원 등)을 적극적으로 추진해야 할 것이다. 그리고 죽어가는 병사들을 죽이지 말고 살리라는 지시를 내려 한 명이라도 덜 다치게 하고 살리라. 그리하여 미군보다 베트남 민심을 더 얻었다는 평가를 받도록 노력하라. 전쟁은 인간의 한계치를 가장 극명하게 시험한다는 사실을 명심해야 한다. 알겠나! 예, 명령 받들겠습니다.

이세호(李世鎬) 장군! 예. 당신은 2대 주월한국군 사령관(1969~1970)인 만큼 청룡부대(해병), 맹호부대, 백마부대 등 전투부대를 통합 지휘해야 한다. 그리고 미군 측과의 협력 강화해서 베트남화 정책 그러니까 현지군 중심에 맞춘 작전 전환을 주도하라! 그리하여 우리나라 병사들의 희생을 하나라도 줄여야 할 것이다. 알겠나? 예, 알겠습니다.

장태완 장군! 예. 당신은 청룡부대 대대장으로 영관(領官)급 지휘관으로 참전했으니 베트남에서 부하들에 대한 현장 지휘 능력과 전우애 두 마리 토끼를 다 잡도록 노력하라. 특히 여기는 죽음과 삶의 고지가 함께 있음을 절대로 간과(看過)해서는 안 될 것임을 명심하라. 알아들었나? 예, 명심하겠습니다.

정병주 장군! 예. 당신은 특전사 창설자이니만큼 한국 특수부대인 맹호·청룡의 정찰대 및 정보활동을 진두지휘하면서 정글 속의 전쟁과 정보전을 이끌어 베트남 전쟁에서 그 능력을 유감(遺憾)없이 발휘하라. 전쟁은 정보전인 걸 명심하라, 알아들었나? 예. 능력을 발휘하겠습니다, 쨱쨱! 장군. 쨱쨱은 우리 새들의 전용언어다. 어디 인간 주제에 쨱쨱이라고 감히 우리말을 흉내 내다니! 잘못했습니다.

잘 들어라! 이번 베트남 전쟁에는 한국군의 파병 규모 요약 총 32만 (순환 파병 포함) 될 것이며 최대 주둔 인원 5만 명 전투사망자 5천여 명, 부상자 1만여 명이 될 피의 전쟁이 될 것이며 주요 부대는 육군 맹호부대 육군 백마부대 해병 청룡부대와 수도공병단, 의무단 등 그 밖에 비전투부대도 함께 파병될 것이다.

그리고 이 전쟁이 우리 대한민국을 살리는 근간(根幹)이 될 것이니 피를 두려워 말고 싸우라. 당신들 피로 당신들의 아들딸들이 그 보상을 받아 잘 살아가는 초석이 될 것이다. 이 일은 천상에서 작전을 짠 것이다. 대한민국의 미래를 위해 선조들이 짠 천상계의 작전인 걸 아는 이는 인간들이 새대가리라고 비아냥거리는 새들인 우리밖에 모른다. 작전 실시!

지금은 전쟁 중

여기저기 불길이 피어오르고 있었다. 서로 서로의 목을 따기 위
해 총소리가 타오르고 비명이 타오르고 있어 마을은 재 냄새가 안
개처럼 자욱했다. 레반롱은 폐허 속 천막에서 아이들의 상처를 씻
어주며, 하늘을 바라보았다. 새 한 마리도 보이지 않았다. 새가 앉
지 않는 숲에는 아직 전쟁 중이라는 뜻인데 얼마나 더 많은 사람
이 피를 흘려야 이 전쟁이 끝날 것인가? 답답한 생각을 하고 있는
데 군용 지프가 먼지를 일으키며 마을로 들어오고 있었다.

차 머리에는 한국군의 깃발이 펄럭였다. 유리창엔 군인의 검게
탄 얼굴이 햇빛에 번쩍였다. 레반롱은 아이들을 품에 안은 채 돌
아앉았다. 남자들은 다 숨어버렸고, 여자들만 남아 있는 동네다.
한국인 장군이 차에서 내리더니 천천히 걸어왔다. 장군은 군모를
벗고 아이들을 내려다보았다. 그리고는 무엇을 본 것인지 비참한
생각이 드는 건지 한참 동안 아무 말도 하지 않았다. *이 마을엔 물
이 없다고 들었습니다.*

장군의 목소리에는 총탄의 매연이 묻어, 낮고 묘하게 피곤하게
들렸다. *우물이 필요하겠군요.* 레반롱은 그가 던진 말의 의미를
이해하지 못했다. 똑같은 인간의 말을 인간이 알아듣지 못한다는
생각에 레반롱은 생각했다. 새들은 어느 나라로 날아다니든 말을
다 알아듣는데 인간은 어찌하여 이렇게 소통이 안 되는지 답답하

다는 생각을 했다. 장군은 차에서 총 대신 물통을 내려놓았다. 통역관이 그의 말을 옮겼다. *이건 전쟁으로 사람을 죽이려는 것이 아니라, 사람을 살리기 위한 일이라고 합니다.* 통역관의 말은 싱그러운 바람처럼 흔들렸다.

레반롱은 믿어지지 않아 멍하게 바라만 보고 있었다. 전쟁에서 사람을 살리기 위한 일이란 말이 너무 생소하게 들렸다. 그렇게 물 한 통을 내려놓고 수백 통의 먼지를 일으키며 군용 지프는 다시 마을을 두고 떠났다. 며칠 뒤, 한국군이 트럭을 타고 다시 마을로 들어왔다. 레반롱은 경계를 풀며 한국군을 반겼다. 한국군은 마을 근처에 우물을 파기 시작했고 저녁때가 되자 땅속에서는 물이 솟아났다. 아이들이 물을 길어오며 웃었다. 아낙네들도 물을 길어갔다. 모두 전쟁이란 생각을 잊었는지 환하게 웃는 모습이 레반롱은 낯설었다.

장군은 물이 나오자 좋아하는 사람들을 보며 매일 오후, 붉은 흙길을 따라 마을을 걸었다. 총을 든 부하들이 멀찍이 뒤따랐다. 장군은 아이들 머리를 쓰다듬으며 이름을 물었다. *이 아이 이름이 뭐요? 리엔입니다.* 장군은 고개를 끄덕였다. 물을 길으러 나온 아리따운 여인이 한국말로 대답했다. 장군은 그 여인에게 묘한 감정이 일었다. 감정을 숨기고 머리를 끄덕였다. 그 끄덕임에 미엔은 어쩐지 가슴이 흔들렸다. 그날 밤, 미엔은 한숨도 자지 못했다. 아버지와 동생과 함께 사는 그녀는 장군의 모습을 잊지 못해 이튿날 새벽부터 군용 지프만 기다렸다.

　그러나 한나절이 지나도 오지 않았다. 미엔은 중얼거렸다. *장군도 사람일까?* 그 생각은 그를 기다리는 기도였다. 그날은 종일 군용 지프가 오지 않았다. 미엔은 불타지 않은 집에서 여동생과 아버지와 살다가 잘생긴 한국 장군에게 한눈에 반해버려 상사병에 걸렸다. 기다림이 목을 길게 늘여 한국까지 갈 때인 1주일 만에 군용 지프가 나타났다. 미엔은 맨발로 달려 나왔다. 하마터면 군용 지프와 정면충돌을 할 만큼 무모하게 차 앞으로 달려 나왔다.

　병사는 화가 나서 *당신 지금 지금 죽으려고 환장했어!* 하고 놀란 가슴을 쓸어내리며 소리 질렀다. 장군이 차에서 내려 말했다. *도대체 왜 이리 무모하오, 그렇게 차에 뛰어들면 어쩌자는 말이오? 다친 곳은 없소?* 하면서 넘어진 미엔을 일으켰다. 갑자기 전기가 찌르룽찌르룽 감전되어 얼른 손을 놓았다. 미엔도 뛰는 가슴을 진정시키지 못했다. 떨리는 목소리로 *장군 우리 집에 가서 차 한잔하고 가시지요?* 하고 정중하게 말했다.

　장군은 잠시 생각하다가 현지인을 알아두어 나쁠 건 없다 싶어 흔쾌히 허락했다. *여기서 잠시 기다리라, 내 잠시 다녀올 테니. 옛 알겠습니다, 장군님!* 그렇게 병사에게 일러두고 장군은 미엔의 집으로 향했다. 집은 산 중턱에 자리 잡고 있었다. 그러나 꽤 평평하게 터를 닦아 산 중턱이라는 생각이 들지 않았다. 텃밭도 제법 넓었다. 텃밭에서 온갖 채소들이 자라고 있었다. 전쟁 중인 나라에 이렇게 평화가 푸르게 자라고 있다니 신기하다는 생각이 들었다.

텃밭에는 미엔의 아버지와 동생이 풀을 뽑고 있었다. 아버지는 의심의 눈초리를 거두지 않았지만, 여동생은 장군을 보자 뛰어왔다. 눈에 불이 번쩍이는 것을 장군은 보았다. 노인도 차차 의심을 푸는 눈치였다. 차 한잔을 마시고 장군이 나오자 미엔이 따라왔다. 중간쯤 내려오자 미엔은 *내일 우리 집에 오세요. 맛있는 거 해 드릴 테니 잠시만 들려주시지요?* 하고 말했다.

장군은 *나는 전쟁 중이오, 그렇게 한가하게 맛있는 거 먹으러 다닐 만큼 여유가 없소!* 하자 미엔은 *전쟁도 밥은 먹어야 할 것 아닙니까? 그러지 말고 잠깐 다녀가시지요, 병아리 한 마리 잡아 두겠습니다.* 장군은 닭이란 말에 군침이 돌았다. *그래 내 시간 봐서 들리겠소. 점심때 정각 1시에 오세요. 그때 밥상을 차려 놓겠습니다.*

그렇게 헤어지고 이튿날 장군은 다시 우물 상황도 봐야 하고 미엔의 집에 들르기로 마음먹었다. 미엔의 집에는 닭 한 마리가 식탁에 앉아서 기다리고 있었다. 맛있게 반주를 곁들여서 먹었다. 집에는 미엔 외엔 아무도 없었다. 미엔은 장군이 식사를 마치자 마치 혼자 잠자리에 들 듯이 옷을 벗었다. 갓 스물 되었을까? 풍만하고 탐스러운 나체가 드러나자 한참 피가 끓어오르는 데다 전쟁에서 성욕을 억제하던 터에 술까지 마신 장군을 이성이 혼자서 지키기엔 역부족이었다. 둘은 그렇게 대낮에 한 몸이 되어 사랑을 나누었다.

그날 이후 장군은 자신도 모르게 미엔 집으로 시간을 내서 드나들었다. 직접 차를 몰고 밤이면 그녀의 집으로 갔다. 그러던 어느 날 밤 미엔은 보이지 않았다. 장군은 *미엔은 어디 갔습니까?* 하고 묻자 *아버지와 잠시 고모네 집에 다니러 갔습니다.* 했다. 돌아서 나오려는데 그녀가 말했다. *들어와서 식사하고 가시지요.* 못 들을 척하고 그냥 돌아서 오려는데 그녀가 또 말했다. *미엔 언니가 꼭 저녁을 대접해 드리라고 부탁을 하고 갔어요.*

미엔이란 말에 생각을 바꾸어 방으로 들어갔다. 이것저것 거나하게 차려진 상에 술도 함께였다. 장군은 술을 즐기기에 술에 구미가 당겼다. 안주는 쳐다도 안 보고 술을 마시다가 취해버렸다. 어쩌면 내일이 휴일이라 마음을 놓은 탓도 있으리라. 그렇게 술에 취해 잠이 들었다. 밤사이 무슨 일이 일어났는지 알지 못했다. 아침에 눈을 뜨니 알몸으로 미엔의 동생과 함께라는 사실밖에.

장군은 누워서 꼼짝도 하지 못했다. 마치 강력한 접착제로 자신을 땅바닥에 붙여놓은 듯 몸이 움직이지 않았다. 장군은 움직여서어서 자리에서 일어나 무슨 일인가 자신이 무슨 짓을 했는지 물어보고 변명이라도 해야 한다. 그러나 어떻게 물어본단 말인가? 아무리 술을 많이 먹었다고는 하지만 이건 도무지 이해가 가지 않고 자신이 용납되지도 않았다. 꼼짝 못 하고 누워있는 장군은 꿈을 꾸고 있다는 생각을 했다. 아니 꿈이었으면 좋겠다는 생각을 했다.

겨우 생각을 정리하고 어떻게든 어서 일을 해결하고 숙소로 돌

아가야 하기에 그녀의 팔을 슬며시 풀고 일어나려 하자 미엔의 동
생은 장군이 일어나지 못하도록 꼭 그러안고 놓아주지 않았다. 또
다시 일어나려 시도하지만, 더욱 힘을 주어 장군이 일어나지 못하
고 잡고 있었다. 장군은 알몸인 그녀를 쳐다보았다. 아니 얼굴을
본 것이 아니라 그녀의 실오라기 하나 걸치지 않은 꿀이 줄줄 흐르
는 듯한 몸을 보았다.

내가 지금 무슨 생각을 하고 있는 거야? 자신의 생각을 끊어버리
고 그녀의 얼굴을 쳐다보았다. 그녀는 눈을 감고 팔은 힘을 주고
미라처럼 누워 있었다. 어떻게 해야 할지 장군은 다시 일어날 생각
을 않고 눈을 감았다. 그리곤 다시 꿈속으로 걸어 들어갔다. 그렇
게 아침 해가 창문으로 들어올 때쯤 다시 눈이 떠졌다. 장군은 조
용히 그녀의 팔을 풀고 일어났다. 이번엔 그녀도 잡지 않았다. 일어
나서 옷을 입고 집을 나오려 할 때 그녀는 누운 채로 말했다.

*조금 기다리세요. 식사는 하고 가셔야지요. 벌써 점심때가 다
되었는데요. 해가 우리 집 방문에 이렇게 비칠 때면 점심때예요.
우리 집은 시계가 필요 없답니다. 해가 시간을 다 알려주거든요.*
묻지도 않는 말로 수다를 피우는 그녀를 두고 방문을 열려고 하는
데 그녀는 바짓가랑이를 붙잡고 늘어졌다. *이거 놓으세요! 가 봐
야 합니다. 못 가게 하지는 않겠어요. 다만 조금만 기다렸다. 식사
하고 가시지요.* 하고는 일어나서 장군을 방안으로 잡아당겼다.

그리고는 밖으로 나간다. 장군이 따라 나오자 그녀는 *조금만 기*

다리세요. 하더니 부엌으로 들어갔다. 신발을 신으려고 댓돌에 신발을 찾으니 신발이 없다. 장군은 한참을 찾다가 그때야 그녀가 감추었을지도 모른다는 생각에 *내 신발 어찌했소?* 하고 물었다. 그*걸 왜 내게 물으시오? 장군님 신발을 내가 어찌 안답니까? 우리 지금 같이 방에서 나왔는데* 했다. 그것도 맞는 말이었다. 방에서 함께 나왔는데 그녀가 신발을 감출 시간은 없었다. 그녀는 나오자 바로 부엌으로 들어갔기 때문이다. 하는 수 없이 어찌해야 하나 생각을 하는 사이 그녀는 밥상을 가지고 왔다. 입맛도 없고 먹기 싫었지만, 닭죽을 끓여와서 그냥 먹었다. 밥을 다 먹고 차 한 잔을 마시고 가야 하는데 난감했다. 신발이 없으니 장군 체면에 부하들에게 어찌해야 할지 생각을 돌렸다.

그때 그녀가 말했다. *신발을 누가 가져갔다고 그래요. 여기 장군님 신발 그대로 댓돌 위에 있는데요.* 나가보니 댓돌 위에 분명 있었다. 장군은 여우한테 홀린 기분이 들었다. 그녀와 밥을 함께 먹고 함께 차를 마셨는데 누가 가져다 놓았는지 도무지 알 수가 없었다. 장군은 신발을 신으면서 다시는 이 집에 오지 않으리라 결심하고 차를 몰고 부대로 돌아왔다. 뭐가 뭔지 몰랐지만, 전쟁 중임을 잊어서는 안 된다는 생각에 장군은 기억에서 두 여인을 잊기로 했다.

15권으로 계속